A HORA AZUL

PAULA HAWKINS

A HORA AZUL

Tradução
Regiane Winarski

Rio de Janeiro, 2024

Copyright © Paula Hawkins, 2024. Todos os direitos reservados.
Copyright da tradução © 2024 por Casa dos Livros Editora LTDA.
Todos os direitos reservados.

Título original: *The Blue Hour*

Todos os direitos desta publicação são reservados à Casa dos Livros Editora LTDA. Nenhuma parte desta obra pode ser apropriada e estocada em sistema de banco de dados ou processo similar, em qualquer forma ou meio, seja eletrônico, de fotocópia, gravação etc., sem a permissão dos detentores do copyright.

Copidesque	André Sequeira
Revisão	Laila Guilherme e Juliana da Costa
Capa	Adaptada do projeto original de Mumtaz Mustafa
Imagem de capa	© plainpicture/Sarah Eick – The Rauschen Collection
Diagramação	Abreu's System

Dados Internacionais de Catalogação na Publicação (CIP)
(Câmara Brasileira do Livro, SP, Brasil)

Hawkins, Paula
  A hora azul / Paula Hawkins; tradução Regiane Winarski. –
1. ed. – Rio de Janeiro: HarperCollins Brasil, 2024.

  Título original: The Blue Hour
  ISBN 978-65-5511-590-1

  1. Ficção inglesa I. Título.

24-211550   CDD-823

Índice para catálogo sistemático:
1. Ficção: Literatura inglesa   823
Bibliotecária responsável: Cibele Maria Dias – CRB-8/9427

HarperCollins Brasil é uma marca licenciada à Casa dos Livros Editora LTDA. Todos os direitos reservados à Casa dos Livros Editora LTDA.

Rua da Quitanda, 86, sala 601A – Centro
Rio de Janeiro/RJ – CEP 20091-005
Tel.: (21) 3175-1030
www.harpercollins.com.br

Para Mamãe e Papai, com amor

E a morte não terá domínio.
Os homens mortos, nus, serão o mesmo
Que o homem ao vento e a lua a oeste;
Quando seus ossos estiverem limpos e os ossos limpos se forem,
Terão eles estrelas nos cotovelos e pés;
Mesmo que enlouqueçam, eles estarão sãos,
Mesmo que afundem no mar, eles se erguerão de novo;
Mesmo que os amantes se percam, o amor, não;
E a morte não terá domínio.
Dylan Thomas

A vida é curta, a arte é longa.
Hipócrates

A lua me acordou, brilhante e próxima. Lançava uma luz estranha no mar, um tipo escuro de luz do dia, como olhar o negativo de uma fotografia. Não consegui voltar a dormir. Não conseguia trabalhar havia semanas e, por isso, fui para a praia. Senti nos pés descalços a areia fria, e me deu vontade de correr.

Havia vento. Estava estranhamente quente e fazia a areia se deslocar; e as nuvens passando na frente da lua lançavam sombras que me perseguiam. Fiquei pensando na música que Grace me ensinou, aquela sobre lobos cavando na relva os mortos recentes e espalhando os pobres ossos pela terra.

Ultimamente, ando me sentindo meio selvagem.

Corri e corri até estar com os pés na água e, quando me virei, olhei para a ilha, para a casa, para a janela do meu quarto com a luz ainda acesa, e vi algo se mexer. A cortina, provavelmente, mas senti um arrepio. Fiquei olhando e esperando, desejando que ele aparecesse de novo, mas não havia nada nem ninguém, só a água, de repente, molhando minhas canelas, meus joelhos.

Os grãos de areia não se mexiam mais, e eu não via nada da areia, tudo estava submerso e eu tinha um longo caminho a percorrer. Tentei andar o mais rápido que consegui, mas o vento estava contra mim, e a maré era como um rio. Tropecei e caí de joelhos; o frio parecia um tapa, era como levar um golpe atrás do outro.

Acho que nunca senti pavor igual.

Quando cheguei aos degraus, meu cansaço era tão grande que eu mal conseguia me mexer. Fiquei parada, tremendo tanto que parecia que eu estava em convulsão. Acabei conseguindo subir, chegar à casa. Tomei um banho, me vesti, fui para o ateliê e comecei a pintar.

Divisão II (circa 2005)

Vanessa Chapman

Cerâmica, laca japonesa, folha de ouro, filamento de ouro, costela de artiodátilo, madeira e vidro

Cedida pela Fundação Fairburn

Uma de apenas sete esculturas que Chapman fez combinando peças de cerâmica com objetos encontrados, Divisão II *é um dispositivo espacial falsamente simples: um grupo de objetos está suspenso por fios, inseridos numa caixa de vidro.*

Ao apresentar os objetos dessa forma, Chapman faz perguntas sobre inclusão e exclusão, sobre o que escondemos e o que revelamos, quando somos generosos e quando controlamos, sobre o que fazemos e o que deixamos para trás.

De: bjefferies@gmail.com
Para: info@tatemodern.co.uk
Assunto: Chapman – Exposição de Escultura e Natureza

Prezado(a) senhor(a),

Gostei muitíssimo da minha visita ao Tate Modern no fim de semana, especialmente da exposição Escultura e Natureza, que continha peças maravilhosas. Mas vi um erro na placa do trabalho de 2005 de Vanessa Chapman, *Divisão II*, que listava uma costela de artiodátilo como parte dos materiais. Como antropólogo forense em exercício há muitos anos, posso garantir que a costela na peça não é de artiodátilo; é humana.
    Desconfio que seja bem possível que a própria sra. Chapman tenha cometido o erro: para o olhar leigo, a costela de um cervo é bem parecida com a de um humano.
    Achei que talvez fosse interessante informá-los.

Atenciosamente,
Benjamin Jefferies

1

No frio cruel de uma manhã lindíssima de outono, James Becker está na pequena ponte, a cintura apoiada na amurada, enrolando um cigarro. Abaixo dele o riacho corre preto e lento, a água quase congelando, escorrendo como melaço sobre pedras cor de ferrugem. Aquele ponto fica no meio do trajeto diário dele, que leva doze minutos do Chalé do Guarda-Caças, onde mora, à Casa Fairburn, onde trabalha. Quinze minutos se ele parar para fumar.

Com a gola do casaco levantada, olhando para trás por cima do ombro, ele pode parecer furtivo para alguém de fora, embora não precise ser. Ali é seu lugar. Por mais impressionante que possa parecer, ele mesmo não consegue acreditar. Como pode um filho bastardo de uma caixa de supermercado, sem pai, estudante de escola pública de uniforme vagabundo, morar e trabalhar ali, em Fairburn, em meio ao pessoal de sangue azul? Ele não *combina*. Contudo, de alguma forma, por meio de trabalho árduo, sorte e um pouco de malandragem, ali está ele.

Ele acende o cigarro e olha novamente por cima do ombro, para o chalé, com a luz quente saindo pela janela da cozinha, deixando dourada a cerca viva de faia. Ninguém está olhando; Helena ainda vai estar na cama, com o travesseiro entre os joelhos. Ninguém vai vê-lo quebrar a promessa que fez de parar de fumar. Ele *reduziu*, são apenas três por dia agora e, quando a água congelar, aposta que vai parar de vez.

Encostado na amurada, Becker traga o cigarro com força, olhando para as colinas do norte, os picos já cobertos por uma neve fina. Em algum lugar próximo, uma sirene soa; ele acha que vê um brilho azul e vermelho na estrada, uma ambulância ou uma viatura da polícia. O sangue dispara, e a cabeça gira com a nicotina; no estômago, ele tem a sensação leve, mas inegável, do medo. Depois de fumar rapidamente, como se o dano pudesse ser menor assim, ele joga a bituca por cima da amurada, dentro da água. Becker atravessa a ponte e segue pelo gramado gelado até a casa.

Quando ele abre a porta, o telefone do escritório está tocando.

— Alô.

Becker mantém o fone pressionado entre o ombro e a orelha, enquanto liga o computador. Em seguida, estica a mão e liga o interruptor da cafeteira sobre a mesa lateral.

Há uma pausa, então uma voz límpida e seca diz:

— Bom dia. Falo com James Becker?

— Sim. — Becker digita a senha do computador e tira o casaco.

— Certo. — Outra pausa. — Aqui é Goodwin. Do Tate Modern.

O telefone escorrega do ombro de Becker. Ele o agarra e o coloca contra o ouvido outra vez.

— Desculpe, quem?

O homem do outro lado do telefone exala alto.

— Will Goodwin — diz ele, as vogais claras exageradas pela enunciação. — Do Tate Modern, em Londres. Estou ligando porque temos um problema com uma das peças cedidas por Fairburn.

Becker fica atento, o punho apertando o telefone.

— Ah, *Deus*, vocês não danificaram a peça, não é?

— Não, sr. Becker. — O tom de Goodwin demonstra autocontrole. — Nós tomamos *muito cuidado* com todas as três peças de Fairburn. Entretanto, tivemos motivo para retirar uma das esculturas, *Divisão II*, da exposição.

Becker franze as sobrancelhas e senta.

— O que você quer dizer?

— De acordo com um e-mail que recebemos de um antropólogo forense muito conhecido que visitou nossa exposição no fim de semana, *Divisão II* inclui um osso humano.

A gargalhada de Becker é recebida com silêncio sepulcral.

— Desculpe — diz Becker, ainda rindo —, mas isso é simplesmente...

— Você deveria mesmo se desculpar! — Goodwin parece capaz de cometer assassinato. — Preciso dizer que não vejo motivo para riso.

Graças à sua incompetência como curador, na minha primeira exposição como diretor e no primeiro evento pós-pandêmico da galeria, nós nos vemos em posição de exibir restos humanos inadvertidamente. Você tem alguma ideia do tamanho do dano que isso pode causar a nós como instituição? É o tipo de coisa que faz as pessoas serem *canceladas*!

Quando Becker finalmente sai do telefone, ele olha para a tela do computador à sua frente, esperando que Goodwin encaminhe o e-mail. Essa reclamação, se é que dá para chamar assim, não faz sentido algum. Seria piada? Ou um erro genuíno, talvez?

A mensagem surge no alto da sua caixa de entrada, e Becker clica nela no mesmo instante. Ele lê o texto duas vezes, procura o remetente no Google (um acadêmico respeitado de uma grande universidade britânica — dificilmente do tipo que faz brincadeiras) e clica no ArtPro, o software de catalogação de Fairburn, para procurar a peça em questão. Ali está. *Divisão II, circa* 2005, de Vanessa Chapman. Fotografias coloridas, tiradas pelo próprio Becker, ilustram a lista. Cerâmica, madeira e osso, suspensos por filamentos, flutuam ao redor uns dos outros numa caixa de vidro feita pela própria Chapman. A cerâmica e o osso são gêmeos idênticos: hastes frágeis de branco puro, partidas no centro e unidas por laca e ouro.

Na primeira vez que a viu, Becker achou que devia ter sido enviada por engano. Escultura? Vanessa Chapman não era escultora, era pintora, ceramista. Contudo, ali estava, linda e estranha, um enigma delicado, o quebra-cabeça perfeito. Sem nota explicativa, só uma brevíssima menção num caderno, em que Chapman falava das dificuldades que teve ao montar a *casca*, a caixa de vidro que guardava os outros elementos. Antes dela, hoje, dele. Dele para pesquisar, catalogar, descrever e expor, para apresentar ao mundo. Foi exposta brevemente na Casa Fairburn e, desde então, vista por milhares de pessoas (dezenas de milhares!) em galerias de Berlim e Paris e, mais recentemente, de Londres.

Um osso humano! *Absurdo.* Becker empurra a cadeira para trás, levanta-se e se vira para olhar pela janela.

O escritório dele fica na ala pública da casa, com vista para a praça leste. No centro de um gramado bem cuidado há uma escultura em bronze feita por Barbara Hepworth, as curvas lustrosas na luz da manhã, as paredes convexas inclinadas do vão no centro cintilando em verde. Por aquele espaço oval, Becker vê Sebastian andando rapidamente pela grama, o celular pressionado contra a orelha.

Sebastian Lennox é o herdeiro de Fairburn. Quando a mãe dele bater as botas, Sebastian vai ser dono daquela casa, do chalé onde Becker mora, do gramado, da Hepworth e dos campos da região. Ele também é diretor da fundação, então, não só senhorio de Becker, mas chefe também.

(E seu amigo. Não se esqueça disso.)

Becker vê Sebastian desviar da escultura, o sorriso um pouco largo *demais*, a risada audível mesmo daquela distância. Becker se vira de leve e o movimento chama atenção de Sebastian; ele aperta os olhos, ergue uma das mãos em saudação e abre bem os dedos, indicando *cinco*. Cinco minutos. Becker se afasta da janela e senta à escrivaninha.

Dez, quinze minutos depois, ele ouve passos no corredor e Sebastian entra na sala, um golden retriever em forma humana.

— Você não vai *acreditar* na ligação que acabei de receber — diz ele, afastando a franja loira dos olhos.

— Não foi de Will Goodwin, foi?

— Deus, sim! — Sebastian ri e desaba na poltrona no canto da sala de Becker. — Dando chilique com medo de ser cancelado. Ele te ligou também?

Becker assente.

— Vão tirar a peça da exposição — diz ele. — É... é uma reação exagerada...

— É? — pergunta Sebastian.

Becker levanta os braços com as mãos abertas.

— Claro que é! Só pode ser. A peça foi vista por milhares de pessoas, inclusive especialistas. Se o osso fosse humano, acho que alguém já teria percebido.

Sebastian assente, a boca curvada para baixo nos cantos.

— Você está *decepcionado*? — pergunta Becker, incrédulo.

Sebastian dá de ombros.

— Você pode não ter percebido, Beck, mas o grande público britânico não anda batendo muito à nossa porta desde que reabrimos. Achei que a sugestão de um mistério, um cheirinho de escândalo...

— Escândalo? Ah, gostei disso.

Os dois homens se viram ao mesmo tempo e se deparam com Helena parada à porta. Ela usa casimira preta do queixo aos tornozelos, um vestido canelado que abraça sua barriga. Fios de cabelo castanho escaparam do rabo de cavalo e há pontos de rubor nas maçãs do rosto. Ela está um pouco sem fôlego.

— Hels! — Sebastian se levanta num pulo, abraçando-a e beijando-a suavemente nas bochechas. — Você está radiante. Veio andando? Sente-se aqui!

Helena se permite ser levada até a poltrona que Sebastian acabou de desocupar.

— Fiquei com vontade de dar uma caminhada — diz ela, sorrindo para Becker, que a estuda com expressão intrigada. — Está tão lindo lá fora, eu gostaria mesmo é de ir passear. — Ela balança a mão no ar, antecipando as objeções de Becker. — Mas, obviamente, não vou fazer *isso*. Então, me digam, que escândalo é esse?

Helena escuta com atenção enquanto Becker explica, interrompendo-o quando ele fala sobre o possível osso encontrado.

— Mas essa peça ficou exposta na Berlinische Galerie! Esteve na mostra Twenty-One do Musée d'Art Moderne de Paris!

Becker assente.

— Foi exatamente o que eu falei.

— E aí... o que vocês vão fazer? — pergunta ela.

— Não tenho ideia — responde Sebastian, sentando-se na beirada da mesa de Becker. — Para ser sincero, não tenho certeza se entendo qual é a questão. Digamos que o osso *seja* humano. Não quer dizer que ela violou um túmulo, né? Então, isso importa *mesmo*?

Becker morde a própria bochecha.

— Não se pode exibir restos humanos, Seb.

— O Museu Britânico está cheio disso!

— Sim, está. — Um sorriso surge no rosto de Becker. — Mas acho que é um pouco diferente.

Sebastian olha para ele de cara feia.

— Bem, Goodwin concorda. Ele está dando um ataque, quer mandar a peça para um laboratório particular para ser examinada de maneira confidencial, sabe...

— De jeito *nenhum*! — Becker fica de pé num pulo, balançando a escrivaninha e derrubando café sobre a superfície de couro verde.

Sebastian e Helena o veem limpar freneticamente o líquido derramado com um punhado de lenços de papel.

— Para testar o osso, eles têm que quebrar a caixa de vidro, e a caixa é parte da peça. A própria artista a construiu. Se o vidro for quebrado... bom, acho que o seguro é, no mínimo, invalidado, porém, mais que isso, o trabalho é danificado. Não vão enviá-lo para um... *laboratório qualquer*, sem conhecimento da história da obra e sem especialidade na área.

— Tudo bem — diz Sebastian, dando de ombros de forma exagerada. — E então?

— Nós podemos começar pedindo a outra pessoa, a algum outro especialista, talvez até a mais de um, para dar uma olhada. Só uma *olhada* pelo vidro. E, enquanto isso, podemos falar com a seguradora, explicar a situação, explicar que talvez seja necessário fazer... — Ele não consegue dizer *testes*, não quer admitir essa possibilidade. — Fazer mais *investigações* em algum momento.

— E, durante esse tempo — diz Helena, cruzando e descruzando as pernas —, você pode conversar com Grace Haswell.

— Não — diz Becker, sufocando uma onda de empolgação. — Eu não posso. Não quero deixar você...

— Na minha condição fragilizada? — Helena ri. — Pode, sim. Fala sério, Beck, você anda louco pra ir até Eris, só falava disso durante o isolamento. E agora temos a oportunidade perfeita. A desculpa perfeita.

— Acho — diz Becker com cuidado — que eu poderia sair cedo, dar um pulo lá e voltar no mesmo dia...

Ele olha para Sebastian, que dá de ombros.

— Eu não me importo. Vá se você acha que vai ser útil. Só não sei como a Bruxa Malvada da ilha Eris vai nos ajudar com isso. A menos que você desconfie que ela sabe de alguma coisa. Será que o osso é parte dos restos mortais de uma das crianças que ela atraiu para a casa de biscoito dela? — Sebastian ri da própria piada. Helena pisca para Becker. *Idiota.* — Não, é uma boa ideia. De verdade. Você pode matar dois coelhos com uma cajadada só: esclarecer essa história e avisar pessoalmente que estamos de saco cheio da enrolação dela. Está mais do que na hora de ela entregar os papéis de Chapman, junto com qualquer outra coisa que pertença a nós. Lembre a ela que o patrimônio artístico foi deixado para Fairburn, e que não cabe a ela decidir o que nos dar e o que guardar...

— Bem, tecnicamente — interrompe Becker, encostando-se na cadeira — cabe. Ela é a executora.

— Não tente bancar o espertinho. — O jeito brincalhão de Sebastian evapora como uma gota d'água numa chapa quente. Becker se esforça para não fazer uma careta e Helena olha para o tapete. — Ela anda segurando coisas, não é? Papéis, cartas e, possivelmente, algumas obras de arte. Que pertencem a nós. *Tudo.* Todas as telas, todos os desenhos, todas as tigelas de porcelana que ela fez na roda, todas as porras de pedrinhas que ela pegou na praia e arrumou *daquele jeitinho.* É nosso. Qualquer coisa relacionada ao patrimônio artístico é nossa.

Becker morde a língua. Ele está *desesperado* para botar as mãos nos papéis de Chapman; alguns cadernos chegaram a Fairburn junto com as remessas principais de arte, mas tem muito mais material que ninguém nunca viu. Becker sabe, por entrevistas, que ela tinha diários com seu processo de criação e que se correspondia com outros artistas para falar de seu trabalho. Se e quando Grace Haswell entregar aquelas coisas, ele vai ser o primeiro a ler. E vai poder dar forma a como o mundo enxerga Vanessa Chapman, como vê o trabalho dela, como esse trabalho é valorizado. O pensamento é suficiente para deixá-lo tonto.

Contudo, Becker é cauteloso por natureza e gentil também. Se há um jeito de obter esses papéis sem ameaçar ou intimidar a executora (e amiga querida) de Chapman, ele prefere seguir por esse caminho.

— Eu não estou *tentando bancar o espertinho* — diz ele, depois de um tempo. — Você sabe tão bem quanto eu que ainda não foi determinado o que constitui patrimônio artístico e o que constitui o resto...

— Rapazes. — Helena se levanta, descartando a oferta de ajuda de Sebastian. — Isso tudo é fascinante, mas eu acho que vocês talvez estejam deixando o todo de lado. Digamos que esse osso seja humano, e aí? O que vocês vão fazer? Como vão lidar com isso?

— *Lidar?* — repete Becker.

— Beck, Fairburn pode ir parar na primeira página de todos os jornais do país, no *The One Show*, no...

O rosto de Sebastian se ilumina, mas Becker está cético.

— Não sei se é *tão* importante assim, Hels — diz ele. — Seria uma estranheza, claro, mas...

— Beck. — Helena sorri para ele, balançando a cabeça. — Querido, fala sério! Você não acha que a imprensa vai se interessar pelo fato de um *osso humano* ser encontrado como parte de uma escultura feita pela falecida, grandiosa, reclusa e enigmática Vanessa Chapman? A mesma Vanessa Chapman cujo marido, notoriamente infiel, desapareceu quase vinte anos atrás? O corpo dele nunca foi encontrado!

2

Às vezes, quando olha para a esposa, Becker sente que seu coração vai explodir, tão cheio de sangue que chega a doer. Ele tem tudo que seu coração deseja, e isso o apavora, porque significa (deve significar, só pode) que ele tem muito a perder. É por isso que anda tão ansioso, tão tenso. Ele tem sorte demais, sabe disso. Não merece tudo aquilo.

Helena tinha acabado de passar pela estátua de bronze quando para, vira a cabeça para a esquerda e ergue a mão para proteger os olhos do sol. Algo chamou sua atenção. Em frente a ela, passa um par de pointers marrons e brancos, anunciando a chegada de Lady Emmeline Lennox, ativa e determinada, a carapaça grisalha platinada ao sol. Helena vira-se para a mulher mais velha e, do ponto de vista de Becker, a silhueta da barriga da esposa é refletida pela corcunda pronunciada de Emmeline.

Ele não consegue ouvir o que elas dizem, obviamente, nem consegue ver com clareza a expressão no rosto delas, mas não dá para deixar de notar a crueldade com que Emmeline segura o pulso de Helena, puxando-a para perto demais. Becker bate com os dedos na janela, e as duas mulheres viram a cabeça em sua direção. Com hesitação, Helena ergue a mão livre. Emmeline larga o outro pulso dela e se vira.

— Bruxa horrenda — murmura Becker.

Ele olha por cima do ombro para ter certeza de que ninguém o ouviu. Não é segredo que falta afeição entre a mãe de Sebastian e ele, mas não seria bom ser flagrado falando mal dela. Becker pensa em correr atrás de Helena, perguntar o que foi dito, ver se está tudo bem, porém sabe que ela não vai lhe agradecer por isso. Ela não suporta que fiquem em cima dela. De qualquer modo, seu telefone está tocando de novo.

Enquanto escuta um entregador confirmar os detalhes de uma consignação de duas aquisições que Sebastian fez para a fundação sem nem o consultar, Becker pesquisa na internet, não pela primeira vez, artigos sobre o marido de Vanessa, Julian.

Ninguém fala nada sobre ele há bastante tempo. O artigo mais substancial que Becker consegue encontrar foi publicado na *Tatler* em 2009, um perfil da irmã mais nova dele, Isobel, com o entrevistador imbuído da missão de "trazer Julian de volta ao olhar público", embora Becker não possa deixar de notar que boa parte do texto é tomada pelo lançamento da empresa de decoração de interiores de Isobel. Ainda assim, tem bastante coisa sobre Julian nos primeiros parágrafos.

Converse com pessoas sobre Julian Chapman e você verá que a palavra diabo aparece muito. Ele era um lindo diabo, tinha uma abordagem da vida do tipo que manda tudo para o diabo que o carregue, era dominado pelo diabo que vivia falando no ouvido dele. Quando falo isso para Isobel Birch, ela ri. "Ah, isso me parece verdade", diz ela. "Ele era terrível." A irmã de Chapman faz uma pausa. "Mas era um diabo muito amado. Todo mundo o adorava."

O piano de cauda na propriedade imaculadamente reformada em Costwolds está cheio de fotografias em porta-retratos, muitas das quais mostrando o amado irmão mais velho de Birch: ali está ele, de caiaque na costa da Cornualha; aqui está vestindo um terno chique, lindo como um ator de Hollywood, em Royal Ascot; em outra, está muito bronzeado e rindo num cavalo com um pôr do sol glorioso da savana atrás.

"Quênia", aponta Isobel. "Julian amava a África. Tinha um apelo ao lado selvagem dele. Ele e Celia [Gray, amante dele] estavam fazendo planos de se mudar para lá, tinham encontrado um terreno onde queriam construir uma casa, estavam muito animados." Birch pisca para segurar as lágrimas. "E aí, em menos de um ano, os dois se foram."

Gray morreu em um acidente de carro na França, na véspera do Ano-Novo de 2001. Seis meses depois, Chapman foi de carro para a ilha escocesa de Eris para visitar a esposa, de quem estava separado, a artista Vanessa Chapman. Ele nunca voltou da viagem. Nem ele nem seu Spider 1600 Duetto vermelho foram encontrados.

Sete anos se passaram desde aquela fatídica viagem, tempo suficiente para Julian ser "dado como morto". Contudo, Isobel não perdeu a esperança. "Eu ainda recebo mensagens de pessoas que dizem que o viram; eu viajei por todo o mundo — França, Bulgária, África do Sul e Argentina — para seguir pistas." Ela balança a cabeça com tristeza. "Eu sei que não é provável. Ele nos amava e, apesar dos defeitos, não era cruel. Mas não perco a esperança. Enquanto não tiver um corpo para enterrar, não vou perder a esperança."

Quando pergunto o que ela acha que pode ter acontecido a Julian, a expressão de Birch fica sombria. "Nós não sabemos ao certo os últimos movimentos dele. Vanessa alegou não ter conhecimento de nada. Supostamente, ela não estava na ilha quando Julian saiu de lá." Supostamente? Isobel balança a cabeça. "Não posso dizer mais nada. O que sei é o seguinte: Vanessa nunca ligou nem escreveu para saber como nós, a família de Julian, estávamos nos sentindo nas semanas depois que ele desapareceu. Ela não pareceu se importar com o paradeiro dele."

Quando sugiro que, talvez, Vanessa estivesse em choque, ela abre um sorriso pesaroso. "Vanessa nunca foi emocionalmente expressiva. Eu não sei o que ela sentiu, mas ficaria surpresa se fosse dor. No mínimo, acho que ela estava aliviada de se ver livre dele."

Nos parágrafos seguintes, o jornalista conversa com vários amigos de Julian sobre o casal. Essas fontes anônimas falam sobre o senso de humor diabólico de Julian, seu magnetismo e sua alegria de viver. Contam histórias sobre correr com touros, subir a montanha Ben Nevis, pular da ponte Magdalen na manhã de 1º de maio. Vanessa é uma nota de rodapé: a bela esposa. Talentosa, séria, ambiciosa.

Quando o jornalista cita as dificuldades financeiras e as (frequentes) infidelidades dele, a irmã é desdenhosa.

"Eu falei que ele era terrível, não falei? Ele não era perfeito. Porém, mais do que tudo, era um espírito livre; era engraçado e incrível e nunca, nunca tedioso. Todo mundo amava Julian. Todo mundo queria estar perto dele." Ela faz uma pausa e sorri, com lágrimas brotando nos enormes olhos castanhos. "Desculpe, isso não está certo. Nem todo mundo. Todo mundo, menos ela."

Diário de Vanessa Chapman

(sem data)

Minha pintura negra me perturba. Descobri ontem que não consigo trabalhar com ela na minha frente, encostada na parede do ateliê. Levei-a para o buraco do padre, mas mesmo assim sentia a presença dela, e saí de casa para ir para longe, porém continuou não parecendo suficiente, então saí da ilha.

Dirigi até o continente e liguei para Julian do telefone público no estacionamento (o telefone fixo de casa está mudo de novo e vivo me esquecendo de chamar alguém para consertar). Falei que ele não devia vir. Falei que <u>não o quero</u> aqui.

Depois, fui ao bar do outro lado do vilarejo. Sentei-me sozinha no canto. Uns dez minutos após eu chegar lá, um homem foi falar comigo — um estadunidense procurando túmulos. Tinha algo a ver com os ancestrais dele. Ele se ofereceu para me pagar uma bebida; eu sabia que, se aceitasse, eu não conseguiria voltar por causa da maré. Falei que eu era professora em Edimburgo, casada, e que tinha brigado com meu marido.

O sexo foi ok, mas caiu muito bem mesmo assim.

Essa liberdade é intoxicante
eu como quando quero
trabalho quando quero
venho e vou quando quero.
Não respondo a quem quer que seja, só à maré.

3

A atração da maré agita o sangue, acorda-a no meio da noite. Tantos anos na ilha Eris, mais de vinte agora, deixaram Grace conectada a ela. Uma lunática. Uma lunática de verdade! Governada pela lua. Ela não dorme mais quando a maré está baixa, só descansa quando o mar a separa do continente.

Quando sabe que ninguém pode aparecer sorrateiramente.

A ilha Eris não é uma ilha de fato. Como Grace, Eris é dependente da maré. Uma quase ilha, fundida ao continente por um fiapo de terra com cerca de 1,5 quilômetro de comprimento. Durante doze horas do dia, em dois períodos de seis, essa passagem é atravessável a pé ou de carro. Quando a maré sobe, Eris fica inalcançável. Se, como hoje, a maré baixa for às 6h30 da manhã, a passagem pode ser atravessada com segurança de 3h30 até 9h30.

No meio da noite, Grace acorda.

Ela acende o fogo no forno da cozinha e coloca a caneca de café no fogão Aga. Prepara um mingau, mexendo a aveia delicadamente, adicionando uma pitada de sal, um pouco de creme para finalizar. O café é saboreado em frente à janela da cozinha: ela não consegue ver o mar, mas o escuta. É uma besta indolente passando as garras na areia quando se afasta da costa.

Depois senta à mesa da cozinha com o laptop. Ao reler o e-mail que chegou na tarde do dia anterior, ela sente um frio na espinha; uma inquietação como o medo na noite de domingo de um dever de casa não concluído. Vanessa se foi há cinco anos, cinco anos, e as questões dela ainda não estão resolvidas; Grace ainda é incomodada em cartas e e-mails por homens que ela nunca viu. É culpa dela, e isso não a faz se sentir melhor. Só piora, na verdade. Cinco anos! Cinco anos de dor, de trabalho. De procrastinação. De reclusão. Levanta-se abruptamente, e o som da cadeira no ladrilho é alto demais. Parece que ela não pode mais se esconder.

Mais tarde, depois de tomar um banho e vestir roupas quentes, ela volta para a cozinha para pegar os óculos. O dia ainda luta para surgir, um céu de concreto pressionando as colinas do outro lado do canal. Vira o conteúdo da caneca numa garrafa, pega seu computador e a chave do ateliê no gancho da parede, pesando-a levemente na mão antes de enfiá-la no bolso.

Ela sai pela porta da frente e a fecha, inspirando fundo o ar frio e salgado, olhando para a direita, onde a ilha se projeta na baía. Tem uma luz acesa no chalé no porto. Marguerite está acordada. Outra lunática.

Grace vai para a esquerda e se afasta do mar, pelo caminho que leva ao ateliê, que, se ela quisesse continuar por ele, iria para a floresta, para a rocha Eris e para o mar da Irlanda.

Na metade da colina, ela hesita. Da porta da frente de casa até o ateliê são algumas dezenas de metros, mas poderiam ser mil quilômetros; tem mais de um ano que ela não destranca aquela porta. Grace arrumou todos os tipos de desculpa (trabalho, exaustão, coração partido) para adiar aquele momento. Contudo, os e-mails, as ligações e as ameaças não vão sumir. Ela precisa enfrentar aquilo, pois qual é a alternativa? Entregar a chave que está no bolso e acabar com tudo? Deixar algum estranho mexer nos papéis de Vanessa, deixar que algum forasteiro decida que partes da vida delas devem continuar privadas e quais devem ser expostas para todos verem?

Ela respira fundo.

E sobe.

A chave gira com uma facilidade surpreendente e a enorme porta de metal abre com um rangido, soltando um sopro de argila fria e poeira, tinta e terebentina. Grace para à porta, o olhar fixo no banco de três pernas na frente da roda de oleiro. Por um momento ela se vê incapaz de se mexer, atacada por uma lembrança de Vanessa sentada lá, o pé na roda, alheia ao vento e ao tempo, alheia a Grace, ao mundo todo, exceto à argila se movendo debaixo das pontas de seus dedos.

Grace pisca para afastar Vanessa dos pensamentos, e o resto do ateliê entra em foco: a bancada de trabalho na frente da janela, cheia de caixas, o forno no fundo do aposento, o tampo sobre o cavalete no centro, coberto de poeira e cheio de papéis e cadernos e ainda mais caixas. As prateleiras perto do fundo da sala estão carregadas de vasos e pincéis duros de tinta, espátulas, bolinhas de argila dura, uma esfera perfeita de quartzo rosa, crânios de passarinho, uma gaivota e um maçarico com bico comprido e curvo, como uma máscara da peste negra. Tem cortadores de argila, agulhas e pinças enferrujadas, uma faca de escultura e um conjunto lindo de martelos de cabo de faia de vários tamanhos, enfileirados do maior para o menor, como bonecas matriosca.

Os martelos foram presente, Grace imagina. De Douglas, talvez, ou de um dos outros homens dela. Eram raramente usados, de qualquer modo. Vanessa amava a *ideia* de entalhe em pedra, mas ficou frustrada com a prática. Era difícil demais, barulhento demais, violento demais. Ela voltou, como sempre fazia depois de um período de infidelidade, aos materiais que amava, os que dominava: argila, tinta.

As telas de Vanessa se foram há tempos, os potes e vasos também. Três anos atrás, quando o inventário foi concluído, Grace enviou as obras de arte para a Casa Fairburn, no sul, a fundação que foi citada no testamento de Vanessa como beneficiária de seu patrimônio artístico.

Grace, executora do testamento e sua única outra herdeira, tinha a intenção de olhar os papéis, as cartas, os cadernos e as fotografias antes de enviar qualquer coisa que considerasse parte do patrimônio artístico, mas era muita coisa, e o pessoal de Fairburn se mostrou impaciente e exigiu tudo de uma vez. Grace bateu o pé, e o relacionamento se deteriorou rapidamente. Foi sugerido que ela não era adequada para a função de executora. Acusações foram feitas, alegações de que havia peças faltando, de que Grace estava segurando coisas, indo contra o desejo de Vanessa. A executora usou o poder que tinha: parou de responder, deixou as ligações caírem no correio de voz, ignorou os e-mails. Por um tempo, tudo esteve tranquilo.

Contudo, ultimamente, está ficando barulhento de novo, com duas cartas de advogados no mês anterior, uma exigindo uma catalogação abrangente dos papéis de Vanessa e a outra, uma catalogação das cerâmicas. E aí, no dia anterior, um e-mail. Que veio não de um advogado, mas de um tal sr. Becker, curador de Fairburn. Grace acostumou-se a apagar todas as mensagens sobre o assunto, mas aquela se destacou, o tom bem diferente da beligerância legal com que tinha se acostumado vindo daquelas pessoas. *Há um assunto de certa urgência que eu gostaria de discutir com você*, escreveu o sr. Becker. *Por favor, faça contato comigo*. Havia certa súplica no tom que foi quase emocionante.

E ali está ela, no ateliê. Grace anda pelo aposento mais uma vez; passa os dedos pela poeira sobre a mesa, segura uma pequena espátula vincadora afiada e a larga, sente o peso do maior dos martelos em uma das mãos, o crânio levíssimo de gaivota na outra.

Pega a caixa de papéis mais próxima e segue na direção da casa.

Diário de Vanessa Chapman

Sufocante.

A exposição de Whitewall terminou no sábado — sucesso absoluto de um ponto de vista comercial — com todas as peças vendidas. Uma frase na seção Atualidades da Modern Painting*: "Chapman consegue ficar do lado certo do clichê".*

Ao que parece, eu tenho beleza, mas não substância.

Depois que a exposição acabou, nós fomos para a casa de Izzy jantar, embora nenhuma comida tenha se materializado. Pessoas horríveis — gente chata de Bullingdon, idiotas que têm dinheiro e me olham com ar de superioridade porque eu não tenho —, todas falando sem parar sobre férias e preços de propriedades. A energia necessária para disfarçar meu desprezo poderia iluminar uma cidade.

O tempo todo, Julian ficou me olhando e sorrindo e dizendo quanto sentia orgulho. Ele já está gastando o dinheiro.

4

Becker está ouvindo rádio no carro; estão falando sobre Daphne du Maurier.

Três pessoas, um apresentador e dois participantes, uma mulher e um homem, estão discutindo a nova biografia *sinistra* da escritora, que indica um relacionamento *inadequado* com o próprio pai.

Um relacionamento *abusivo*, diz a mulher.

Um relacionamento *incestuoso*, diz o homem, nós não temos certeza se houve coerção.

O relacionamento supostamente aconteceu antes de du Maurier chegar aos 16 anos, então foi *necessariamente* abusivo, responde a mulher com firmeza. Crianças não podem consentir.

De fato, concorda o apresentador. Por que será, continua apressadamente, tentando levar a discussão para um território mais seguro, que estamos tão interessados na vida particular dos artistas? As pessoas parecem se agarrar à ideia de que o que um escritor coloca no papel deve ter sido tirado de alguma experiência, então a sugestão aqui é que esse... *relacionamento*, essa situação entre du Maurier e o pai de alguma forma levou aos livros, mais notavelmente *Rebecca*.

Essa particularidade acontece com escritoras, diz a mulher. Os críticos parecem incapazes de atribuir a uma mulher a capacidade da invenção, eles...

Ah, para com isso, interrompe o homem. Nem tudo é machismo, Marjorie.

Nem *tudo*, eu não falei tudo e, se me deixar terminar a frase, você...

Becker desliga o rádio.

A estrada está subindo há um tempo; ele chegou ao alto da passagem. Faz uma curva final e, à sua frente, um vale pintado em tons de verde, bronze e cobre se revela, com as laterais bem íngremes. À esquerda, o terreno desaparece até surgirem brilhos de aço, onde a água encontra a vegetação. À direita há uma cerca e, em três postes seguidos da cerca, corvos estão pousados, escuros e ameaçadores, vendo-o passar.

Os pássaros, ele pensa, *podia ter vindo de uma paisagem assim*. Não o filme, aquecido pela luz do norte da Califórnia e pela beleza luminosa de Tippi Hedren, mas o conto original de du Maurier, sombrio, apavorante e trágico. Um frio sobe pela espinha dele. Becker abre e fecha as mãos algumas vezes, tentando relaxar o aperto no volante.

Ele continua pensando naquela cena com Emmeline, no jardim. Helena não quis falar sobre aquilo. *Nada*, disse ela, *não foi nada*. Não pareceu nada, afirmou Becker. Helena balançou a cabeça negativamente, sorriu e disse que tudo bem, era a mesma coisa de sempre. "Esquece", continuou. "Eu já esqueci. Ela está velha, está de luto, não está tão bem. Ela não é nada com que você deva se preocupar."

Becker repassa a conversa no escritório também, Sebastian o repreendendo: *Não tente bancar o espertinho*. Sebastian! Aquele lesado de escola preparatória, Eton e Oxford tratando-o como um idiota! Sebastian, que não sabe nada de nada, que tem a capacidade de atenção de um mosquito, que vai atrás de Hirsts e Banksys, e o que mais estiver na moda e for caro. Que é alto, bonito e rico. Que ficou com Helena primeiro.

Becker despreza a si mesmo por deixar o pensamento atravessar sua mente, despreza a si mesmo por falar mal de Sebastian, ainda que seja só na imaginação. O homem é bom com ele, muito bom, considerando as circunstâncias.

Ele está nervoso, só isso. Não gosta de deixar Helena sozinha. Não por ter ciúme ou por não confiar nela. Ele só está ansioso, não consegue se controlar. Está ansioso desde que ela contou que estava grávida, e agora ela já está de quase sete meses.

O fato de ela ser tão irresistivelmente relaxada não ajuda. Helena toma vinho (*Eu sou metade francesa, você sabe*) e dança em festas com saltos de dez centímetros; outro dia, ele a pegou colocando uma fatia de gorgonzola numa torrada e quase deu um tapa na mão dela para derrubar. Helena não leu um único livro sobre gravidez, não viu vídeos no YouTube de mulheres parindo. Ela não tem plano de parto.

Becker, por outro lado, já dirigiu da casa deles até o hospital mais próximo umas seis vezes. Já fez caminhos diferentes e até analisou o *segundo* hospital mais perto, a cem quilômetros mais ao sul. Só por garantia. "Garantia de quê?", perguntou Helena quando ele contou. "Caso o hospital esteja *fechado*?"

Ele fica tenso porque se preocupa com ela, só isso. E porque não tem dormido. Becker não consegue; ela ronca muito e irradia calor. Ele se deita ao lado dela, impotente, a pele coçando, apaixonado, apavorado. E se alguma coisa der errado? E se ela mudar de ideia? E se perceber que tudo foi um engano horrível?

E se ele tiver o que merece?

Diário de Vanessa Chapman

Estou tão inquieta aqui. Costwolds deveria ser interior, mas não parece selvagem, todos os lugares parecem subúrbio, cheios de Range Rovers dirigidos por esposas de gestores de fundos. E o calor está implacável — todas as cercas vivas estão morrendo e o céu está teimosamente branco há semanas; as campinas estão queimadas, a terra está seca. Sinto falta de água, de verde e azul e violeta.

Não escrevo nada há uma semana. Acabei de voltar da Cornualha. Deixei J em Oxfordshire — eu quase não o vejo mesmo — e fiquei dez dias. Nadei e trabalhei e falei e falei e falei — Frances está fazendo esculturas de cerâmica incríveis, criaturas marinhas, esmaltadas em azuis e roxos celestiais, misteriosas e ameaçadoras.

Com dificuldade de pintar.

Desejo ficar só, mas já estou muito solitária. Como isso funciona? Solitária quando estou só, mais ainda quando Julian está aqui. Nós nunca conversamos, só brigamos e trepamos.
    A última briga — tediosamente sobre planos de Natal —, quero voltar para a Cornualha, mas ele insiste em ficar com a família. Depois, Courchevel no Ano-Novo com o pessoal de Izzy. (Esse é meu limite — ele pode ir sem mim.)

Tentando terminar a peça final para a mostra do Cube em Londres, mas o céu está sem graça e a luz tão chapada — sinto-me encurralada por carros e pessoas e cercas vivas.

⁓

Nada vendido no Cube. Julian diz que estou perdendo meu tempo.

Mas! Um artigo na Art Review me chamou de <u>alguém a se observar</u>. "Tudo que os jovens artistas britânicos são, Vanessa Chapman não é." Então... antiquada? Tudo bem, eu não faço as coisas de qualquer jeito. Porém, também: "Intensa, comovente".

Isso não é tão ruim, é?

Não pinto desde o começo do ano, apesar de estar esculpindo um pouco — encontrei um ateliê em Oxford que posso usar. Vou quase todos os dias, mesmo quando não preciso trabalhar — qualquer coisa para sair de casa.

Estarei sozinha em breve — Julian vai para Nairóbi na semana que vem para algum "empreendimento de viagens" que ele e Izzy estão planejando, depois os dois vão para Lamu. Celia Gray alugou uma casa lá. Izzy me diz que é "só um caso".

Não sei se me importo. Não, eu me importo, sim. Às vezes eu me importo. Parte de mim quer que ele vá e não volte. Parte de mim quer trancá-lo num quarto e nunca deixar que saia.

5

No final do vale, Becker vira à direita e segue na direção da costa, a noroeste. O velocímetro mal chegou a 95 quilômetros por hora quando uma ambulância passa berrando, as luzes azul e vermelha piscando. A 1,5 quilômetro à frente, a estrada está fechada. Um acidente feio, o jovem policial que cuida do bloqueio faz uma careta. Motociclista. Vai demorar. Talvez seja melhor você pegar o desvio mais longo.

Becker dá meia-volta e dispara pelo vale, o olhar atraído pelo relógio no painel. Se não chegar a Eris antes de 10h45, ele vai perder a maré, e são 9h12, o que quer dizer... espera, o que quer dizer? Ele mexe no GPS, *reajusta a rota, reajusta a rota, sua coisinha idiota*, o pé pesado no acelerador. Quando faz a última curva fechada no fim do vale, ele sente a traseira do carro deslizar. Enfia, então, o pé no freio, o estômago embrulhado e o coração disparado com o veículo balançando loucamente pela linha branca dupla. Em pensamento, ele vê o quadro *Death on the Ridge Road*, de Grant Wood, o carro preto parecendo se encolher de pavor frente ao caminhão vermelho em alta velocidade, Becker visualiza o próprio corpo esmagado entre o assento e o volante, imaginando a voz de Helena ao atender a ligação, tremendo antes de falhar.

Atordoado pela adrenalina, ele segue dirigindo, voltando a 65 quilômetros por hora, tentando reduzir os batimentos ao se concentrar no problema da vez. Há uma oportunidade ali, ele precisa agarrá-la, precisa cuidar da questão com Grace Haswell do jeito certo.

Ele vai começar com *Divisão II*. A controversa costela, essa é sua porta de entrada. Becker está supondo que Haswell não vai saber de nada (de nada *definitivo*, pelo menos) sobre a origem daquele osso, e ele vai perguntar se havia desenhos preparatórios ou outras anotações sobre a peça. A partir daí, poderá seguir para o assunto dos diários de Vanessa.

Ele leu alguns que foram enviados com a segunda remessa de quadros, mas sabe, por entrevistas, que ela escreveu em cadernos por toda a vida produtiva; então deve haver dezenas. Cartas e fotografias também; todo tipo de material valioso. Contudo, ele vai ter que lidar com as coisas de forma delicada se quiser chegar a algum lugar, para desfazer o dano causado pelo pai de Sebastian e pelos advogados dele.

O fato que ninguém admite por causa das *circunstâncias* é que aquela situação foi tratada de forma errada. Em parte, foi compreensível: o conteúdo do testamento de Chapman foi um choque para todos do mundo da arte. Ninguém imaginava que ela fosse deixar todo o patrimônio artístico para a Casa Fairburn, a fundação criada pelo pai de Sebastian, Douglas Lennox, antigo galerista de Vanessa e, ao longo da última parte da vida dela, seu amargo inimigo.

Quando a notícia se tornou pública, Douglas se vangloriou. Vanessa Chapman tinha tido bom senso, enfim! O legado representava, alegou ele em entrevistas, um pedido de desculpas póstumo. Era a admissão do terrível mal que ela tinha feito a ele tantos anos antes; prova de que, mesmo depois de mais uma década de afastamento, Vanessa não o tinha esquecido, nem tudo o que ele fizera por ela. A conexão, profunda e íntima, nunca fora rompida, afinal.

Levou mais de um ano para o inventário sair, mas, no fim, o envio de peças para Fairburn teve início. Foi aí que as coisas começaram a dar errado. Sem oferecer provas, Douglas alegou que havia quadros faltando. Ele escreveu para Grace Haswell, a executora de Vanessa, chamando-a de incompetente. Mais tarde, só faltou ele acusá-la de roubo. Houve advogados envolvidos dos dois lados.

Foi nessa confusão que Becker chegou. Antigo colega de faculdade de Sebastian e especialista em Vanessa Chapman, primeiro, ele recebeu instruções rigorosas de não se meter no caso Haswell, que estava sendo cuidado por advogados. Contudo, Douglas morreu de maneira súbita — e trágica. Um tiro acidental durante um abate da população de cervos na propriedade.

Tudo ficou incerto. Os advogados, então, interromperam os trabalhos enquanto Sebastian e sua mãe estavam de luto. O casamento vindouro do filho com Helena Fitzgerald foi adiado. Os interesses comerciais da família foram reestruturados, a propriedade de Highlands, vendida. Sebastian assumiu o controle dos negócios. Aí veio a pandemia, deixando tudo mais turvo, atrasando qualquer possibilidade de ação direta.

Até que esse novo acontecimento, essa coisa sobre o osso usado em *Divisão II*, deu a Becker a oportunidade de adotar uma nova abordagem para a situação.

O erro que Douglas, Sebastian e os advogados deles cometeram, acredita Becker, foi tratar Grace Haswell como executora de Chapman. Ela *é*, claro, mas também era amiga da artista, companhia dela por quase vinte anos e sua cuidadora no fim da vida. Há boatos de que possam ter sido amantes.

Para Becker, a oportunidade de conhecer essa mulher é tentadora: não pode haver pessoa melhor para dar uma visão da verdadeira Vanessa Chapman. Ela é um contato a ser cultivado, não ostracizado, certo?

Quem sabe o que ela pode ter para dar a eles? Que conhecimentos pode oferecer? Que histórias tem para contar?

Diário de Vanessa Chapman

Hoje, chegou pelos Correios um recorte — sem bilhete, só um recorte — da seção de imóveis do The Times.

Uma ilha à venda. Uma ilha inteira! Contendo uma casa — pequena, dilapidada, uma antiga fazenda, eu acho, ou um chalé de pescador — e mais duas construções. Dois celeiros. Um destruído, provavelmente impossível de consertar. O outro com "potencial para conversão". Tem um leilão no fim do mês.

Se eu não conseguir comprá-la, não sei se meu coração vai aguentar.

6

Acima do porto de Eris há uma fileira de chalés brancos e, na frente dele, um pequeno estacionamento em que o Prius de Becker entra, suavemente, às 11h23. A pedra pálida da passagem está visível sob uma camada de mar; a água parece estar numa profundidade que dá para caminhar, mas a placa à esquerda do capô do carro avisa sobre as terríveis consequências para o pobre tolo que tentar a sorte contra a maré subindo.

Becker inclina-se sobre o volante e olha pelo canal estreito para o trecho escuro de cinza e verde que é a ilha Eris. Na ponta sudeste, ele vê uma mancha branca: a casa de Vanessa, tão próxima, mas tão inalcançável. A próxima maré baixa é às 20 horas. Ele não vai poder atravessar antes das 17 horas. Becker fica tentado a dar meia-volta e dirigir para casa, mas Sebastian vai ficar irritado e ele, se sentir um idiota. E não é que não tenha nada para fazer. Ele está com o laptop; pode trabalhar e tem muita coisa para ler. Vai encontrar um lugar para almoçar e repassar suas anotações.

De qualquer forma, primeiro ele decide esticar as pernas. Becker sai do carro balançando as pernas e os braços para relaxá-los depois do trajeto. Por causa de um vento gelado que vem do mar, ele veste o casaco e enfia o celular no bolso, vai para o norte pelo estacionamento, passa pelos chalés e segue por um caminho costeiro bastante percorrido. A uns quatrocentos metros do vilarejo, a trilha começa a subir, marcando uma fronteira perigosa entre a área verde de pastagem e uma queda íngreme para o mar.

O céu acima exibe um azul suave e desbotado, e só quando Becker vira o rosto na direção do vento é que ele vê as nuvens escuras vindo pela esquerda. Ele hesita. Será que a tempestade vai passar direto? Ele segue andando com esperança, mas não percorreu nem trinta metros quando as primeiras gotas de chuva caem com força sobre seus ombros. Ele se vira, andando o mais rápido que consegue, os olhos apertados e os braços encolhidos contra a chuvarada.

Assim que chega a um terreno mais seguro, começa a correr em direção ao estacionamento, deslizando na lama. Já na fileira de chalés, Becker reduz a velocidade, inclina a cabeça para a esquerda e limpa a água do rosto. Na janela da casa mais distante, ele vê um rosto: angustiado, encostado no vidro. Ele leva um susto, tropeça, para. Quando olha de novo, não tem ninguém, só um vaso sobre o parapeito.

De volta ao carro, com o coração disparado, ele liga o aquecimento no máximo. Tira o casaco molhado e o joga no banco de trás. Procura o celular, que está, claro, ainda no bolso do casaco. Vira-se para pegá-lo e, limpando as gotas nas lentes dos óculos com a barra da camisa, fica aliviado por ainda restarem dois tracinhos de sinal de internet. Suficiente para acessar os artigos que salvou no Dropbox, seu arquivo virtual com material de imprensa. Perfis de Vanessa, críticas de exposições, obituários e algumas notícias publicadas quando o patrimônio artístico foi estabelecido e o conteúdo do testamento de Vanessa veio a público.

THE TIMES
4 de março de 2017
RENOMADA ARTISTA DEIXA PATRIMÔNIO DE MUITOS
MILHÕES DE LIBRAS PARA INIMIGO RESSENTIDO

Vanessa Chapman, a reclusa artista que faleceu em decorrência de um câncer em outubro do ano passado, deixou todo o seu patrimônio artístico para um homem que a perseguiu nos tribunais, como foi revelado ontem.

As obras de Chapman, estimadas em vários milhões de libras, foram deixadas para a Fundação Fairburn, um fundo beneficente criado por Douglas Lennox, filantropo e marchand.

Lennox e Chapman estiveram envolvidos em uma batalha judicial hostil de 2002 a 2004, depois que ela desistiu da exposição solo dela na Galeria de Arte Moderna de Lennox, em Glasgow, no último minuto, gerando um prejuízo de dezenas de milhares de libras. A disputa, no entanto, foi resolvida fora do tribunal. Lennox alegara, na ocasião, que as ações de Chapman "chegaram perto de arruiná-lo" e que o estresse do caso no tribunal tinha afetado sua saúde e seu casamento.

As críticas vão até as primeiras exposições dos trabalhos dela no começo dos anos 1990, quando ela era uma pintora de paisagens mais tradicional. O crítico da revista *ArtFuture* elogiou o uso exuberante de cor e as pinceladas expressivas, mas viu as pinturas dela como nostálgicas ao ponto da futilidade. "Chapman nada com coragem contra um mar de conceitualismo, enfurecendo-se contra a morte da pintura."

Quanto mais o trabalho de Vanessa ficou abstrato, mais os críticos foram gostando. O jornal *The Independent* escreveu sobre sua contribuição para a exposição Painting Today de 1995, no Southbank: "As telas saturadas de cores de Chapman habitam um espaço intrigante entre a abstração e a figuração e ficam ainda mais emocionantes por isso…".

Contudo, se a imprensa estava começando a gostar do trabalho dela, não parecia gostar *dela*. "Embora as pinturas de Chapman sejam ousadas", declarou um crítico, "suas cerâmicas são delicadas e contidas, tão retraídas e frias quanto a própria artista."

Isso tornou-se recorrente: os trabalhos de Chapman recebiam elogios, sua aparência (olhos escuros, pele úmida, graciosa, magra) era enaltecida, mas sua personalidade, não. Ela foi descrita por uma série de críticos e entrevistadores como difícil, desagradável, impaciente, taciturna, estridente e cabeça-dura.

Ao reler esses artigos, Becker se mexe no banco, incomodado. Ele nunca conseguiu associar a imagem que Chapman passava na imprensa com a sensibilidade da artista que ele ama. Becker passa os olhos pelas páginas em busca de referências às esculturas e cerâmicas, mas pouco parece ter sido escrito sobre o interesse dela em algo além da pintura. Ele continua lendo e acaba pegando no sono, embalado pelo som das ondas quebrando no porto.

* * *

Ele acorda num sobressalto, a mente agarrando-se aos vestígios de um sonho perturbador, e depara-se com alguém (uma criança, ele pensa num primeiro momento) batendo no capô do carro. Essa pessoa, de jaqueta amarela fluorescente por cima de um suéter cinza enorme com o capuz tão puxado que quase cobre os olhos, aponta para uma placa do outro lado do estacionamento que diz PROIBIDO ACAMPAR.

— Eu estou com cara de quem está acampando, por acaso? — sussurra Becker enquanto abre a porta e sai do carro no chuvisco.

Ele sorri graciosamente para a pessoa pequena.

— Eu vou visitar Grace Haswell — explica ele —, ali na ilha. Estou esperando a maré descer. Você sabe a que horas é seguro atravessar?

O desconhecido ergue a cabeça e Becker leva um susto: é o rosto da janela. Uma mulher, a pele enrugada e maltratada, a boca retorcida, os lábios se movendo.

— Como? — pergunta Becker, mas ela se virou e seguiu a caminho dos chalés.

Depois de alguns passos, ela para e olha na direção dele, brevemente, antes de se virar mais uma vez. Quando volta a andar devagar, ele vê que as mãos dela, enluvadas e pálidas junto ao corpo, fazem um movimento repetitivo de abrir e fechar conforme ela caminha.

Uma onda bate no muro do porto e produz um som baixo e ameaçador, como uma explosão abafada. Becker entra no carro, lembrando que estava no carro no sonho. Ele estava no carro e água entrava, escorrendo pela ventilação e em volta das portas. Havia um bebê berrando no banco de trás.

7

Tem alguém chegando. Uma pessoa nova. Está vindo pela passagem, balançando dentro de um carro azul. Grace sabe que é uma pessoa nova ali pelo jeito que dirige, devagar e com hesitação. Sem se apressar.

Ela verifica se a porta da frente está trancada antes de voltar ao ponto de observação, na janela grande da cozinha. Grace limpa a condensação do vidro com a manga desfiada do cardigã, mas o carro desapareceu; deve ter chegado ao lado mais próximo da passagem e parado ao pé da colina. O motorista vai dar de cara com a corrente com a placa de PROPRIEDADE PARTICULAR passada na frente do caminho.

Grace anda da janela grande com vista para o mar para a menor, no lado norte da casa. De lá, ela monitora os degraus que sobem do caminho até a porta da frente. Um minuto ou dois se passam. Quando ela começa a imaginar que a pessoa deve ter voltado, um homem alto e magro entra em seu campo de visão. Ele é pálido, com cabelo da cor de palha úmida, e está usando um casaco escuro e óculos de armação grossa. Ela leva um susto; por um momento, acha que o reconhece. Contudo, não. É só um daqueles rostos comuns. O homem faz uma pausa para recuperar o fôlego; olha para a casa, a chuva caindo no rosto. Ela não tem certeza, mas acha que o vê sorrir.

Ele não *parece* ameaçador, mas Grace sabe que não dá para deduzir o nível de ameaça por um olhar. Não dá para inferir a propensão de um homem à violência pela aparência dele. Ela consertou ossos quebrados por mãos delicadas, costurou cortes feitos por homens com sorriso fácil e colarinho branco; Grace já conheceu brutos com rosto de anjo.

Ela se afasta da janela. No suporte da parede na sala, pega a espingarda, leva-a para o corredor e a apoia no banco, bem visível para qualquer um parado na porta. Na terceira ou quarta batida, Grace abre a porta.

— Sra. Haswell? — pergunta o homem com um sorriso nervoso, estendendo a mão úmida.

Grace não retribui o sorriso nem segura a mão dele.

— *Dra*. Haswell — corrige ela.

— Dra. Haswell, me desculpe. Peço perdão por aparecer assim, eu...

— O que você quer?

— Meu nome é Becker, James Becker, da Fundação Fairburn. Eu tenho tentado fazer contato...

Ao ouvir *Fairburn*, Grace começa a fechar a porta.

— Eu não tenho mais nada pra vocês — diz ela, envergonhada do choro na própria voz. — Vocês já levaram tudo.

Diário de Vanessa Chapman

Este lugar! Para onde quer que eu me vire, a paisagem fala comigo. A leste, as colinas suaves e arredondadas, tão reconfortantes, tão femininas! Ou em direção à floresta, verde e preta e misteriosa. Se você quiser pavor verdadeiro, é só subir até a rocha e olhar para baixo, para o caos do mar. Neste momento, estou cativada pelo sul, pelas ilhas, por Sheepshead. Não tem nada de ovelha! Para mim, ela é um lobo.

8

Grace Haswell é feia. Becker fica surpreso com quanto ela é feia, e se envergonha do pensamento na mesma hora em que ele surge. Ela está apavorada também. Ele a deixou com medo.

Por um minuto, talvez mais, ele fica parado em frente à porta fechada, pensando menos na mulher assustada atrás dela do que na humilhação que vai sentir quando for relatar os eventos do dia para Sebastian. Será que deveria mentir? Não seria a primeira vez.

Becker está a ponto de dar meia-volta quando a porta se abre e quase bate em sua cabeça. Ele pula para trás.

— Você não me ouviu? — Grace Haswell olha para ele de cara feia. Os olhos são como água gelada, os lábios finos repuxados por cima dos dentes como um cachorro raivoso. Não está se acovardando.

Becker recua um pouco mais.

— Dra. Haswell, eu preciso explicar, não é sobre... é sobre *Divisão II*. A escultura, sabe? É sobre ela que eu gostaria de conversar.

Grace balança a cabeça, as sobrancelhas franzidas.

— Você já tem essa, estava na segunda remessa, ou na terceira. Eu tenho os documentos. Você está me dizendo que não chegou?

— Não, não, chegou, sim. A questão é que nós emprestamos a peça para uma exposição no Tate, entende, e...

— E danificaram.

— Não... ao menos, ainda não.

Grace franze mais as sobrancelhas. Becker respira fundo e se encolhe um pouco quando uma nova pancada de chuva estoura acima de sua cabeça.

— É meio complicado — diz ele com voz fraca.

Os lábios de Grace tremem de leve, e, por um momento, ele acha que ela vai sorrir, mas ela não o faz, porém abre a porta mais um pouco e dá um passo para trás, permitindo que ele entre.

Becker passa pela porta. Seu coração está disparado, ele está meio tonto, prendendo o ar. Esperou tanto por isso, para estar ali, na casa dela... a casa de Vanessa Chapman! E é escura. Velha, cheia de tralhas... ele quer tanto apreciar o momento, mas está decepcionado.

— Aqui! — grita Grace, e ele se vira e fecha a porta. Segue-a pelo corredor à esquerda e... ah!

Agora há amarelos e azuis e luz, há uma vista. Ele conhece essa vista. São o caminho, a areia e três picos ao longe, cobertos por um branco puro.

— *Areias de Eris* — diz ele, um sorriso se abrindo no rosto. Becker olha para Grace Haswell e sorri. — *Areias de Eris!*

A anfitriã está encostada no fogão Aga do lado direito do aposento, as mãos nas costas, a expressão inescrutável.

Becker não consegue segurar a empolgação, não consegue reprimir o sorriso.

— Ela devia estar bem aqui, neste lugar, quando o pintou! A perspectiva, o jeito como a luz incide... Acho que sempre imaginei que ela tivesse pintado do lado de fora, mas foi aqui, não foi? — Ele olha para baixo e vê gotas de tinta no chão e nas paredes, na direção em que ela balançou os pincéis. Becker sente os pelos da nuca se eriçar. — Bem aqui!

Quando se vira para Grace, tem a impressão de ver um resquício de sorriso antes de ela dar as costas para ele. A mulher pega uma chaleira e a leva para a pia para enchê-la.

— Vanessa preferia trabalhar lá fora, claro — começa ela —, mas nem sempre era possível. Ela enfrentava a maioria dos climas, porém às vezes o vento não permitia. — Grace coloca a chaleira sobre o Aga e se vira para ele, a expressão está mais suave. — Quando não estava bem, perto do fim, ela trabalhava cada vez mais aqui dentro...

Becker assente.

— Claro — diz ele, forçando sua expressão a um arranjo mais solene. — Desculpe, eu estou... *empolgado*. Eu queria visitar este lugar há tanto tempo...

Grace inclina a cabeça para trás e ergue o queixo só um pouco, a expressão mudando de novo. Becker não consegue interpretá-la, mas parece quase repugnância. Ele está sendo insensível, deveria ser mais respeitoso. Ali é a casa de Grace, não uma atração turística. Arrependido, fica em silêncio.

A anfitriã indica com a mão um assento à mesa da cozinha e volta a preparar o chá.

Becker senta, olha ao redor, para as vigas escuras passando no teto, para a lareira na reentrância na parede dos fundos. É aconchegante — ensolarada quando o tempo está bom, imagina ele —, mas está gasta. A pintura nos detalhes de madeira desbotou, algumas das portas do armário estão meio soltas nas dobradiças e as paredes, que talvez já tenham sido de um amarelo-prímula, ficaram da cor de nicotina. Aqui e ali há contornos fantasmagóricos de quadros pendurados por muito tempo e depois removidos.

Becker tenta imaginar como era quando Vanessa morava ali. Ela exibia os próprios quadros nas paredes? A vista do mar espelhava seu similar pintado a óleo? Ou ela pendurava coisas completamente diferentes? Grace o vê olhando para o contorno escuro acima da reentrância na parede e amarra a cara.

A mulher não é nada parecida com o que ele esperava. Estranhamente, considerando o número de artigos que ele leu sobre Vanessa Chapman e a vida dela em Eris, Becker nunca viu uma fotografia de Grace Haswell, e a pessoa que ele tinha em mente até aquele dia vinha da pura imaginação. Ele visualizava uma idosa Pré-Rafaelita, alta e ossuda, com olhos verdes grandes e cabelo castanho comprido com mechas grisalhas. Na verdade, Grace é baixa, com, no máximo, 1,50 metro, e corpulenta. Becker não é bom em adivinhar a idade de mulheres mais velhas, mas, se forçado, diria que ela tem uns 65 anos. O rosto dela é suave, as bochechas pendem com um pouco de flacidez e as cores são lamacentas: do cabelo curto aos olhos protuberantes, do cardigã longo à calça comprida demais, ela está pintada em tons de marrom.

Por que, ele se pergunta agora, tinha achado que Grace seria bonita? Em parte, é o nome, que conjura a imagem de uma sílfide, adorável e de membros compridos, porém, mais do que isso, é por associação, o eco de uma lição aprendida na escola: as garotas bonitas andam juntas. Como Vanessa Chapman era linda, ele supôs que a amiga dela também seria.

Grace coloca, com vigor, uma caneca de chá na frente dele, derramando um pouco sobre a mesa. Está forte e, quando ele prova, açucarado.

— Existe alguma dúvida sobre a autenticidade? — pergunta Grace, sentando-se em frente a ele. — Se houver, é infundada. *Divisão II* é inquestionavelmente trabalho de Vanessa.

Becker coloca a caneca sobre a mesa, senta-se mais ereto na cadeira, surpreso. Nunca passou pela cabeça dele que a escultura pudesse não ter sido feita por Vanessa.

— *É incomum* — continua Grace —, porque ela não era conhecida pelas esculturas. Acho que, no final, ela só completou sete da série. Foram feitas num período da vida em que ela estava com dificuldade para pintar. — Grace para e toma um gole de chá. — Tem anotações, tem desenhos.

Becker sente a boca ficar seca por dentro, mas, antes que ele possa falar, ela levanta a mão.

— *Não* peça pra ver isso agora, *neste instante*, porque eu não vou conseguir botar a mão nisso imediatamente. Apesar de eu estar ciente de quanto seu pessoal está impaciente.

Ele toma outro gole de chá, fazendo uma leve careta por causa da doçura, imaginando se talvez devesse contar a ela que conseguiu o emprego recentemente, que é um forasteiro, e não exatamente parte da família.

— E aí? — pergunta Grace rispidamente. — É isso? Uma questão de autenticidade?

— Não, não. — Becker balança a cabeça com veemência. Então, mergulha na história que foi lá contar sobre o visitante da Tate Modern, o antropólogo forense; ele fala a respeito do e-mail e do osso. Quando chega ao fim, Grace começa a rir.

— Humano? — repete ela, e ele assente.

Ela gargalha de novo, e a risada deixa as feições dela mais leves, arredonda as bochechas como maçãs. Ao contrário do que ele pensou anteriormente, será que ela ainda está na casa dos cinquenta anos?

— Você sabe que eu sou médica, né? — questiona Grace. — Se Vanessa estivesse usando ossos humanos nas esculturas dela, não acha que eu teria reparado?

Becker sente o rosto ficar vermelho.

— Bom, eu falei que achava que alguém teria reparado, mas disseram que não é incomum confundir costela de cervo com humana.

Grace repuxa os lábios e inclina a cabeça para o lado, como se estivesse considerando isso.

— Quando eu soube — continua ele —, tive exatamente a mesma reação que você. Eu ri. Falei para o meu chefe que essa escultura específica já foi exibida não só em Fairburn, mas em outras galerias. O fato é que o pessoal da Tate está nervoso. Tiraram a escultura de exposição e estão tentando convencer Sebastian, e estou falando de Sebastian Lennox, meu chefe, a *examinar* o osso, para estabelecer se...

— Vocês não podem fazer isso! — interrompe Grace. — Não podem abrir a caixa! É...

— Parte da peça. — completa Becker. — Foi *exatamente* o que eu falei.

Seus olhares se encontram.

— Ela mesma fez — diz Grace, a voz meio tensa. — A caixa, ela mesma montou, tem as digitais dela na parte de dentro do vidro. Tem... *rastros* dela dentro da caixa. Digitais, DNA. O hálito dela.

Becker olha para a mesa e engole a vergonha. Cinco anos podiam ter passado, mas está óbvio que aquela mulher ainda sofre pelo luto. A casa foi esvaziada, quadros tirados das paredes; não parece que ela tem muito dinheiro. Enquanto isso, a mulher recebeu acusações de incompetência e, pior, foi perseguida por advogados. E, agora, ele aparece na casa dela sem avisar.

— Me desculpe por ter que incomodá-la com isso, dra. Haswell — pede ele, da forma mais gentil que consegue. — Eu achei que... para evitar abrir a caixa, eu talvez pudesse olhar as anotações ou os desenhos relacionados à escultura. Pelo menos, se eu pudesse ter uma ideia de onde o osso foi encontrado e quando, talvez...

— Bom, eu posso dizer *onde* ela o encontrou — responde Grace secamente. Então, inclina a cabeça para o lado e o estuda com olhos apertados. — Não *exatamente* onde, mas foi na floresta da colina atrás de casa, que é onde ela ia procurar objetos. Lá ou na praia. Tem ossos por toda parte, de cervos, ovelhas e gado. De focas também. Mas, mesmo se você puder dizer onde ela o encontrou, ou quando, não vejo como isso ajuda. O que isso diz de verdade?

— Não muita coisa — admite Becker. — Mas, se ela tiver mencionado o osso nos diários, se tiver mencionado que o encontrou, talvez diga o que *ela* achou que era, e isso já seria alguma coisa, eu acho, para demonstrar que a artista não tinha intenção de usar...

— De usar o quê? De usar restos humanos na escultura? — Grace para, solta outra risada e levanta-se abruptamente, a expressão transformada. A cara de desprazer voltou, e em pior intensidade. — Por que alguém imaginaria... Ah, *Deus*. Acabei de me dar conta do que é isso. Você acha que é *ele*, não acha?

Becker inspira fundo.

— *Não*, eu...

— Ah, isso é absurdo, um total *absurdo* — diz ela, a boca se retorcendo em desprezo. Ela se inclina para a frente, pega a caneca de chá dele pela metade, vira-se e a joga na pia. — Quero que você vá embora!

— Por favor, dra. Haswell, eu não acho que seja ele, não é esse o motivo da minha vinda...

— Agora! — Ela aponta para a porta. — Pra fora!

Becker não tem escolha, ela não lhe dá escolha. Ele pega o casaco e segue pelo corredor com Grace logo atrás, gritando com ele o tempo todo.

— Que gentinha! Tentando inventar um absurdo sensacionalista e ridículo para divulgar seu museu! Vocês não são tão inteligentes, são? Julian Chapman sumiu em 2002! *Divisão II* foi feita em 2004! Ele não teria virado apenas osso em dois anos, não é?

A data na peça é 2005, pensa Becker, mas ele não vai discutir com ela.

— Bom... eu não... eu não faço ideia... — diz Becker com infelicidade, virando-se para olhar para ela.

— Eu estou dizendo que não! — afirma Grace com rispidez. — Meu Deus, se ao menos você tivesse se dado ao trabalho de perguntar a alguém que soubesse o que está dizendo! Que *gentinha*! Você não merece sentar na cozinha dela, andar na ilha dela. Não merece pendurar uma única peça do trabalho dela em suas paredes. É isso que você pensa dela? Que ela... *o quê*? Matou o marido e fez dele uma escultura?

Diário de Vanessa Chapman

Estou em Nápoles, onde o ar tem gosto de sal e enxofre e o céu à noite é roxo e dá para andar junto ao mar e ver todos os jovens, todos os adolescentes italianos encantadores, rindo e gritando e se beijando à meia-luz.
 Durante o dia, o calor e os homens são implacáveis. Andar pela rua é exaustivo. Na última vez que estive aqui, eu era criança e me lembro do jeito predador como os homens olhavam para minha mãe, como ela sorria e ria. Eu amarro a cara e falo palavrões. Apesar da minha vaidade (talvez por causa dela?), nunca gostei de ser pintada ou fotografada, nunca gostei que me olhassem.
 Eu vim <u>olhar</u>.
 Vim ver Judite decapitando Holofernes, de Gentileschi, no Museu de Capodimonte.
 Eu me lembro disso da última vez que estive aqui também: acho que fiquei fascinada pelo horror do quadro, pelo <u>sangue</u>, mas agora o que eu amo é como as duas mulheres trabalham juntas, com seriedade, dedicando-se, de verdade, à tarefa. A Judite de Caravaggio é hesitante e medrosa, mas essa Judite — de lábios vermelhos, com o vestido do azul de um céu napolitano — está determinada, inabalável. As mangas estão dobradas. E a criada não está parada de forma passiva ou inútil ao lado; ela está totalmente envolvida, ela o segura, empurra-o contra a cama, os olhos focados no rosto dele. Quase dá para imaginar que ela gosta.
 Eu estava parada ali, impressionada com aquelas mulheres magníficas, quando uma sombra caiu sobre mim. Havia um homem parado perto demais, tirando toda a luz. Alto e de ombros largos, com a mandíbula quadrada — parecia que tinha errado o caminho quando estava indo fazer apostas. Eu estava prestes a me afastar quando ele perguntou: "Você é Vanessa Chapman?". Juro, meu queixo caiu.

Ele disse que tinha visto meus quadros no Cube. O nome dele é Douglas Lennox, ele tem uma galeria em Glasgow e diz que está interessado em me representar.

Deixei que ele me levasse para tomar um drinque e, depois de alguns, para a cama. Provavelmente não foi a melhor ideia se vamos trabalhar juntos, mas ele foi muito bom — e ele é casado, então não deve me causar problemas.

⁓

Julian está em casa há cinco dias, emburrado. Ao que parece, terminou com a Celia. Ele está sem dinheiro, e o pai se recusa a emprestar mais. Eu também não dou qualquer coisa para ele.

⁓

Douglas Lennox apareceu ontem. Me ligou da estação de Oxford, disse que estava de passagem.

De Glasgow?

Ele não gostou das pinturas que fiz do Palácio de Blenheim, as que todos admiram. Sentimentais, bonitas e artificiais. Ele amou as cercas vivas. Ousadas, disse ele, ambiciosas — levando paisagens numa direção nova. É isso que você quer fazer, não é? Julian entrou no ateliê quando estávamos conversando, estávamos bem próximos, minha mão no braço de Douglas, ou talvez ele estivesse com a mão nas minhas costas, nós estávamos nos tocando, pelo menos. E Julian — que sabe como eu me sinto com toques de <u>modo geral</u> — saiu batendo os pés.

Douglas e eu conversamos por muito tempo, falamos de querer seguir quase que na direção de algo tridimensional, fazendo marcas com a espátula que quase são entalhes. Ele observou que os melhores trabalhos que eu fiz não foram <u>aqui</u> — os quadros da Cornualha e da Itália são os de mais sucesso. A paisagem — que antes me emocionava — agora perde a graça.

Quando Julian voltou para casa à noite, ele me confrontou sobre Douglas e eu ri. Pensei por um momento que ele bateria em mim — acho que eu queria que isso acontecesse. Se ele batesse em mim, eu poderia ir embora, não poderia?

⁓

Temos tempestades três dias seguidos e parece que meu corpo absorveu toda a eletricidade do ar. Eu pinto e pinto, me sinto revitalizada, renovada.

Londres amanhã, para a Feira de Arte.

⁓

Achei que eu tinha sido perdoada pelo incidente com Douglas, mas me enganei. Quando voltei de Londres, levei duas porradas na cara.

A primeira: ele está com Celia Gray de novo — e <u>não</u> é um caso, ele diz que a ama.

A segunda: enquanto eu estava fora, ele levou um dos meus quadros da Itália (Orla de Nápoles) para "uma amiga da Celia que comercializa arte" e o vendeu.

Não consigo descrever o que senti; não foi só desespero, foi uma escuridão como nunca vi, foi ódio. Às vezes, a crueldade dele rouba meu fôlego — como se a infidelidade não fosse suficiente, ele pega meus quadros e o dinheiro pelo qual trabalhei.

Preciso ser determinada, preciso botar o trabalho no centro da minha vida.

É preciso ir embora, porque, se não for, acho que posso matá-lo. Ou ele a mim.

9

Ao dirigir de volta para o continente, Becker tem a impressão de ver algo no retrovisor. Um flash azul, não o azul do céu nem do mar, mas algo mais intenso, não natural, deslocado. Um azul como um brilho estroboscópico de luz. Ele para o carro e sai. O ar está úmido e uma névoa se aproxima pelo mar. Algumas partes da ilha já estão encobertas. Não há nada na colina que não pareça pertencer àquele lugar. Ele fica parado por um momento, olhando em volta, o corpo vibrando com a leve emoção do medo. Perto do mar, com a névoa aumentando, consegue imaginar o horror de ficar preso com a maré cheia. Ele não é bom nadador. Entra no carro e dirige, rápido demais, sacudindo pelas pedras e pelos buracos, até terra firme.

Então, pensa ele em tom sombrio, *isso correu bem.*

Na extremidade do vilarejo de Eris tem um pub. Becker entra no estacionamento e fica no carro por um minuto, as mãos no volante. Ele deseja estar em casa, mas não consegue enfrentar a viagem. A ansiedade que sentia voltou, uma sensação pesada apertando as têmporas, pressionando a nuca; ele é tomado pela certeza de que, se sair agora, com o fim do dia próximo, ele nunca vai chegar em casa.

Becker pega o celular com a intenção de ligar para Helena (ela vai botar a cabeça dele no lugar, ela nunca falha), mas três chamadas perdidas de Sebastian ajudam-no a tomar a decisão. Ele sai do carro e entra no pub.

O lugar não é pitoresco. É uma sala retangular com um balcão de madeira escura e umas poucas mesas, simples, meio sujo e vazio, exceto por três jovens a uma mesa no canto mais distante e uma mulher de meia-idade olhando o celular atrás do balcão.

Ela ergue o rosto e sorri para ele.

— O que você quer, docinho?

— Eu estava pensando se você teria um quarto, só para esta noite.

— Temos, sim! — diz ela, virando-se para pegar duas chaves no painel às suas costas. — Você pode escolher, na verdade, entre o quarto grande e o miudinho. O pequeno é mais barato, mas não tem banheiro.

Ele escolhe o quarto maior, que, como o próprio bar, é funcional, mas não acolhedor. Parece limpo, e, acima do cheiro de cerveja velha que permeia o local, ele sente o aroma de algo tentador. Algo assado, ele acha. Uma torta?

De volta ao bar, Becker saboreia uma torta de carne e toma uma caneca de cerveja preta enquanto lê o resto das anotações e dos artigos no arquivo. Ele está procurando (irremediavelmente, teme ele) um motivo para voltar, alguma informação, algum ponto de conexão que lhe permita entrar de novo na casa de Grace Haswell.

Chapman não deu muitas entrevistas, talvez porque era difícil, como os críticos diziam, ou porque eles insistiam em dedicar tantas linhas para falar quanto ela era difícil. Mesmo no auge do sucesso, no fim dos anos 1990 e começo dos 2000, Vanessa raramente falava sobre o trabalho em público. Depois do desaparecimento do marido em 2002 e do cancelamento de sua exposição solo na Galeria de Arte Moderna de Glasgow, de propriedade de Douglas Lennox, ela nunca mais falou com a imprensa.

Becker fecha o laptop e o enfia na bolsa, pega a caneca e volta ao balcão do bar. A senhoria está acompanhada do marido, supõe ele, um homem magro de rosto rosado sentado na extremidade do balcão, lendo o jornal local.

— A torta estava mesmo excelente — diz Becker para a mulher, que inclina a cabeça graciosamente. Ela olha para ele por um momento.

— Você está procurando um chalé de férias aqui? — pergunta ela.

— Ah, não — responde Becker, balançando a cabeça. — Eu vim ver Grace Haswell. Na ilha.

— Ah, a dra. Haswell! — Ela ergue uma sobrancelha. — Você é amigo dela?

Ele balança a cabeça de novo.

— Não, não. Eu sou... hã, curador de um museu. Lá em Borders. Nós, o museu, claro, herdamos parte da arte de Vanessa Chapman depois que ela morreu.

— Ah, sim. É você, então? Nós ficamos muito tristes por causa da sra. Chapman. Ela era uma mulher adorável. Gentil. Boêmia, não era? Glamorosa. Popular com os cavalheiros. — A senhoria dá uma piscadela para ele.

O marido ergue o olhar do jornal e a fita de cara feia.

— Não dava problema pra ninguém — murmura ele, olhando com cara feia para Becker. — Nem ela, nem a doutora. Elas ficavam no canto delas. Não incomodavam ninguém.

— Bem — diz a esposa dele pensativamente —, teve aquela história com o mecânico...

— Não estão precisando de você na cozinha, Shirley? — rosna o senhorio. Ela dá de ombros, abre um sorriso doce para Becker e desaparece em algum lugar nos fundos. Becker está prestes a sair quando o senhorio começa a resmungar de novo.

— Aposentada, sabe — diz ele.

— Como?

— A dra. Haswell. Aposentada, ela estava, e aí saiu da aposentadoria pra trabalhar no hospital durante a pandemia. Turnos de quinze horas, foi isso que fizeram com eles. Trabalharam como burros de carga. — Ele olha para Becker como se ele fosse responsável. — Eu odiaria que ela fosse incomodada depois de tudo pelo que passou. Ela e a sra. Chapman — fala de novo — não davam problema pra ninguém.

Lá em cima, no quarto, Becker liga para Helena.

— É estranho, sabe, os moradores daqui parece que gostavam dela — diz ele.

— Por que isso é estranho? — pergunta Helena.

— Eu só fiquei surpreso. Essa intrusa, uma mulher inglesa do sul, refinada, aparece, compra uma ilha, mora lá sozinha. Ela tem a reputação de ser fria, difícil e antipática, mas o pessoal da região, ou, pelo menos, o senhorio e a esposa dele, só tem coisas boas a dizer sobre a mulher.

— Hum. — Helena parece distraída, como se não estivesse prestando atenção totalmente.

— Hum? Hum o quê?

Ela ri.

— Talvez ela fosse uma boa cliente. Sei lá, Beck, imagino que ela podia ser encantadora se quisesse. E todas as coisas que os críticos escreveram sobre ela, que ela era... o quê? Desagradável e irritadiça e *estridente*... Isso são coisas que as pessoas dizem sobre uma mulher que sabe o que quer, não é?

— É?

Helena ri de novo.

— É! E, pensando bem, determinada e egoísta são só sinônimos para quem, em alguns círculos, não tem filhos.

— São?

Helena faz um ruído de reprovação. Ele quase a sente revirando os olhos para ele.

— Olha, você precisa voltar e falar com ela, com a amiga, *companheira*, o que quer que ela seja. Não foi pra isso que você foi até aí? Se quiser conhecer Vanessa de verdade, precisa arrumar um jeito de fazer essa tal Haswell conversar com você. É ela que sabe onde todos os corpos estão enterrados.

Becker escuta uma voz, mas não sabe se é no corredor lá fora ou no telefone.

— O que foi isso? — pergunta ele.

— É o entregador de pizza — diz Helena com a voz rouca. — Ele está saindo do chuveiro. — Becker expira alto. — É a *televisão*, querido. Meu Deus. Eu estou maratonando *Kardashians* na sua ausência.

— Eu te amo — diz ele.

— E nós te amamos.

— Você e o entregador de pizza?

— Ou entregadora.

Ele encerra a ligação e volta a estudar o arquivo de Vanessa, lendo com um olhar mais minucioso. Claro que ela não era tão desagradável, claro que era só misoginia! Os críticos eram todos homens, os entrevistadores eram todos homens, assim como a maioria dos entrevistados. Homens com intenções ou homens com ressentimentos.

Só nesse momento é que Becker se dá conta de quanto Grace Haswell está *ausente* deles. Ela quase nunca é mencionada, exceto uma ou duas vezes, nos obituários de Vanessa, como cuidadora e, mesmo assim, ninguém nunca lhe dá voz. É possível que não tenha desejado falar com os jornais; é possível que Vanessa tenha pedido para ela não falar. Contudo, também é possível que, enquanto os jornalistas estavam procurando citações de vencedores do Prêmio Turner ou de analistas proeminentes, ninguém tenha pensado em perguntar a Grace Haswell, uma médica de família do interior, o que ela achava, o que sentia.

Becker fecha o laptop. Ele está exausto, as costas e os ombros estão tensos por ele ter dirigido tanto e ficado sentado curvado na frente da tela. Ele sai da cama e anda pelo piso de madeira rangente até o banheirinho, empertigando-se, girando os ombros e o pescoço de um lado para o outro. Para na frente da privada, a cabeça roçando no teto enquanto urina, e olha pelo basculante para uma luz solitária ao longe.

Como seria fácil, pensa ele, *não a ver. Como seria fácil que ela passasse despercebida.*

No quarto, Becker abre o laptop de novo e começa a escrever.

Prezada dra. Haswell,

Tem tantas coisas sobre as quais eu gostaria de falar com você, tantas perguntas que eu gostaria de fazer. Aquele osso — que nem por um segundo achei que viesse do corpo de Julian Chapman — é o menor dos meus interesses. Isso é só uma coisa que tenho que fazer, um problema que tenho a resolver, uma parte do meu trabalho como curador da coleção Fairburn.

Eu gostaria de perguntar sobre sua vida com Vanessa, sobre a mulher por trás do trabalho, a mulher que só você conheceu. Isso é, em parte, curiosidade profissional, claro. Eu escrevi minha tese sobre o desenvolvimento de arte de paisagem não tradicional, e o trabalho de Vanessa foi central para isso. Contudo, minha ligação com a arte dela é bem mais antiga, tem raízes mais profundas. Como qualquer pessoa interessada no assunto, eu tenho dois conjuntos de lembranças: lembranças pessoais e lembranças artísticas. Às vezes, as duas se cruzam.

Minha mãe era uma aquarelista talentosa. Ela fez faculdade de artes, mas abandonou quando engravidou. Ela pretendia voltar aos estudos, porém meu pai, um homem que eu não conheci, não a sustentava. Minha avó, que já era viúva, não tinha como sustentar nós três, e minha mãe teve que trabalhar.

Ela tinha um emprego num supermercado no centro de Bicester, na mesma rua de uma galeriazinha de arte chamada Harry West Art. Foi, como sei que você sabe, o primeiro lugar a exibir o trabalho de Vanessa. Minha mãe ia na hora do almoço ou depois do trabalho, para olhar os quadros. Em uma exposição, ela comprou uma pintura a óleo pequenininha, de vinte por doze centímetros. Custou o salário de uma semana e gerou uma briga enorme com minha avó.

O quadro era de uma cerca viva, com o verde rebelde pontilhado de flores roxas e amarelas, o odor de verão emanando. A artista tinha imprensado coisas como sementes e pétalas no quadro. Lembro que levei um susto e achei lindo encontrar uma asa iridescente de inseto. Por menor que fosse, era o tipo de quadro para o qual você nunca se cansava de olhar, o tipo de pintura que recompensava com algo diferente a cada vez que era observado.

Minha mãe o pendurou na parede ao lado de sua cama.

Dois anos depois, quando ela foi para um hospital para morrer, ela levou só duas coisas: um porta-retratos com uma fotografia nossa e o quadrinho. Poucos anos depois disso, quando me vi com força para olhar a sacola de pertences dela, com os pijamas, o saco de roupa suja, que tinha sido devolvida para mim depois da morte, descobri que a foto estava lá, mas a pintura, não.

Comecei a procurá-la. Eu tinha 13 anos na época, estava solitário e zangado e não tinha a menor noção de arte, mas, felizmente, minha avó lembrou que o sobrenome da artista era Chapman. Isso foi nos anos 1990, antes do Google, e tive sorte de encontrar na biblioteca do nosso bairro uma cópia microfichada de uma entrevista que Vanessa tinha dado para a ARTNOW depois de expor na London Art Fair de 1995. Por ser um adolescente, fiquei impressionado com quanto ela era linda, contudo, mais que isso, fiquei impressionado com o que disse quando perguntaram o que pintar significava para ela. Posso citá-la para você aqui, porque eu li aquelas linhas tantas vezes que as sei de cor:

"Arte é legado, é consolo. Acalma, reconforta, desperta. É trabalho. É o que você faz o dia todo. É como você resolve as coisas, como entende o mundo. É a oportunidade de recomeçar, de trocar de pele, de se vingar, de se apaixonar. De ser boa. De viver muito."

Encontrei o quadrinho (Cerca viva, 1993) num leilão, anos depois. Comprei-o com meu primeiro pagamento da Christie's. Minha mãe teria ficado impressionada com o valor dele. Ou talvez não! Talvez ela sempre tenha desconfiado que o mundo um dia valorizaria o trabalho de Vanessa como ela valorizava. De qualquer modo, acho que ela ficaria muito feliz de ver a obra pendurada na parede ao lado da minha cama agora.

Espero que isso explique um pouco por que seria tão importante para mim se pudéssemos conversar de novo.

Atenciosamente,

James Becker

Na madrugada, logo antes de a maré mudar, o celular de Becker recebe uma notificação. Ele acorda com o coração disparado, pensando em Helena. Contudo, quando olha para a tela, ele vê um aviso de e-mail.

Prezado sr. Becker,

Obrigada por seu e-mail. Se você ainda estiver em Eris, pode vir à ilha hoje. A maré baixa é às 8 horas.

Por favor, entenda que só vou falar com você sob a condição de pedir a seus funcionários para pararem de me perturbar.

Se você estiver preparado para fazer isso, podemos conversar mais.

Atenciosamente,

Grace Haswell

10

Quando está subindo os degraus para a casa de Vanessa, Becker se pergunta se Grace vai mostrar o ateliê. Deus, o que ele não daria para vê-lo! O que não daria para ir até o alto da rocha, para ver aquela vista.

— Você pode ir lá em cima, mas eu não recomendaria — diz Grace quando ele a questiona sobre o assunto.

Ela está servindo café na caneca dele. Não está sendo exatamente *receptiva*, mas bastante civilizada. Não há sinal da raiva do dia anterior. Ela projeta o queixo na direção da janela, indicando a névoa.

— O último cara a subir lá nessa névoa não voltou. Bom, ele voltou, só que por via expressa. — Ela olha para ele com as sobrancelhas erguidas, um assobio baixo nos lábios. — Apareceu na praia uma semana depois.

Becker quase engasga com o café.

— Saiu no jornal — diz ela com tranquilidade. Grace senta em frente a ele e sopra a superfície da bebida. — Uns dois anos atrás... talvez três? Eu me perco. Foi antes da pandemia, pelo menos.

— Meu Deus. Quem era ele?

Grace dá de ombros.

— Um trilheiro. Um turista. Canadense, acho. Uma pobre alma longe de casa. Eu não cheguei a vê-lo. O carro alugado ficou estacionado perto do caminho por uns dias e foi assim que eu soube que alguma coisa tinha acontecido.

Os dois tomam um gole de café. Becker balança a cabeça.

— Eu não tinha ideia de que era tão perigoso... A rocha era um dos pontos favoritos de Vanessa pra pintar... não era?

Grace assente vigorosamente.

— Ah, sim, ela subia lá toda hora. E em todos os tipos de tempo. Quanto mais se olha uma cena, mais dá pra tirar dela. Era o que ela dizia. Vanessa levava o kit pra lá, as tintas e telas, o pacote todo, dirigindo o quadriciclo até onde dava. Depois, a pé. — Ela ergue as sobrancelhas até quase o cabelo, um sorriso calmo no rosto. De repente, repuxa os lábios. — Ela perdeu mais de uma tela para o vento. Eu morria de medo, mas nada impedia Vanessa. Quase nada.

Não há dúvida: Grace está diferente. Faz mais contato visual, está menos na defensiva, mais efusiva. O e-mail teve efeito.

— Ela *conhecia* este lugar, entende — conta Grace, balançando a cabeça —, conhecia cada centímetro desta ilha, cada pedra e cada raiz, cada fenda, ela sabia onde o chão era instável, onde o vento podia te surpreender... Hoje, não. Você seria tolo de ir hoje. E, infelizmente, também não posso mostrar o ateliê ainda. Não está pronto.

Eles se olham, e Grace senta-se mais ereta na cadeira.

— *Eu* não estou pronta. De qualquer modo, eu preciso de algumas garantias de sua parte. Quero saber como você planeja proceder a partir daqui.

Becker inclina a cabeça e toma outro gole do café. Sentindo que é improvável que seu charme funcione, ele opta pela deferência.

— A minha esperança — diz ele com cuidado —, se você tiver tempo, claro, e estiver disposta, é que nós, você e eu, possamos ler alguns papéis da Vanessa juntos... — Ele não ergue o olhar, ele o mantém na mesa e a voz firme. — Assim, talvez a gente consiga encontrar uma solução aceitável para os dois lados. — De repente, ele a encara. — Eu preciso da sua ajuda.

Grace pressiona os lábios, um leve rubor se espalha nas maçãs do rosto... Ela está satisfeita. Está lisonjeada.

— Isso seria... acho que tudo bem — diz ela, e Becker fecha as mãos em punhos vitoriosos embaixo da mesa.

Os dois chegam a um acordo. Grace vai lhe dar uma amostra dos papéis (alguns cadernos, umas cartas, talvez) para que ele leve para Fairburn. Becker vai conversar com Sebastian e pedir... não, mandar! Vai mandar que ele faça os advogados sossegarem. Dali em diante, Grace vai negociar diretamente com Becker, e só com Becker. Não vai haver mais ameaças de processos. Ele faz uma promessa solene, cruzando os tornozelos embaixo da cadeira como uma criança.

— Vou buscar uns cadernos pra você olhar — anuncia Grace, levantando-se da mesa.

Becker espera até ouvir a porta da frente se fechar e aproveita a oportunidade. Ele sai da cozinha e se dirige para a escuridão da sala lotada. Sem janelas e sem circulação de ar, tem a sensação de que é um espaço raramente usado. Há um biombo com um pano verde-hospital desbotado encostado na parede, um pequeno sofá azul briga por espaço com duas poltronas puídas e uma televisão velha sobre um carrinho de metal.

No chão, há livros empilhados, jornais amarelados, exemplares antigos da revista *The Doctor*. Em cada superfície, seja bancada, mesa de centro ou a prateleira acima da lareira, há objetos posicionados: troncos da cor de café com leite, orbes de quartzo branco puro, vidro verde brilhante lapidado pelo mar. Becker seleciona uma pedra branca com uma linha rosa no meio, como uma veia, e a rola pela mão, depois a coloca de volta na prateleira da lareira.

Após a sala vem outro corredor, no qual Becker encontra um banheiro e dois quartos, um pequeno à direita, mobiliado com uma cama de solteiro arrumada, uma escrivaninha e um guarda-roupas, e um maior à esquerda. Becker para na porta do segundo. As paredes estão pintadas de branco, a cama de casal, com uma cadeira ao lado, está sem lençol. É o quarto de Vanessa, ele sabe, porque, pela janela em frente, consegue ver o mar e um farol numa ilha ao longe. Ele está vendo a paisagem retratada em *A esperança é violenta*, último quadro de Vanessa, concluído meses antes de ela morrer.

Lágrimas surgem nos olhos dele. Ele recua rapidamente, reparando, conforme retorna para a cozinha, que *todas* as paredes estão expostas, que a casa toda parece despida, roubada de tudo que já a teria adornado. E ele está entre os ladrões. Quando passa pela sala, pega a pedra branca de novo. Todas as pedras, disse Sebastian, *todas as porras de pedrinhas que ela pegou na praia e arrumou daquele jeitinho*. Becker enfia a pedra no bolso; volta para a mesa da cozinha segundos antes de ouvir a porta se abrir.

— Ela não datava nada — diz Grace quando entra no aposento, folheando as páginas de um caderno A5 —, então achar o que você está procurando pode não ser tão rápido. — Ela coloca o caderno sobre a mesa, junto com dois iguais e uma pasta cheia de papéis soltos. Becker entrelaça os dedos para se segurar e não sair agarrando tudo. — Imagino que esses cadernos não eram para referência — diz Grace. — Eram só... parte do processo, acho, de entender as coisas.

Ela o encara e afasta o olhar rapidamente. Sem querer, defendeu o direito de Fairburn de ter os cadernos: eles eram *parte do processo*, parte do processo artístico de Vanessa. Becker deixa o momento passar despercebido.

— O que eu estava dizendo? Eles não são datados, era isso. Pelo menos um deles é antigo demais, de quando ela tinha acabado de se mudar pra cá, mas acho que você vai achá-lo muito interessante. Ela escreve sobre esculturas no segundo, esse pode ser mais relevante. Eu pretendia olhar tudo isso — confessa ela, suspirando. — Pretendia mesmo.

— Eu sei — diz Becker baixinho. — Eu entendo, de verdade.

Ela sorri para ele, agradecida, e Becker se sente péssimo.

— Há desenhos na pasta, e claro que você pode ficar com todos. Eu não tenho ideia se algum tem valor ou interesse real, a maioria parece rabisco para mim...

Filisteia, pensa Becker, *sem gentileza alguma.*

— O fascinante pra mim — diz ele — é a progressão do estilo dela, o desenvolvimento, tanto em termos de peças individuais quanto de todo o corpo de trabalho, e imagino que quase todos esses desenhos terão valor, desde que eu consiga entender a ordem. Imagino que os cadernos possam ajudar com isso.

Grace parece em dúvida.

— Talvez...

— Uma das coisas extraordinárias no trabalho da Vanessa é que tem uma sensação real de coerência, apesar de o estilo ter mudado muito ao longo da vida dela. Quando você olha as pinturas que ela fez quando chegou aqui, é impressionante a diferença entre *Sul*, que eu acho que foi uma das primeiras concluídas na ilha, e *A maré sempre vem*, que finalizou apenas um ano depois e, mesmo assim, a mudança é bem radical. *A maré* é muito mais *fluida*, mas não há dúvida de que foi a mesma mão segurando o pincel, o mesmo olho.

Grace suspira com impaciência.

— Eu não saberia dizer — fala ela. — Não sou crítica de arte. Todo mundo fica tão preso à teoria, mas, às vezes, é questão de necessidade. Você mencionou A *maré sempre vem*... Bem, ela teve que pintar esse de um jeito diferente porque ela não conseguia usar o pincel direito. Ela só... espirrou tinta no dedo e aplicou direto na tela, depois usou o pincel, e gostou do efeito. Isso influenciou como ela fez as coisas depois, as pinceladas ficaram...

— Mais soltas! — exclama Becker. — Mais expansivas.

— Acho que sim...

— E a tinta fica mais escultural... mas, espera, você disse que ela não *conseguia* usar o pincel?

— Bom, não, porque ela tinha quebrado o punho. — Grace olha para ele, intrigada, meio sorrindo, meio franzindo as sobrancelhas. — Você não sabia disso? Foi assim que nos conhecemos.

11

Carrachan, 1998

O dia estava lento. Grace tinha uma pausa de quinze minutos antes da consulta seguinte, então aproveitou a oportunidade para preparar uma xícara de café que, talvez, tivesse tempo de beber. Foi nessa hora que ela a viu, na verdade *o* viu, um carrinho verde velho entrando no estacionamento e parando de repente, ocupando duas vagas. A porta do motorista foi aberta de forma violenta e uma mulher saiu. Ela era alta e muito magra, com cabelo da cor de âmbar pálido — precisando desesperadamente de uma escova — caindo sobre o rosto. Andava de um jeito estranho, com o queixo enfiado no peito e os braços em volta do corpo, cambaleando em direção à entrada.

Uma bêbada, pensou Grace, tomando o café e queimando o céu da boca. Da sala de espera ela ouviu a voz da recepcionista, baixa no começo e depois subindo um pouco. Um momento se passou, e ela ouviu uma batida na porta.

— Desculpe, dra. Haswell, você pode atender uma pessoa que chegou agora?

A mulher entrou no consultório com as costas eretas e os ombros para trás, a mão esquerda segurando o antebraço direito junto ao peito.

— Eu acho que quebrei — disse ela, baixinho, quando a médica perguntou como poderia ajudar.

Quando Grace chegou mais perto dela, sentiu um cheiro forte, de algo que parecia removedor de esmalte, mas os olhos da mulher estavam límpidos e focados. Não bêbada, mas claramente com dor e com uma expressão cautelosa, do tipo que se via, às vezes, em vítimas de abuso.

— O que houve? — perguntou Grace enquanto, muito delicadamente, examinava o braço da paciente. Um hematoma sinistro se formava acima da base da mão. As veias do antebraço se destacavam junto aos músculos como cordas. As unhas estavam imundas.

— Eu tropecei numa maldita... *coisa*, uma espécie de tampa de bueiro que cobre a fossa atrás da minha casa. — A voz dela soou suave e agradavelmente grave, as vogais bem arredondadas. — Eu estava correndo pra atender o telefone. Tenho trabalhado no ateliê, que fica separado da casa, e aí eu saí voando. Dói pra caramba.

Ela fez uma careta e respirou fundo quando Grace virou seu punho. A médica sorriu.

— Imagino que sim, sra...
— Chapman. Vanessa.
— Vanessa, infelizmente — disse Grace, convidando a paciente a sentar —, eu acho que você tem razão. Acho que foi fratura. Vamos precisar fazer um raio X pra ter certeza.

— Ah, puta que *pariu*. — Grace fez uma careta por causa do palavrão. — Quanto tempo isso vai demorar pra curar?

Vanessa respirou fundo de novo e fez outra careta ao levar o antebraço até o peito, apertando bem os olhos e dando a Grace a oportunidade de olhar para ela, olhar *de verdade*. Para as sobrancelhas escuras e para a linha firme da boca, para o nariz reto, só um pouco grande demais para o rosto dela.

— Depende muito — explicou Grace — do que encontrarmos no raio X. Você veio dirigindo sozinha?

Ela sabia a resposta, mas queria avaliar a sinceridade da paciente.

— Foi preciso — respondeu Vanessa. — Eu moro sozinha.
— Você devia ter chamado uma ambulância — disse Grace. Vanessa sorriu brevemente... de um jeito *desdenhoso*, pensou Grace. — Você poderia ter provocado um acidente por dirigir com uma lesão dessas.

— Eu não podia esperar uma ambulância — falou Vanessa. — Não havia tempo. Eu moro na ilha Eris.

— Você mora na Eris? — O coração de Grace pulou, como se ela tivesse ouvido uma música antiga, meio esquecida, que a transportou no tempo.

Vanessa assentiu.
— Você conhece?

— Conheço — respondeu a médica, enquanto puxava a máquina portátil de raios X pela sala. — Eu ia caminhar lá com frequência. É um lugar tão lindo, tão tranquilo... e a vista da rocha...

Grace posicionou Vanessa e foi para trás de uma barreira enquanto fazia as imagens.

— Tem tempo que não vou lá. Botaram um portão no caminho.

— Não fui eu — defendeu-se Vanessa. Ela pareceu quase afrontada. — Foi o corretor que colocou para o homem que era o dono de lá antes de mim. Eu tirei o portão, não está lá há meses, desde que a venda foi fechada ano passado. Há o direito de andar por aí na Escócia, né? Como deveria mesmo. Eu penso em mim como dona da casa, mas só *cuidadora* da ilha.

Ela fechou os olhos de novo.

Atrás da barreira, Grace deu um sorrisinho. As pretensões dos ricos! Se Eris fosse dela, colocaria arame farpado ou arrumaria um cachorro bravo.

Com o raio X feito, a médica pegou dois comprimidos de paracetamol com fosfato de codeína e um copo d'água para Vanessa.

— Se você pôde dirigir para cá, uma ambulância poderia ter trazido você também, não? — perguntou ela.

— A maré estava subindo — explicou Vanessa. Ela colocou os comprimidos na boca e virou a cabeça para trás para engoli-los, expondo o pescoço pálido. Tinha uma cicatriz pequena bem no meio, como se tivessem encostado uma faca na traqueia dela e depois mudado de ideia. — Eu só tinha uns vinte, talvez até 35 minutos até o caminho ser inundado, e não achei que fossem chegar a tempo. Eu não aguentaria esperar seis horas.

Grace assentiu.

— Verdade. Se bem que você poderia ter chamado uma ambulância do telefone público no porto em vez de dirigir até aqui.

— Acho que sim — respondeu Vanessa, aceitando. — Eu não estava pensando direito.

— A dor faz isso — disse Grace, cedendo. — A enfermeira vai botar uma tala no seu punho por enquanto. Talvez você precise de gesso, mas não vamos fazer isso por um ou dois dias, temos que esperar o inchaço diminuir. Tudo vai depender do que encontrarmos nas imagens, de qualquer modo.

Quando sentou à escrivaninha para digitar no computador, ela ficou toda desajeitada de repente, consciente do olhar de Vanessa nela.

— Como você vai pra casa? — perguntou Grace, ansiosa para se concentrar no prático. — Não é uma boa ideia você dirigir.

Vanessa fez uma careta.

— Bom... eu não posso voltar agora, a maré está alta. Só vou conseguir atravessar às 16 horas. Acho que eu poderia pegar um táxi, mas não sei o que fazer em relação ao carro.

Grace olhou para ela.

— Deve ser estranho viver à mercê da maré. — Vanessa deu de ombros e sorriu, e Grace ficou irritada, como se a banalidade da observação tivesse gerado deboche. Contudo, apesar da irritação, ela se viu oferecendo ajuda: — Você não precisa pegar um táxi. Se tiver que esperar até de tarde, eu posso te levar. Eu só fico aqui até as 15 horas às segundas-feiras.

— Ah, eu não poderia pedir isso. — Vanessa se levantou e balançou a cabeça com firmeza. — Não daria esse trabalho.

— Não é trabalho — respondeu Grace. — Tem séculos que não vou à ilha.

— Mas, se você dirigir meu carro, como vai voltar?

— Eu posso voltar andando. É um pouco mais de 1,5 quilômetro, e tem ônibus do vilarejo pra cá.

Enquanto falava, Grace se perguntava por que estava fazendo aquele esforço, tendo trabalho por aquela mulher. Havia algo nela, um ar de arrogância, do tipo que vem com a beleza, talvez, ou dinheiro, que a repelia e a atraía ao mesmo tempo e, apesar de estar consciente disso, viu-se incapaz de resistir.

Naquela tarde, não havia vento. A água na baía parecia um espelho, e, no generoso sol do meio do verão, a ilha Eris cintilava em verde, roxo e amarelo, a colina íngreme, carregada de samambaias, pontilhada de tojo e urze. Grace e Vanessa abriram as janelas, o odor salgado das algas preenchendo o carro quando elas se aproximaram.

— Quando foi a última vez que você esteve aqui? — perguntou Vanessa.

— Ah. — Grace expirou lentamente, e só quando fez isso foi que notou que estava prendendo o ar. — Tem muito tempo. Quando consegui o emprego no consultório de Carrachan, em 1991, eu vinha aqui com frequência. Pedalava e subia até o alto da rocha. Mas acho que em 1993 ou 1994 houve umas tempestades de inverno horríveis... Isso foi antes da sua época?

— Ah, foi, eu só me mudei ano passado. Eu morava na Inglaterra, em Oxfordshire.

— Bom, as tempestades foram muito severas. Em uma delas, parte do caminho foi levado, e não era mais possível atravessar. Não em segurança, pelo menos. Não tinha ninguém morando na ilha naquela época, e só consertaram a estrada meses depois. E aí, não muito tempo depois disso, colocaram um portão, como eu falei. É uma maravilha estar aqui de novo. — Grace olhou para a outra mulher com um sorriso tímido. — Estava com saudade.

Vanessa falou para ela dirigir pelo caminho até os fundos da casa. Não era mais a ruína de que Grace se lembrava, o chapisco tinha sido pintado de branco e as molduras de madeira das janelas, de um amarelo ensolarado. A casa formava um L em volta de um pátio; antes havia um terceiro lado na parte de trás do pátio, provavelmente um celeiro, mas já tinha desmoronado. Grace parou o carro e seguiu Vanessa quando ela subiu a colina atrás da casa em direção a uma construção externa.

— Cuidado — disse a dona da casa por cima do ombro. — Foi aí que eu tropecei, está vendo?

Ela apontou para a esquerda, onde Grace via uma placa de concreto camuflada na grama. No alto da colina havia um celeiro com uma porta enorme no final, uma placa de metal ampla e enferrujada. Estava aberta e revelava um interior enorme, uma janela do lado oeste da construção deixava uma fatia generosa do sol da tarde entrar. Havia folhas de papel presas às paredes, contornos desenhados nelas e, na frente da janela, perto do fundo do ambiente, uma roda de oleiro.

— Eu achava que você fosse pintora — disse Grace, e Vanessa olhou para ela com um questionamento no rosto. — Eu me lembro de ter lido, quando a ilha foi vendida, que uma artista tinha comprado. Eu supus...

— Eu *sou* pintora — respondeu Vanessa sorrindo e levantando a mão do braço bom para proteger os olhos do sol. — Mas não tenho pintado muito ultimamente. — Ela deu alguns passos para trás e convidou a médica a entrar. Elas ficaram lado a lado olhando para os desenhos nas paredes, pouco mais, pelo que Grace podia ver, do que uma coleção de formas, todas misturadas. — Nos últimos tempos, eu ando mais interessada em cerâmica. Eu estou... passando por uma fase de transição, acho. Tentando firmar os pés. Ou as mãos. — Ela olhou para Grace com outro sorriso. — Mas o que preciso mesmo é desenvolver meu olho.

Gentil e deliberadamente, ela passou o braço esquerdo pelo direito de Grace, que se encolheu de surpresa, um rubor intenso irradiando do pescoço até o rosto.

— Vamos tomar um chá? — perguntou Vanessa. — Ou você prefere andar pelo bosque até a rocha?

Grace puxou o braço e deu um passo para trás, esbarrando num banco e derrubando um martelo de pedra no chão com um estrondo.

— Ah... — Ela ficou de joelhos e pegou a ferramenta, murmurando um pedido de desculpas.

— Não se preocupe com isso — disse Vanessa, dando uma risada rouca. — Você não quer subir? Talvez você ache que eu te atraí aqui com falsas pretensões. Como Ted Bundy, fingindo uma lesão pra poder te levar para o mau caminho? Meu Deus, dra. Haswell, eu estou *brincando*. Você parece estar com medo!

— Não seja ridícula — disse Grace, o rosto quente e um filete de suor escorrendo pelas costas. — Claro que não estou com medo.

Diário de Vanessa Chapman

Cicatrizando. Consigo escrever um pouco, não consigo pintar. Nada de argila, claro. Tempo lindo, nadaria todos os dias se não fosse o maldito pulso. Então eu reviro a praia e o bosque, trago coisas, arrumo e rearrumo e rearrumo de novo.

G me acha muito estranha! Ela vem com frequência, com comida fresca e fofoca do vilarejo. Ela conhece todo mundo, mas, como eu, prefere a solidão às multidões. Sabe histórias sobre a ilha, sobre quando as árvores caíram, sobre as pessoas que foram levadas tentando atravessar o caminho. Ela também me contou isto: anos atrás, séculos atrás, os aldeões enterravam os mortos aqui em Eris, para protegê-los dos lobos.

12

Cebolas picadas, alho amassado: um movimento de pulso, um raspar da faca, um chiado baixo quando os vegetais batem no óleo quente.

No Aga há uma panela Le Creuset antiga na qual Grace faz o molho de tomate do macarrão todas as noites. A mesma panela, os mesmos ingredientes, o mesmo jantar repetidamente. Ela cozinhava direito (ela cozinha bem), mas com o tempo, com a solidão, seu repertório foi murchando de uma variedade de pratos para uns poucos e, finalmente, até uma única opção.

Ela costumava ouvir rádio enquanto cozinhava, mas, em algum momento, parou. Grace não consegue lembrar exatamente quando, mas sabe que parou no ponto em que o consolo de ouvir outras vozes foi superado pelo desconforto do silêncio ao desligar o botão antes de dormir. É como um sino tocando agora, o silêncio que ela ouve depois da visita de Becker.

Ela apertou a mão dele quando ele foi embora, segurando-a um pouco demais.

Vanessa tocava nas pessoas o tempo todo; foi um certo choque para Grace no começo, tantas mãos dadas e braços entrelaçados, mas as outras pessoas pareciam gostar. Grace se via relaxar junto a ela, permitindo que Vanessa a puxasse para mais perto, em sua órbita. Grace nunca conseguiu fazer aquilo direito.

Becker vai achá-la esquisita. Vai achá-la triste e estranha. Uma velha solitária e assustada, é isso que ele vai pensar.

E ele não vai estar enganado, não é?

Depois do jantar, ela sobe a colina até o ateliê. Mantém a lanterna virada para o chão, na frente dos pés, e não ergue o olhar, não encara a linha das árvores, atrás da qual só há escuridão, afinal. O que há para ter medo? Tem fantasmas na floresta, é verdade, mas, por outro lado, tem fantasmas por toda parte. No ateliê e na rocha, no quarto de Vanessa, bem ali, naquele caminho. E, se ela desviasse um pouco para a direita, encontraria a tampa de concreto da fossa onde Vanessa tropeçou, e também ficaria assombrada lá.

Grace abre a porta do ateliê e acende a luz, puxa um aquecedor de debaixo de uma das prateleiras e o liga. Fecha a porta e puxa o ferrolho. Perfeitamente segura.

O sr. Becker a fez se sentir segura. Não é ridículo? Primeiro ele a assustou, depois a fez se sentir segura.

Ele é o tipo de homem, pensa ela, erguendo a tampa da caixa de papéis mais próxima, *que carregaria suas compras até o carro. Daria uma mãozinha se você precisasse mudar um sofá de lugar. Pegaria uma frigideira na prateleira mais alta. Ajudaria se visse você com problemas.*

Vanessa teria gostado dele? Grace acha que sim. Ela não gostava de críticos, mas gostava de entusiastas. Ela teria sorrido para ele, feito charme para ele, segurado o braço ou a mão dele. Vanessa era tão tátil, tão rápida no toque, no abraço. Todas aquelas coisas que escreviam sobre ela, que era fria, distante... aquelas pessoas não a conheciam. Não de verdade. Ela era calorosa quando queria, sabia de quem gostava. E de quem não gostava.

James Becker a lembra alguém. É isso, é por isso que ela se sente mais próxima dele do que deveria. Ele a lembra de Nick Riley, um garoto que Grace conheceu na faculdade. O sr. Becker tem um jeito parecido, passa a mesma impressão de gentileza. De decência. Tem uma leve semelhança física também: pele leitosa, cílios longos e pálidos.

É por isso que ela está se sentindo assim? É por isso que sente uma dor súbita e intensa na lateral do corpo, é por isso que precisa se segurar na bancada para recuperar o fôlego? É por isso que ela é acometida por uma onda súbita de tristeza? Porque ele é parecido com Nick, que a abandonou?

Foi por isso que ela mentiu para o sr. Becker? Para que ele pensasse bem dela? Queria agradá-lo?

Grace *viu* aquele garoto canadense. O que caiu. Ela estava na cozinha quando ele passou. Ele a viu pela janela, sorriu e acenou. Tão jovem. Grace poderia ter saído correndo e avisado, dito para ele tomar cuidado com o caminho.

Você não pode salvar todo mundo.

Ela anda até o fundo do ateliê, agacha-se e abre o armário. Havia uma caixa de ossos ali, não havia? Talvez mais de uma. Grace enfia a mão no escuro e pega uma caixa de jacarandá. Pronto. Está cheia de tralhas, fragmentos amarelados e sujos. Ela remexe neles, pega pedaços, são todos leves, são ossos de animais, sem dúvida. Não são de humanos. As pessoas estão enganadas, ela tem certeza, as da galeria em Londres. O osso não é humano. Não pode ser.

Ela fecha a caixa e se levanta.

Por outro lado, claro que *poderia* ser! Aquele pobre garoto canadense não foi o primeiro a cair da rocha. Não é provável, mas tudo é possível. Um frio sobe pela espinha dela, que ouve a voz de Vanessa: *Eu sonho em remexer nas cinzas.*

Ela se vira, contorna o forno, abre a trava e a porta. Espia o buraco escuro e sente um leve aroma de óleo e sabão. Está vazio, há muito tempo esvaziado.

Divisão II *é inquestionavelmente trabalho de Vanessa*. Foi o que Grace disse ao sr. Becker e é a verdade, só que não *parece* a verdade toda, porque Vanessa estava louca naquela época. Estava cheia de segredos, hostil, não era ela mesma; as costas dela começaram a arquear e os olhos, a amarelar; um cheiro azedo emanava dela, parecia que Vanessa estava se transformando, na frente de Grace, em outra pessoa, em outra *coisa*. Algo animal. Ela ficava sentada na cozinha o dia todo fumando, só se deslocando à noite, depois que Grace tinha ido para a cama. Ela ouvia os pés descalços batendo no chão quando Vanessa ia de um aposento a outro; ouvia a porta da frente bater quando saía na noite. *Aonde você foi?*, Grace perguntava de manhã, quando a outra estava de volta à mesa da cozinha, fumando cigarros. *Aonde você vai?* Ela não respondia.

Eu sonho em remexer nas cinzas, remexer nas cinzas e encontrar ossos.

Mas isso foi depois, não foi? E ela estava falando sobre uma coisa totalmente diferente. Ainda assim, Grace se pergunta se, em algum lugar naqueles milhares de páginas de anotações e rabiscos, Vanessa escreveu sobre aqueles sonhos. Se sim, Grace precisava encontrar essas palavras, precisava tirá-las.

Grace podia ter dado a Becker a impressão de que os papéis que entregou a ele tinham sido tirados aleatoriamente de uma pilha, mas isso também não era verdade. Ela não teve tempo de ler tudo, mas fez questão de incluir um caderno da época em que ela e Vanessa se conheceram, e fez questão de guardar alguns dos antigos. Acrescentou também, por garantia, algumas das cartas horríveis de Douglas Lennox. Talvez quando o filho de Lennox der uma boa olhada *naquilo*, ele pense melhor sobre tornar pública a correspondência de Vanessa.

Vai chegar a hora da honestidade, Grace sabe bem disso. O pessoal de Fairburn não vai esquecer os quadros que faltam. Ela vai ter que explicar em algum momento. Como as coisas teriam sido mais simples se Douglas tivesse levado um tiro antes de o inventário sair e não depois!

Ela começa a olhar a primeira caixa de papéis. Não tem ordem, está tudo misturado, cadernos, fotografias, desenhos, cartas, cartões-postais, anotações em pedaços de papel, listas de compra. Grace começa arrumando tudo em pilhas preliminares: cadernos de um lado, cartas de outro e assim por diante, e, com isso feito, vai para uma segunda caixa, depois para uma terceira. Grace tenta não deixar o olhar se demorar, tenta não ler. Se começar a ler, ela nunca vai terminar. Vai se perder. Contudo, de vez em quando não consegue evitar, seus olhos deslizam por tinta azul desbotada e se prendem numa letra G maiúscula, generosamente curva e carregada de promessas.

> *Os ventos ultimamente andam suaves, quentes — G e eu nadamos quando a maré sobe, é o paraíso.*

O coração dela fica sensível de repente, seus olhos se enchem de lágrimas. Grace as limpa com as costas da mão e permite que o olho se desloque para o alto da página.

> *G decidiu passar aqui seu tempo de folga. Perguntei se ela não quer viajar — tirar férias, visitar a família? Ela me olhou como se eu fosse louca. Fico agradecida, de qualquer modo. Nós tomamos vinho à noite, fazemos piquenique na rocha. Os ventos ultimamente andam suaves, quentes — G e eu nadamos quando a maré sobe, é o paraíso.*

13

Está sendo um verão infernal, quente e incômodo, com pólen, monóxido de carbono e recriminação pairando no ar. Mas finalmente, <u>finalmente</u>, J e eu fizemos um acordo. Nós vamos seguir caminhos separados, ele vai morar com Celia e vamos vender a casa. J fica com três quartos do dinheiro da venda, eu fico com o resto, mas eu recebo minha parte <u>adiantada</u> para poder dar um lance pela ilha.

Celia aprovou isso tudo. O dinheiro vai ser dela, afinal.

Meu coração se parte, mas eu nem sinto direito, porque o resto de mim vibra de alegria.

Eu serei <u>livre</u>.

Becker está lendo quando Helena entra no escritório. Está cedo, quase não clareou ainda, flocos úmidos de neve caem, mas não grudam. Ele não se vira para olhar para ela, mas se permite a expectativa do toque de mãos suaves dela em seus ombros e do calor dos lábios no pescoço.

— Oi.

O hálito matinal dela é doce, açucarado. Helena senta-se na beira da escrivaninha, o robe vinho preso com o cinto meio frouxo em cima da barriga, as mãos em volta de uma caneca de chá quente.

— Como ela está a sua Vanessa?

Ele faz uma careta.

— Estranha — responde, e lê para ela o parágrafo que acabou de terminar. — Ela o ama e deseja ficar livre dele, ela *vibra de alegria* com a ideia de deixá-lo. Ela é um enigma.

Helena dá de ombros.

— Nem um pouco — diz ela.

Becker ergue as sobrancelhas e ela ri, levanta um pé e o coloca no colo dele. Ele faz o que a esposa quer e começa a massagear a sola.

— É possível amar alguém integralmente e estar desesperada para se livrar dele. Algumas pessoas são simplesmente... — Ela para de falar e sopra suavemente o chá. — É difícil estar por perto, por mais que você adore a pessoa. E Julian era horrível com ela, não era? Notoriamente. Vendia o trabalho dela para pagar as dívidas, dormia com outras por aí. Aquele caso com Celia Gray foi tão público, tão humilhante. Ela devia odiá-lo por isso.

— Mas a questão é essa, ela não o odiava — afirma Becker. — Ela o amava. O coração de Vanessa se parte, ela diz aqui.

— Mas só o coração, né? — Ela sorri para ele, morde o lábio inferior e desliza o pé com gentileza pela perna dele. — E o resto dela? Corações podem ser ignorados, outras partes nem tanto.

Ele solta uma risada contida quando estica as mãos para ela.

O sexo entre eles ultimamente é intenso, beirando o brutal. Becker tem a intenção de demonstrar reverência e respeito pela condição dela, mas, na hora, ele sempre esquece, e a satisfação abre espaço para a culpa logo depois que ele goza. Essa falta de limites entre os corpos, entre o eu dele e o dela, é uma fonte de alegria, contudo, está complicada agora por outra coisa. Outra *pessoa*.

Depois, quando acaba, ele tem dificuldade de encará-la, e ela o empurra com tanta força que ele bate com a cabeça no pé da escrivaninha. Becker fica de joelhos e massageia a nuca.

— Pra que isso? — Como se ele não soubesse.

— Não me trate como uma prostituta, James — diz ela severamente, fechando o robe em volta do corpo.

Ela deixa que o marido a ajude a se levantar, mas, assim que está em pé, puxa a mão da dele.

— Eu convidei Sebastian pra jantar — anuncia ela, lançando as palavras casualmente, como alguém jogando pedras num lago. — Você pode cuidar para que tenhamos um bom vinho? *Não* o melhor do mercadinho da esquina.

* * *

Uma van de entrega está estacionada na entrada dos fundos da casa grande, o que significa que estão recebendo uma peça nova. Como ninguém informou isso a Becker, ele imagina que seja algo muito velho ou muito novo. Quatro homens, dois na van e dois fora dela, estão descarregando o que parece ser um tapete enorme. Becker se aproxima para sustentar a parte do meio, e eles o carregam juntos.

Sebastian e a mãe estão esperando no saguão central, os rostos iluminados de expectativa. A boca de Lady Emmeline se curva de desprazer quando vê Becker. Ela lança um olhar de congelar o sangue na direção dele e se vira para o filho.

— Me avise quando estiver no lugar — ordena. Ela sai andando na direção da sala de estar, os saltos tiquetaqueando no parquete.

— Bom dia, Emmeline! — grita Becker para as costas que se afastam.

Sebastian balança a cabeça negativamente.

— Pelo menos trate-a pelo título, pelo amor de Deus.

Becker olha para Sebastian.

— Não importa como eu me dirijo a ela, né? Eu sempre vou ser o intruso imundo da classe trabalhadora.

— Você sempre vai ser o homem que estragou o noivado do filho dela — explica Sebastian, não muito baixo, virando-se para os entregadores. — Vamos colocar no salão azul. Fica por aqui. Vou mostrar.

Em seguida, conduz os homens como se fosse um guia de turismo.

Em sua sala, Becker olha sites de notícia, passando as manchetes sem ler enquanto se repreende silenciosamente. Por que disse aquilo? Não havia necessidade de ele falar com rancor.

Houve uma discussão, não muito tempo depois que ele chegou a Fairburn, sobre a localização de uma escultura (uma escultura imperdoavelmente feia) que Sebastian tinha comprado, e, por algum motivo do qual ele não consegue se lembrar, Becker permitiu que ficasse acalorada. Ele ergueu a voz, usou um linguajar ruim. Mais tarde, quando estava sentado nos degraus do gramado leste, fumando um cigarro, sentindo-se bobo, Helena foi atrás dele. *Ah, lá vamos nós*, pensou ele, *a garota besta com fundo de investimento dos pais que passou com média moderada em história da arte veio me dar bronca, me ensinar a me comportar.*

Contudo, ela não fez isso. Helena pediu para ele enrolar um cigarro e, enquanto ele fazia isso, ofereceu um conselho: *Não deixe que eles te abalem, disse ela. Não deixe que te irritem. Você é passional demais.* Ele lembra como corou quando ela disse isso, e como se enrijeceu. *Aquelas pessoas têm gelo nas veias, disse ela. Não mostre sua mão. Não deixe que vejam com tanta facilidade quem você é.*

Becker está irritado porque não seguiu o conselho da esposa naquela manhã, mas, por mais irritado que esteja consigo mesmo, está com raiva de Sebastian também, de uma forma irracional. Ele não quer ser lembrado de todos os erros que ele, Becker, cometeu com seu empregador.

Ele ainda está sofrendo quando, uma hora depois, Sebastian enfia a cabeça pelo vão da porta.

— Beck. Quer vir ver o Aubusson *in situ*?

Obedientemente e em silêncio, Becker segue Sebastian pelo corredor até o "salão azul", batizado assim pelas cortinas, onde colocaram no centro um tapete Aubusson antigo em tons de azul e creme.

Não é nem um pouco do gosto de Becker.

— É muito bonito — diz ele.

— Não é?

Becker assente e pressiona bem os lábios.

— *Muito* bonito. Onde você conseguiu? Você não me contou que estava procurando um.

Sebastian se agacha e passa as costas da mão na lã.

— Minha mãe conseguiu num leilão. Sem *me* contar — diz, levantando-se. Ele olha para Becker, e os dois sorriem. — Desculpe por mais cedo.

— Que nada, eu fui... babaca.

— Foi. — Sebastian ri e dá um tapa no ombro dele. — Mas mesmo assim. Não é só por causa da Hels. — Ele se vira e Becker vai atrás, seguindo-o pelo corredor na direção de seu escritório. — Isso da minha mãe não gostar de você. Tem mais coisa.

— Eu sei — fala Becker.

— Não é *só* porque você é um intruso imundo da classe trabalhadora — explica Sebastian, rindo. — Você sabe que é complicado. Tem a ver com meu pai e Vanessa e você ser... bom, um lembrete constante de Vanessa e tudo o que aconteceu...

— Você sabe que o trabalho de Vanessa estaria aqui com ou sem mim.

— Estaria, claro. Mas você é uma espécie de... de *encarnação* de umas associações bem negativas pra ela. — Ele dá de ombros. — De qualquer forma, ela está de mau humor desde que foi ao médico semana passada.

Eles chegam à porta do escritório.

— Não tem nada de errado, tem? — pergunta Becker. Ele fica com vergonha ao perceber quanto a ideia de Lady Emmeline estar doente o agrada.

Sebastian faz um ruído de desprezo e balança a cabeça.

— Lady Em vai viver mais do que todos nós — diz ele. — O médico explicou que o motivo de ela não estar dormindo e estar se sentindo tão... *agitada* o tempo todo é porque ela pode ter transtorno de estresse pós-traumático. Como você pode imaginar, ela não está feliz com isso.

Sebastian entra antes de Becker no escritório e vai até a janela atrás da escrivaninha. A neve ainda cai, está mais pesada agora, mais grudenta.

— Para ser justo, dizem isso sobre praticamente *todo mundo* hoje em dia, né? Isso de ter TEPT. Antigamente, você tinha que ter sido explodido por terroristas ou ter ficado cercado por fogo inimigo. Agora, basta atropelar o gato da família. — Ele se vira com um sorriso irônico para Becker, que assente e afasta o olhar. — Eu sei o que você está pensando: "Ah, mas ela não atropelou um gato, ela atirou sem querer no pescoço do marido e ele sangrou até a morte na frente dela". Eu *sei*.

Becker nunca deixa de se impressionar com a falta de emoção de Sebastian diante disso tudo e de outros infortúnios.

— Eu sei, você sabe, mas o médico, não. Ele ouviu a versão oficial, como a polícia, a imprensa e todo mundo, o que, provavelmente, foi um erro. Acho que daria para contar com a discrição do médico... — Sebastian sorri e balança a cabeça. — Enfim, foi assim que aconteceu.

Foi assim quer dizer que o sr. Bryant, o guarda-caça, que não é muito mais jovem do que a mãe de Sebastian e trabalha para a família dela desde que era adolescente, alegou que o tiro veio da arma dele, poupando Lady Emmeline do transtorno de uma investigação policial e de toda a intromissão da imprensa que viria junto. *Houve* investigação, que livrou Bryant de qualquer crime; a transgressão, se é que havia alguma, era do próprio Douglas, que tinha andado na frente de armas e se colocado em perigo. Bryant se aposentou alguns meses depois. *Possivelmente*, Becker pensa, *com uma aposentadoria bem mais generosa do que ele poderia esperar.*

— Desculpa, Seb — diz Becker. — Às vezes eu esqueço com quanta coisa você está lidando.

Sebastian faz um ruído de deboche.

— Um bando de octogenários correndo por aí com espingardas poderosas, o que poderia dar errado? — O sorriso dele fica tenso. — Eles não tinham que ir lá, nenhum deles, mas o que se pode fazer? Imagine eu tentando impedir Emmeline.

Becker desvia a conversa para coisas mundanas: um leilão a que Sebastian está planejando ir em Edimburgo, a visitação à casa que eles estão considerando lançar na primavera, para a qual Seb conseguiu um pouco de divulgação.

— Eu convenci a jornalista do *Sunday Times* a me enviar uma cópia para eu ter certeza de que não tem nada errado. Vou encaminhar pra você. Vai dar uma lida, né?

— Claro — diz Becker. — Ficou bom?

Sebastian balança a cabeça negativamente.

— Ela não vai ganhar um Pulitzer.

PRAZERES ESCUROS NA CASA FAIRBURN

Maria Atwater tem uma prévia da Coleção Lennox expandida.

Os últimos anos foram uma montanha-russa para Sebastian Lennox. Em 2016, foi nomeado diretor da Fundação Fairburn, o fundo beneficente criado pelo pai, Sir Douglas, e a administração dele recebeu um impulso surpresa quando Fairburn herdou o patrimônio artístico de Vanessa Chapman no ano seguinte.

Contudo, o sofrimento e a tragédia aguardavam-no nos bastidores. No verão de 2019, Sir Douglas Lennox foi morto por um tiro acidental na propriedade da família. Alguns meses depois, a noiva de Sebastian cancelou o casamento. Então veio a pandemia da Covid-19, estragando os planos da primeira grande exposição da fundação na residência ancestral dos Lennox, em Borders, a Casa Fairburn.

"Tem sido difícil", conta Sebastian, "embora não mais do que muita gente vivenciou nos últimos anos. Agora, nós olhamos para o futuro com grande expectativa."

Talvez a parte mais intrigante da Coleção Lennox sejam os Chapmans, muitos dos quais nunca vistos. Os pontos altos incluem paisagens marinhas pequenas e poderosamente intensas e pinturas da ilha Eris em todas as marés e climas. *A esperança é violenta*, que se acredita ser o último quadro que Vanessa finalizou antes de morrer, é particularmente tocante e nos oferece uma vista dramática da ilha Sheepshead, observada da janela do quarto dela.

Contudo, o mais emocionante é o grupo de cinco trabalhos que a falecida artista chamou, em seus diários, de "pinturas negras" — telas grandes suportando o peso de tinta aplicada densamente em tons lustrosos de verde e azul, preto e cinza. Três são puras abstrações, mas duas mostram figuras com sorrisos lupinos, envolvidas em atos transgressores; são contos de fadas sombrios, o trabalho mais narrativo de todos de Chapman.

Com exibição espaçosa e iluminação sensível no Grande Salão de Fairburn, as pinturas negras são impressionantes e estranhas.

"Elas têm uma qualidade muito sinistra, de pesadelo, mas nós não sabemos exatamente sobre o que são", explica Lennox. "No momento, só podemos especular: a figura nos quadros é Julian Chapman [o falecido marido de Vanessa]? Ou é a encarnação do câncer que a matou? Esperamos que, com acesso total aos papéis de Chapman, nós possamos descobrir mais sobre de onde esses quadros extraordinários vieram e o que representam."

Outras surpresas no legado incluem um pequeno número de esculturas, inclusive *Encalhado*, *Divisão I* e *Divisão II*, que foram expostas em Paris, na muito elogiada mostra Twenty-One do Musée d'Art Moderne.

"As esculturas são fascinantes, não só porque parecem fazer referência a um período inicial do trabalho de Chapman", diz James Becker, diretor criativo da Fundação Fairburn, antigo amigo de faculdade de Sebastian Lennox e especialista em Vanessa Chapman. "Antes de [Chapman] ficar conhecida como pintora expressionista, ela era praticante de assemblagem, que realizava com objetos que encontrava perto de sua casa em Oxfordshire. Aqueles primeiros trabalhos foram menosprezados pelos críticos, chamados de 'art folk', e, como resultado, Chapman pareceu ter perdido fé na prática e a abandonado. Porém, a descoberta dessas esculturas prova que ela nunca perdeu interesse no uso de objetos encontrados, naturais. Aqui nós os vemos em conjunção com formas criadas, causando um efeito poderoso."

Uma coleção das esculturas de Chapman pode ser vista na exposição Escultura e Natureza, da Tate Modern, que continua até novembro. A visitação à Casa Fairburn vai estar disponível para o público no começo de 2022.

14

— O que você achou do artigo do *Sunday Times*?

Sebastian está junto da bancada da cozinha, passando uma faca por um ramo de salsa com muita graciosidade. Ele está com um pano de prato sobre o ombro e um cigarro aceso equilibrado no cinzeiro ao lado. Parece ser dono do local. Ele *é* dono do local.

— Achei razoável — diz Becker, sem muita delicadeza.

Ele quer dizer que estava bom até a parte em que você começou a tagarelar sobre as pinturas negras, atribuindo narrativa e significado ao trabalho de uma artista sobre a qual você não sabe quase nada. Contudo, ele morde a língua. Acabou de voltar de um trajeto de 50 quilômetros de ida e volta até a loja de vinhos mais próxima que não fosse o mercadinho da esquina; voltou para casa e encontrou o ambiente quente, uma atmosfera de comida no fogo, a esposa grávida rindo e tomando vinho com o ex-noivo, chefe e senhorio dele. Ele se sente ingrato.

— Eu achei bom — fala Helena.

Ela está no fogão, virando uma panela de lado com uma das mãos, colocando manteiga derretida sobre filés de linguado com a outra.

— Eu achei que a gente fosse comer costela — diz Becker secamente.

A esposa vira-se e olha para ele, com um leve sorriso nos lábios. Ele mostra duas garrafas de Barbaresco.

— Ah. — Ela inclina a cabeça e franze o nariz. — Desculpa, meu bem. Mudei de ideia. Mas tudo bem, Seb trouxe Chablis.

Becker abre a porta da geladeira com mais força do que o necessário. Nem Sebastian nem Helena parecem reparar. Ele serve uma taça grande de vinho branco e toma um gole. É muito bom. Becker bate a porta da geladeira e consegue chamar a atenção de Helena, que olha para ele e dá um aviso só com um leve movimento de cabeça.

Existe um acordo entre os três, tácito, mas fundamental. Eles vão se comportar como adultos, vão ser civilizados. É o único jeito para que consigam continuar vivendo e trabalhando juntos, e amigos. A dor e o estrago precisam ficar sob a superfície até que, em algum momento, acabem apodrecendo e sumindo. Essa é a teoria, pelo menos. O estranho é que, dos três, é Becker quem acha o pequeno triângulo incômodo e irreal. Helena não se deixa abalar, talvez acostumada com uma vida de homens competindo por seu afeto, e Sebastian, o perdedor, aceitou sem reclamar. Becker ganhou, por que ele não consegue superar?

— Eu achei o artigo bom — diz Helena de novo —, considerando o público leitor. Aquela parte sobre as pinturas negras foi ótima. O que ela disse? Impressionantes, estranhas… foi tudo bem vendedor. E você fez bem de incluir a questão de Julian lá, Seb. É o tipo de coisa que intriga as pessoas.

Diferentemente da falação sobre assemblagem, pensa Becker com amargura, mas é claro que ela está certa. Vender não é o forte dele. Não é para vender que ele está ali.

Durante o jantar, eles conversam sobre as exposições futuras em Londres, sobre uma banda que Helena quer ver que vai tocar no mês seguinte em Glasgow, sobre velhos amigos, pessoas que Helena e Sebastian conheceram quando eram mais novos. As famílias deles se conhecem desde sempre; a mãe dela estudou com Emmeline. Sebastian é encantador, Becker fica silenciosamente civilizado. Ele tenta não trincar os dentes. Helena senta-se entre os dois, ora pacificadora, ora segurando uma granada; ela consegue dissipar uma situação tensa com um movimento de mão e criar outra com uma palavra, um olhar.

Quando a conversa se volta para Emmeline, Helena coloca a mão sobre a de Sebastian.

— Claro que é impossível para ela falar sobre aquilo, Seb. O que aconteceu foi… inimaginável. De qualquer modo, a geração dela, a classe dela, não gosta de conversar, não é? Eles não aceitam fraquezas. Mas você é diferente. — Sebastian sorri para ela com afeto e tira a mão de debaixo da dela quando Helena acrescenta: — Você deveria conversar com alguém.

— Eu não sei se ela gostaria disso — diz ele, e toma o que resta do vinho, balançando a cabeça como que dispensando alguma coisa. Em seguida, vira-se para Becker. — Conta pra gente sobre Eris. Você não me contou nada sobre a bruxa malvada.

Becker revira os olhos. Helena o chuta por baixo da mesa.

— Conta, Beck. Como ela era?

— Ela foi legal. Estava com um pouco de medo. É muito solitária, imagino. A casa está meio acabada. Parecia... depenada. Eu senti dó dela. — Ele enfia a mão no bolso da calça jeans e mexe entre os dedos a pedrinha branca que pegou na casa. — Nós já tiramos tanta coisa dela...

— Você a pressionou em relação aos trabalhos que faltam? — pergunta Sebastian, sem se deixar comover. Gelo nas veias, de fato.

Becker suspira e enche a taça.

— Nós não temos prova de que esteja faltando alguma coisa. Douglas disse que se lembrava de Vanessa ter prometido certos quadros para uma exposição, mas essa exposição não aconteceu e...

— Ele viu! — interrompe Sebastian. — Meu pai foi a Eris alguns meses antes da data de abertura da exposição, ele viu os quadros no ateliê dela. Ele me contou. Viu os quadros, assim como dezenas de peças de cerâmica destinadas à exposição solo. Estavam lá. — Sebastian bate com o indicador na mesa. — Estavam no ateliê, prontos para ser enviados. Foi parte do motivo de ele ter ficado tão arrasado quando ela cancelou de repente. — Helena tenta interceder, mas Sebastian levanta a mão. — Olha, mesmo se ela tivesse vendido os quadros em segredo, não é possível que não tenhamos encontrado sinal deles.

Becker balança a cabeça.

— Não, você tem razão, você está certíssimo sobre isso, não é possível. Mas também não é prova. Nós não temos prova de nada, só temos...

— A palavra do meu pai.

No silêncio pesado que vem em seguida, Helena empurra a cadeira para trás. Sebastian ergue-se parcialmente da cadeira, mas ela faz que não para ele. Encostando-se na cadeira, Becker segura as pontas dos dedos dela com a mão e as aperta num gesto de desculpas.

— Eu lavo a louça — diz ele.

— Sei que lava — responde ela, projetando o queixo para ele. — Eu ia fazer chá. Alguém quer? Ou café ou...

— Uísque — responde Sebastian. Ele estica os braços acima da cabeça e boceja expansivamente. — Eu aceito um uísque.

Becker se levanta para pegar uma garrafa de Springbank no armário.

— E *Divisão II?* — pergunta ele. — Quando vamos pegar de volta? — Ele encontra a garrafa e se vira.

Sebastian está ouvindo só parcialmente enquanto observa Helena tirar a mesa.

— Sebastian?

— Está... hum... Está com um laboratório particular de Londres, eles têm instalações melhores...

— Meu Deus do céu!

Becker bate com a garrafa na mesa. Helena se encolhe e olha para ele. Então coloca a xícara que está segurando sobre a bancada e sai do aposento. Nem Becker nem Sebastian falam enquanto ouvem os passos dela na escada, a batida da porta do quarto.

Sebastian levanta as mãos.

— Eu pedi ao pessoal da Tate para chamar outro perito para olhar, como você sugeriu, e eles fizeram isso mesmo. Ele concordou com o cara que escreveu a carta. Também acha que o osso é humano. Uma costela. Nós temos o dever de investigar, pelo menos, até termos uma ideia de quantos anos tem. Não temos escolha.

Eles chegam a um acordo: os testes vão acontecer, mas Becker estará presente quando a caixa for aberta. Sebastian acha que é improvável acontecer por pelo menos algumas semanas. Não é um caso prioritário.

— Nós vamos ter que comunicar a seguradora — avisa Sebastian.

— E Grace Haswell — completa Becker.

Sebastian balança a cabeça, achando graça.

— Não é da conta dela, Beck.

Eles terminam o uísque e Sebastian se despede. Quando ele vai embora, Becker lava a louça, arruma a cozinha e guarda tudo, menos a garrafa de uísque e o copo. Ele se serve de outra dose, apaga as luzes e senta no escuro, na frente do fogo que está se apagando.

Ele não discutiu sobre Grace Haswell, mas, sentado olhando para as brasas, toma uma decisão. *É da conta dela. Se você tivesse falado com ela, se tivesse ouvido a mulher falar sobre as digitais de Vanessa, o DNA, o hálito... você também acharia.*

Becker não discutiu porque não quer discutir com Sebastian, assim como não quer alienar Grace. Quer agradar todo mundo. Ele não tem gelo nas veias.

A questão é a seguinte: Becker já se sente culpado e não quer aumentar sua culpa. Ele se comportou mal no passado; quer conseguir equilibrar a balança, apesar de saber muito bem que não pode. Ele não pode voltar no tempo. Não pode voltar para o começo dos anos de faculdade, quando virou amigo de Sebastian não por gostar dele. Na época, ele via Seb só como mais um dos medíocres arrogantes de escola particular que ocupam as faculdades de Oxford. Tornou-se amigo dele porque sabia que Sebastian era filho de Douglas Lennox, e que o pai era o galerista de Vanessa. Ele também não pode voltar para a tarde em que, só três dias depois da morte de Douglas, levou Helena para aquela casa e passou a tarde na cama com ela.

Ele nem ia querer isso.

Contudo, pode fazer as coisas direito. Pode fazer o trabalho que Sebastian lhe deu da melhor maneira possível. Pode fazer o museu ser um sucesso, pode mostrar a coleção da melhor forma, pode honrar o trabalho de Vanessa e a memória de sua mãe.

Ele vai fazer isso tudo, por Sebastian e por Grace, e por Vanessa também.

Diário de Vanessa Chapman

Eu tenho ratos.

Ratos, um vazamento no telhado, piso podre e úmido. A eletricidade é mortal e tem um cheiro horrível vindo da fossa.

Eu não fico feliz assim há anos.

O Aga funciona, então eu vivo na cozinha e trabalho lá fora quando posso. Pinto o dia todo — a luz de ontem ficou boa até quase as 22 horas. Eu fui para a rocha Eris — o ponto mais alto da ilha. Um pôr do sol extraordinário, o céu doce — cinza pálido e branco suave no começo, depois rosa mais intenso e âmbar ficando mais escuro, um laranja digno de comer, um amarelo fundido quase do tom dos girassóis de Van Gogh. Eu nem conseguia levar a tinta à tela com rapidez suficiente. O céu é uma coisa; o mar, uma fera diferente. O céu desafia, mas o mar confunde: inquieto, sempre mudando, as curvas arredondadas e profundas, a violência!

Impossível de capturar.

Tenho ido à praia para estudar o mar, sem muito sucesso. Consigo identificar a onda, o arrastar da correnteza, a construção da crista, mas é o momento crítico que me foge, o momento da quebra, quando toda aquela força armazenada é liberada, aquele momento de caos terrível.

Impossível.

Houve uma tempestade violenta ontem, com água entrando pelo teto da cozinha e da sala. Tudo entrou em curto. Só velas agora.

Não consigo chegar ao continente e acho que o tempo vai ficar assim por mais dois ou três dias. É assustador e emocionante — fico desenhando constantemente. Tem algo nos desenhos, mas não consigo decifrar o quê. Sempre que tento capturar, foge de mim.

Tenho pãezinhos, uma garrafa de uísque e tabaco suficiente para dois dias. Três se eu for cuidadosa.

O trabalho na casa começou: o telhado primeiro, uma janela nova na cozinha para entrar mais luz. Trocar o piso de madeira do quarto, resolver a umidade. Uma cozinha nova para entrar. A casa toda com fios trocados.

Depois, o celeiro. Um janelão virado para o sul, alargando a porta para o leste — aquele lado vai ficar quase totalmente aberto quando a porta estiver aberta, e o espaço vai passar a ter três lados, com luz do sul e do leste e muita ventilação.

Vai consumir o resto do dinheiro do J. Mas, como a casa foi vendida por mais do que ele pensou, J ainda me deve quinze mil. Eu também tenho dois quadros prontos para dar para Douglas — Sul e Maré baixa — e outro do celeiro com a floresta atrás que ainda não está pronto. Vou falar pra ele conseguir o que puder por eles.

~

As rajadas de vento sopram e ameaçam arrancar o telhado, tornando impossível a pintura do lado de fora. Eu me mantenho ocupada: o bosque está cheio de descobertas — cones e sementes, dentes e ossos velhos. A praia também é frutífera. Pedras suntuosamente redondas em rosa-escuro e terracota e no branco mais puro. Águas-vivas! Conchas, claro, alga marinha cor de ferrugem e de um verde pálido, vidro azul. Na maré baixa, dá para andar onde estava a água, mais de oitocentos metros até a água. Eu volto com os bolsos lotados.

Sinto-me sobrecarregada de ideias.

A mera amplidão da paisagem — mar e céu — é revigorante. O ar é tão leve! Permite uma estética completamente diferente. Não me sinto mais encurralada por plátanos empoeirados e casas e cercas vivas.

Não sinto mais o peso do céu branco horrendo da Inglaterra. Aqui, ele é milagrosamente azul ou tem um tom metálico ameaçador, de um laranja glorioso, a cor de pêssego e prímula.

Resolvendo as coisas. Dirigi até Carrachan para ir ao dentista. Coroa moldada. Hoje à tarde, vou me encontrar com um homem para falar sobre um quadriciclo, para transportar telas colina acima. O homem da loja do vilarejo (Sandy?) está tentando me vender um barco. Acho que prefiro ficar à mercê da maré — e, de qualquer modo, não sei se teria coragem de usar um barco, as correntezas aqui são apavorantes. Um dos motivos para eu raramente pintar na praia: eu tenho medo de ficar presa nela.

Douglas veio na quinta, ficou para o fim de semana. Eu gosto dele, mas ele exige muito — de corpo e mente. Ele quer que eu comece a pensar em uma exposição solo — tem medo de eu ser esquecida aqui... Eu não estou pronta. Quero me permitir me acomodar aqui, curtir essa sensação de vibração e criatividade sem ter que pensar conceitualmente, sem ter que <u>planejar</u>.

Um jornalista do Sunday Telegraph *veio ontem. Ideia do Douglas. Para uma coluna chamada "Como os artistas vivem". Não foi a hora certa para mim — o ateliê não está pronto e eu não tenho trabalho que queira mostrar, não para um jornalista, pelo menos.*

D reclama que eu me agarro muito às minhas obras — ele acha que é questão de confiança. Não é. É <u>escolha</u>. Vou entregar meu trabalho ao mundo só quando me sentir pronta, eu não vou me permitir ser apressada, achacada ou intimidada. Esses dias acabaram.

Mark diz que vai vir com a van na semana que vem, ele vai trazer a antiga roda de oleiro de Frances.

Trouxe 20 kg de argila de Carrachan. O telhado ainda está com vazamento, o homem veio ontem e está cobrando duas mil libras para consertar!

J não responde às minhas cartas. Vou ter que ir para o sul arrancar o dinheiro do filho da mãe. Não faço ideia de por que ele está sendo tão pão-duro, Celia é podre de rica — é o que ele mais gosta nela.

O ateliê está pronto, enfim. Eu acendi o forno pela primeira vez ontem!

Eu trabalho, pelo menos, do amanhecer ao pôr do sol, muitas vezes noite adentro. Nem reparo direito na passagem do tempo, quase não como, quase não escrevo. Estou consumida, não sinto necessidade de qualquer outra coisa. Trabalhar com cerâmica é uma alegria. Não existe a ansiedade que sinto quanto pinto — tem uma liberdade danada na argila; nada está determinado, nada está decidido, nada está terminado enquanto não for para o forno. Estou trabalhando praticamente só na roda — peças altas e elegantes, de gargalo comprido e delicadas. Estou experimentando com cores. Mudar pra cá abriu uma nova paleta para mim: eu inspiro um ar frio, fresco e cristalino: parece branco e, às vezes, azul ou violeta. Imagino-o como agulhas nos meus pulmões (isso parece violento, mas não é). Meu humor está mais leve e começo a encontrar uma fluidez que não tinha.

D enviou o artigo do Sunday Tel. *Uma bela foto tirada do alto da rocha Eris, outra minha, no ateliê, com cara de poucos amigos. Sou descrita como atraente, mal-humorada, taciturna, nada comunicativa. Não tem muita coisa sobre o trabalho. (D diz que é culpa minha, porque eu não fui generosa.) Citações de "amigos" (que amigos???) sobre o trabalho me consumir, sobre eu nunca ter tempo para qualquer outra coisa (como meu casamento), dizendo que sou determinada, obsessiva. Todas as merdas de sempre que falam sobre mulheres que não se dedicam de corpo e alma à família, ou seja, à temida vida doméstica. No final, tem uma frase que diz que eu fui "parte responsável pelo rompimento do casamento de Mark Brice". Injusta e mentirosa. Aposto que isso veio de Isobel, aquela vaca vingativa.*

Eu não ficava tão irritada desde antes de chegar aqui. Liguei para D e falei para ele que é a porra de última vez que falo com uma porra de jornalista. Depois, subi a colina até o alto da rocha, olhei para o mar, para as ilhas, me virei e vi que a maré estava alta. Eu estava isolada do mundo, sem ter para onde ir e sem ninguém para me incomodar. Voltei correndo para o ateliê, tirei tudo da mente e fiquei serena de novo.

Agora, na cozinha, a escuridão caiu, eu desejo criar alguma coisa que passe a sensação de rompimento do resto. Como capturar? A sensação de corte — clara e dolorosa e libertadora.

˜

J me escreveu, furioso por eu estar lavando nossa roupa suja nos jornais???? Ameaçando vir aqui. Joguei a carta dele no lixo e voltei para o ateliê. Trabalhei o dia todo, não pensei nele nem uma vez.

˜

A escuridão aqui é súbita, completa, inumana. Com a névoa, não tem luz, exceto pelo piscar a cada 23 segundos do farol em Sheepshead.

˜

Tem dias em que o sol mal nasce.

˜

Não tem luz, não tem sombra, e, mesmo assim, vejo que estou desesperada para pintar.

˜

Um tempo atrás (dois ou três dias?), fui para o ponto mais ao sul para terminar a pintura de Sheepshead. Tempo estranho: estava claro quando saí de casa, mas, quando preparei tudo, o céu estava de um amarelo peculiar — como gás na atmosfera — e o mar estava parado — preto e apavorante. Como o fim do mundo! Comecei uma tela nova e pintei com uma sensação de urgência que não consigo explicar, só que a escuridão e o medo pareceram me sugar e me consumir.

 Essa tela — finalizada em questão de horas — está no quarto de visitas, e não quero olhar para ela. É uma presença que assombra, é inquietante. Uma pintura negra.

15

Segurando o cigarro com leveza entre os lábios, Becker esfrega as mãos para aquecê-las. Ele está inclinado na amurada da ponte, a água abaixo coberta por uma camada fina de gelo. Sua cabeça gira. Uma pintura negra! Não é sobre câncer nem Julian Chapman nem nenhuma das coisas que Sebastian falou, é uma pintura do mar. O mar impossível! Ela encontrou um jeito de pintá-lo.

Becker passou boa parte da noite olhando o primeiro caderno, esbaldando-se, sem se apressar, fazendo anotações. Vanessa só menciona ossos uma vez — *o bosque está cheio de descobertas... dentes e ossos velhos...* Por que ossos velhos? Ela sabia que eram velhos? Ou é só jeito de falar? Ossos são sempre velhos, não são? O fato é que Vanessa pode ter encontrado a costela em uma daquelas primeiras visitas à floresta, quando ela chegou à ilha, mais de vinte anos antes. Pode ter ficado no ateliê por anos antes de arrumar um uso para ela.

(Ele se pergunta brevemente sobre os dentes. Que tipo de dentes? *Esses* não poderiam ser humanos, né? Afinal, ninguém precisa ser antropólogo forense para reconhecer um dente humano.)

De qualquer modo, o osso em questão é uma incógnita agora, não é? Os especialistas disseram que é humano e vão fazer exames. Está fora de seu controle.

Com o cigarro terminado, ele anda até a parte de trás da casa principal e entra, como sempre. Assim que vira para o corredor, vê que a porta do seu escritório está entreaberta. Anda rapidamente, as mãos fechadas em punho, a indignação crescendo: sim, a casa é do Sebastian, mas ele não tem direito à privacidade em seu local de trabalho? Ele abre a porta com força, querendo provocar uma reação.

Do outro lado da escrivaninha, Lady Emmeline olha para ele friamente. Sobre a mesa, há pedaços de papel cobertos de lápis fino e tinta azul, o conteúdo da pasta que ele trouxe de Eris.

— Você está planejando expor isso? — pergunta ela.

— Hum... alguns, sim — responde Becker. — Eu não tive tempo de ler tudo ainda. Tem muita coisa pra analisar e...

Ela levanta a mão para silenciá-lo, uma expressão sofrida. Aperta os olhos por um segundo.

— O que você acha de tão interessante nessa sra. Chapman? — pergunta ela, virando-se de leve para esconder o rosto. — Pelo que Sebastian falou, ela lembra sua mãe. É isso? — Muito lentamente, ela se vira de novo para ele, os lábios repuxados sobre os dentes. — Ela também morreu de câncer, não é?

— E... Ela morreu, sim. — Becker tropeça um pouco nas palavras. — Quando eu era criança...

— E ela também era uma piranha?

Becker faz um silêncio atordoado. Emmeline contorna a mesa na direção da porta, mas seu olhar não se afasta do dele.

— Se ao longo do seu trabalho como curador aqui, você decidir me humilhar, sr. Becker, vou garantir que pague por isso. Entendeu? E, se você acha que uma mulher idosa como eu é incapaz de fazer mal a alguém, garanto que está enganado.

Ela passa por ele, deixando atrás de si um aroma de L'Air du Temps e o som de saltos batendo no piso de mármore. Por alguns segundos, ele não consegue se mexer.

Becker sente como se tivesse levado um tapa; fica envergonhado de se ver quase chorando. Depois de fechar a porta do escritório, ele vai até a escrivaninha e pressiona as mãos sobre o tampo, a respiração dolorosa. Becker estende a mão e pega a carta que Emmeline estava lendo quando ele entrou na sala; vira a página para poder lê-la.

Novembro de 1999

Vanessa,

Desde a sua última visita, tenho dificuldade de pensar em qualquer coisa que não seja você. Eu deixaria minha esposa e meu filho morrendo num prédio em chamas se pudesse ter você

de novo, passar uma noite com você, uma hora. Eu não penso em nada além da sua boca saborosa, da sua boceta deliciosa.
Eu tenho que ver você.

Douglas

Becker sente o rosto ficar quente. Ele puxa o colarinho, constrangido, como se Emmeline e ele compartilhassem um segredo imundo. Depois de contornar a mesa, senta e começa a recolher os papéis que ela espalhou, arrumando-os em uma espécie de ordem. Ele os coloca na pasta e vê uma carta de Vanessa para sua grande amiga Frances Levy, outra de um comprador em potencial, um desenho do ateliê e um bilhete de Douglas Lennox, com sua caligrafia pontiaguda, escrito num papel de carta da Galeria de Arte Moderna de Glasgow.

Eu deveria cortar a porra da sua garganta pelo que você fez comigo

16

Na cama, ele se deita e abraça Helena por trás, a mão direita na cintura dela, os lábios encostados na nuca da mulher. Ela está com um cheiro maduro, *quase passado*, ele pensa, e, na escuridão, sorri. A esposa levanta a mão e a coloca na perna dele, roçando de leve as unhas em sua coxa.

— Encontrei Emmeline no meu escritório hoje de manhã — diz ele.
— Ah, é?
— Ela chamou minha mãe de piranha.
— O *quê?* — Helena se afasta dele, rola para o lado e se apoia em um cotovelo.

Ele faz uma careta.

— Isso não é *exatamente* justo. Ela estava chamando Vanessa de piranha e perguntou se a minha mãe também era.

Helena balança a cabeça, incrédula.

— Beck, isso é horrível. Ela está... Eu realmente acho que ela está ficando perturbada.

Becker deita de costas.

— Não sei — diz ele. — Quando eu cheguei, ela estava olhando alguns daqueles papéis que peguei com Grace Haswell. Ela encontrou uma carta de Douglas pra Vanessa. Era... *explícita*.

— É mesmo? — sussurra Helena, colocando a perna em cima da dele. — Explícita como?

Quando Becker ri, ela se deita novamente e afasta o cabelo para poder apoiar a cabeça no ombro dele sem prender os fios.

— Obviamente, não pode ter sido uma leitura agradável, mas não era novidade pra ela. Pelo que me disseram, Douglas não era discreto. E Vanessa não era a única. Ele foi absurdamente infiel.

— Acho que a gente devia sentir pena dela — diz Becker. — A coisa toda deve ser humilhante.

— Bom, talvez — murmura Helena. — Mas não é sua culpa, é? Nem da sua mãe.

— Não mesmo.

Becker está olhando para a rachadura no teto que começa no canto mais distante e segue em zigue-zague na direção do centro do quarto desde que ele se mudou para o chalé três anos atrás. *Ele devia fazer alguma coisa sobre aquilo*, ele pensa, *chamar alguém para olhar. Se ficar por tempo demais, a casa toda vai cair em cima deles.*

— Emmeline sempre foi assim? — pergunta ele, mas Helena não responde. Ela se mexe nos braços dele, a respiração mais devagar, mais profunda, quando adormece.

Becker fica acordado por muito tempo enquanto ouve a respiração suave da esposa, olha para a rachadura no teto e reza para o telhado não estar prestes a desmoronar.

17

Grace senta-se à mesa da cozinha, uma pilha de correspondência à frente. São quase duas da madrugada; o chá que ela fez uma hora atrás está no bule, frio e passado. Em uma hora, a maré vai subir e ela vai para a cama, mas, por enquanto, continua o trabalho, lendo, analisando, separando tudo em pilhas organizadas.

As janelas sacodem e ela ergue o olhar. A escuridão é densa como piche, mas ela percebe que o tempo está mudando. Grace lembra que precisa fechar as janelas do lado sul da casa, de onde chegam as rajadas mais brutais de vento, e de prender bem as portas do ateliê.

Depois de puxar um cobertor sobre os ombros, ela volta para a carta que está à sua frente. Uma que Vanessa escreveu para Frances Levy, uma amiga artista, parte de uma pilha de correspondência que a filha de Frances, Leah, devolveu para Grace depois que Frances morreu em decorrência de covid no ano anterior. Grace está colocando as cartas em sequência, tentando entender a ordem das respostas, uma conversa de 25 anos atrás focada quase completamente na arte que elas estavam fazendo, Frances na Cornualha e Vanessa em Oxfordshire e Eris.

VANESSA: *A tinta é tudo! Desde que eu quebrei o pulso, me sinto tão mais ciente da <u>materialidade</u> da tinta. Eu amo a sensação de ir para um espaço mais escultural na tela. Mas, às vezes, eu me pergunto se toda essa mudança, essa metamorfose constante, faz o trabalho parecer incoerente.*

FRANCES: *Desenvolver uma linguagem estética, do mesmo jeito que um escritor cultiva uma voz — não é esse nosso objetivo? Sua mudança de figurativismo para abstração, e depois de volta, é parte da sua linguagem, e é certo que deva se mesclar às vezes, deva se desenvolver — afinal, todas precisamos mudar se quisermos ficar relevantes.*

Vanessa: *Não me preocupa a relevância. Eu não estou interessada em camas desfeitas ou tubarões partidos ao meio! Mas eu mudo, como as areias mudam. Acho que o que você faz deve ser influenciado por onde você faz, como faz e com o quê. Todos os dias, eu acordo e fico animada de estar aqui — separada da terra pelo mar —, falando a língua da natureza e da maré, não de política ou da sociedade humana.*

Grace trinca os dentes. As cartas foram escritas no que ela pensa como sendo a "voz da arte" de Vanessa, a pretensiosa que ela usava para impressionar as pessoas que achava que eram superiores socialmente, uma que ela nunca usava com Grace. Acha a maior parte da correspondência com Frances desconcertante ou banal. Como elas podiam se levar tão a sério? Ambas estavam pintando quadros, caramba, não procurando a cura para o câncer. Ainda assim, ela imagina que Becker vai achar tudo emocionante, e assim coloca as cartas sobre arte na pilha de papéis destinada a Fairburn. Outras, aquelas que a vida invade (casos amorosos, amizades, inimizades), ela coloca numa pilha separada, "particular".

Frances: *Dora veio me ver. Ela e Mark se separaram de novo. Ela estava muito aflita, implorou para que eu interviesse a favor dela — para pedir que você terminasse com Mark. Eu falei que não tinha controle sobre você! Mas vou dizer o seguinte: se Mark não for importante para você (como amante, eu quero dizer; eu sei que ele é importante como amigo), <u>termine</u>. Não vá em frente, nem deixe que ele volte para você. Ela está destruída. Foi feio e triste de ver. O bebê só tem oito meses — tenho medo de Dora não aguentar.*

Vanessa: *Frances, você sabe que essa coisa com Mark não é culpa minha. Eu termino e termino (eu terminei de novo) e ele volta. Eu lamento por Dora. Lamento por ela estar sofrendo. Mas acho que o problema dela é com Mark, não comigo. É horrível pensar nela com dificuldade com a criança — não consigo imaginar como é isso, eu sempre fui grata por não conseguir engravidar quando Julian quis. Sempre me pareceu que a família é a antítese da liberdade.*

Quando Leah entregou as cartas, Grace ficou surpresa. Ela não queria guardar as cartas da própria mãe? Grace as manteve separadas, imaginando que Leah podia ter agido com precipitação, como as pessoas costumam fazer durante o luto, que podia mudar de ideia e pedir de volta, mas ela não fez isso. Agora, ao lê-las, Grace acha que entende por quê. Leah quase não é mencionada e, quando é, aparece num P.S. Ou pior.

FRANCES: *Você está errada sobre a família! É <u>claro que dá</u> pra ser mãe e livre. E trabalhar também! Olha Hepworth. (Se bem que, se for para ser sincera, às vezes eu me pergunto por que nós continuamos. Um bebê é suficiente! Por que forçar tanto a barra do amor?)*

Leah é a mais nova de três.
Grace coloca a carta na pilha "particular", reparando, quando faz isso, que seu nome é mencionado perto do fim. Ela a pega de volta.

FRANCES: *G continua aí o tempo todo? Você precisa tomar cuidado, V, você sabe que tem tendência a atrair gente que gruda. Imagino que ela te ache muito glamorosa. A vida dela deve ser horrível — ficar administrando antibióticos e puxando a orelha das pessoas por fumarem e beberem demais. Tão sem alegria! Acho que a gente deveria sentir pena dela.*

Grace fecha a mão num punho e amassa o papel junto. Com uma bufada de impaciência, ela o estica de novo, pressionando-o na madeira com a base da mão. É idiotice deixar que isso a irrite, mas...

administrando antibióticos! É risível. Sim, havia tosses e resfriados, mas tem também um pescador que manteve o uso da mão direita graças à habilidade de Grace em cirurgias e a seu pensamento rápido; teve uma criança de 3 anos que foi ao consultório tomar a vacina para sarampo, caxumba e rubéola e saiu com uma indicação para procurar um especialista em rins. Se não tivesse sido por Grace, o câncer raro dela, provavelmente, teria passado meses sem diagnóstico, talvez não fosse detectado a tempo. Aquela garotinha se casou no ano anterior e está esperando um bebê. *Ela* é o legado de Grace. O que Frances deixou para trás? Vasos de barro?

Grace vai para a carta seguinte e, quando a lê, sente o coração explodir no peito e lágrimas surgirem nos olhos dela.

> VANESSA: *Acho que você não precisa sentir pena da G. Ela tem uma vida real, um emprego real! Ela está enraizada, conectada à comunidade de um jeito que eu nunca vou ficar. Eu a invejo por isso. As pessoas contam com a Grace. Eu conto com ela! Ela não é um grude. Ela é uma boa amiga. Eu gosto da falta de interesse dela pelo mundo da arte — ela acha que tudo é uma merda pretensiosa e ela está (quase sempre) certa. Nós convivemos muito bem, e, se (quando) eu preciso ficar sozinha, eu digo para ela. Nunca é problema.*

Vibrando de orgulho, Grace coloca aquela carta no alto da pilha que pretende que Becker leia. Ele vai ver como Vanessa a amava, vai ver que ela é parte fundamental da história de Vanessa. Depois de um momento de hesitação, ela tira da pilha particular a carta em que Frances menciona os filhos e coloca na de Becker.

Tem outro bolo de correspondências prontas para serem separadas, as cartas de Carlisle, como ela as chama, mas ela ainda não consegue enfrentar essas, e por isso parte para as fotografias. A maioria, ela fica feliz em entregar: fotos que Vanessa tirou da ilha. Apesar de a amiga não gostar de pintar com base nelas, ela as achava úteis como pontos de referência, ou para lembrar como a luz poderia estar num determinado horário, num determinado dia.

Algumas fotos são da época em que vivia em Oxfordshire: em festas, na maior parte delas, com grupos de pessoas arrumadas e segurando bebidas em jardins. Algumas poucas tiradas de pessoas em Eris também: Frances e Mark e alguns outros amigos da "arte", uma feia de Grace sorrindo rigidamente no banco com vista para a areia, uma de Douglas e Emmeline Lennox, datada de 1999.

Na foto, os Lennox estão bronzeados e glamorosos, ambos de óculos escuros, fumando, encostados no capô do Aston Martin de Douglas. Há um rifle entre os dois. Eles estavam indo para algum lugar, Grace parece lembrar, para caçar. Emmeline gostava de atirar; ela saiu uma tarde na ilha e voltou com dois coelhos, para fazer à caçadora. Ela mesma os esfolou.

Enquanto Vanessa mostrava a Douglas em que estava trabalhando, Grace ajudou Emmeline com o ensopado, cortando cebola, aipo e cenoura, ouvindo-a reclamar dos funcionários e de gente andando pela propriedade deles. No fim de semana anterior, contou a Grace, ela havia atirado num cachorro que estava incomodando as vacas.

— Que horror! — disse Grace.

A boca de Emmeline se curvou para baixo nos cantos.

— Andarilhos — falou ela, dando de ombros. — Eles soltaram o bicho da coleira. Tinha uma criança com eles. Ela chorou sem parar. Uma gritaria danada. Parecia que eu tinha atirado na mãe dela.

Claro, Grace lembra. *Bicho*, Grace lembra. *Eles soltaram o bicho da coleira.*

Grace desgostava dela intensamente. Ela se lembra de esfregar as batatas, a pele dos dedos vermelha e doída, e se recorda do prazer que teve, naquele momento, de pensar que Vanessa, provavelmente, não estava mostrando trabalho nenhum para Douglas.

Ela pega a fotografia e aperta os olhos de novo, para examinar a expressão de Emmeline, a linha firme da boca, a inclinação do queixo para cima. Recorda a consternação no rosto da mulher quando Douglas e Vanessa voltaram do ateliê, atrasados para o jantar, as roupas desgrenhadas, fedendo a sexo. Grace lembra como a sensação de prazer dela se dissipou como água.

* * *

Ela acorda antes das 9 horas e puxa a cortina para deixar a luz entrar. O vidro da janela está pontilhado de gotas de chuva, um céu suave sarapintado de nuvens. Grace a abre, inclina-se para fora e sente gosto de sal na língua. A colina está repleta de samambaias cor de cobre molhadas; o verde profundo e delicado da floresta é um convite.

Ela se veste rapidamente e sai da casa antes que possa se convencer a não ir. Ela engordou, perdeu um pouco a forma naquele último ano; precisa impedir o apodrecimento. Morar na ilha sozinha exige um certo nível de condicionamento.

A maré está descendo, a água na baía pontilhada como chapisco. Na extremidade do caminho, ela vê uma figura a pé. Não consegue identificar de tão longe quem é, mas a pessoa parece estar carregando alguma coisa, talvez um balde? Um coletor de mariscos.

Grace vira as costas para o mar e segue colina acima, alarmada com a velocidade com que fica sem fôlego. Ela nunca foi esbelta, mas sempre foi forte: mãos de açougueiro, um homem disse uma vez, pernas para dar a partida não só numa moto, mas num jato. A inclinação na direção da floresta é íngreme, mas ela andava ao lado de Vanessa (mais alta e mais magra, com pernas bem mais longas) e seguia o mesmo ritmo. Agora, para a cada vinte passos, respirando com dificuldade, o suor brotando entre os seios e nas costas.

No alto da colina fica o ateliê, depois um agrupamento de árvores e a seguir outra inclinação mais suave até a floresta. A mata está descuidada, sem sol como uma caverna, e fria, e fedendo a mofo de folha. Quando alguém entra no abraço dela, o som do mar some; você ouve só o estalar ameaçador dos pinheiros velhos, os gritos das gaivotas.

Mantendo o passo regular, Grace segue pelo caminho que serpenteia para o norte até o coração da floresta e faz o retorno para o sudoeste, subindo novamente. Ela acabou de realizar a curva fechada quando, com o canto do olho, vê a cor, um vermelho brilhante. Sua respiração trava, os batimentos disparam. Não é nada, ninguém. É uma lata de Coca. Pelo amor de Deus! Ela aperta os dentes e vai pegá-la. Os andarilhos costumam não deixar lixo, mas nem sempre. Às vezes tem jovens cheirando cola, gasolina ou qualquer coisa em que consigam botar as mãos. Não tanto no inverno.

Grace carrega a lata na direção da extremidade oeste da floresta, onde dois troncos enormes, árvores caídas numa tempestade quase trinta anos atrás, forçaram o caminho num desvio apertado. As toras acabaram apodrecendo, mas aquela parte da floresta continua com uma sensação diferente: um vão na copa permite que a luz entre, e plantas pequenas crescem ali, olmos, azevinho e o inóspito espinheiro, as frutinhas brilhando como gotas de sangue. O chão está firme e inabalado. Grace anda pelas folhas; se agacha e pressiona a mão na terra fria, passando os dedos pelo chão. O cheiro úmido do mato desperta algo nela, uma lembrança de uma viagem para acampar, de dormir sob as estrelas. Outra vida.

Com alguma dificuldade ela se empertiga, vira-se e sai andando colina abaixo na direção de casa. Só quando passa pelo ateliê é que repara em uma pessoa sentada no banco olhando para a areia: o coletor de mariscos. Uma criança, usando uma jaqueta fluorescente, um balde azul aos pés.

— Oi — chama com hesitação. Ela não quer lidar com uma criança perdida. Porém a figura jovem se vira, e Grace vê, com alívio, que não é criança nenhuma, é Marguerite, o rosto enrugado se abrindo num sorriso. Ela desce do banco e pega o balde.

— Oiê! — Marguerite está usando avental e galochas, a jaqueta fluorescente engolindo o corpo pequeno. Ela oferece o balde e mostra a Grace uma pequena coleção de mariscos e algumas algas. — Quer um pouco? — pergunta, os olhos arregalados, cheios de expectativa.

— Ah, não — responde Grace, balançando a cabeça —, pra mim não, obrigada.

— Você não gosta?

Grace faz que não. Ela gosta de mariscos, mas pensaria duas vezes antes de comer qualquer coisa tirada da costa; não se passa um dia sem ler um artigo sobre as companhias de água jogando esgoto no mar.

— Que jaqueta legal essa sua — diz Grace. Marguerite dá risadinhas. — Mas não parece que esquenta muito.

Marguerite faz que não e olha por baixo dos cílios, como se tivesse sido pega fazendo uma coisa que não deveria.

— Quer entrar pra tomar café? — pergunta Grace, e a mulher idosa assente e sorri de novo, e sai andando ao lado de Grace em direção à casa.

Marguerite tem uns setenta e poucos anos, mas, diferentemente de Grace, ela continua magra e ágil, os antebraços bronzeados, finos e musculosos. Ela coloca o balde do lado de fora da porta e tira as galochas, entrando na casa com as meias úmidas. Seus olhos se iluminam quando ela vê a mesa cheia de papéis; depois de algumas tentativas de impedi-la de pegar coisas e botar de volta no lugar errado, Grace desiste. Ela prepara o café enquanto Marguerite se maravilha com as fotografias e os desenhos antigos, sorrindo cheia de dentes para Grace sempre que reconhece alguma coisa ou alguém.

De repente, ela para. Olha para Grace com expressão séria.

— Tem um homem no porto — diz ela solenemente. — Ele está te observando.

No porto? Grace vai até a janela e pega o binóculo no parapeito.

— Agora? — Não tem nenhum carro parado perto do muro do porto, ela não vê ninguém.

— *Non, non, il y a deux jours.*

— Em inglês, Marguerite — pede Grace, colocando o binóculo no lugar. — Senão eu não te entendo.

— Não hoje. — Marguerite balança a cabeça. — Tem dois dias, talvez três, quatro, cinco. Um homem. Olhando, esperando.

Grace assente.

— Tudo bem, era uma pessoa que precisava falar comigo. — Marguerite deve estar falando de Becker, apesar de poder não ser. A demência dela está acelerando, após um começo lento; quase dois anos de isolamento não a ajudaram. Ela tem medo de estranhos e suas lembranças são confusas, com personagens de uma vida surgindo em outra. — Não precisa se preocupar com ele. Ele veio me ver, mas já foi embora.

— Ele vai voltar?

— Sim, talvez...

— Ah. — Lágrimas surgem nos olhos de Marguerite, os dedos mexendo nas pontas do cabelo.

Grace senta ao lado dela.

— Tudo bem, Marguerite. Ele não é um homem mau. Não precisa ter medo dele. Não precisa ter medo nenhum.

— Sim — diz ela, balançando a cabeça enquanto fala. — Sim, sim.

— Ele não é... ele não é Stuart. Stuart não vai voltar.

— Não — diz Marguerite. Lágrimas escorrem pelas bochechas dela; ela as seca com a ponta dos dedos. — Mas talvez sim? *On ne sait jamais.* Nunca se sabe.

Grace segura a mão de Marguerite e aperta os dedos dela.

— Mas nós sabemos, né? Eu te contei. Ele não vai voltar.

Stuart era o marido de Marguerite; ele tinha partido havia mais de vinte anos e ela ainda morria de medo dele.

— Agora olha as fotos, pronto. — Grace empurra uma caixa de sapatos cheia de fotografias não separadas na direção dela. — Dá uma olhada nelas enquanto eu preparo o café.

Marguerite obedece e fica falando sozinha, baixinho, possivelmente em francês; Grace não identifica as palavras. Ela faz um café forte, como a idosa gosta, e coloca uma caneca e o açucareiro sobre a mesa, vendo e achando graça enquanto Marguerite coloca açúcar na bebida, *uma, duas, três...*

— Já chega — diz Grace, rindo enquanto segura a mão da mulher mais velha.

Marguerite dá risadinhas. Ela sopra o café antes de experimentar, toma um gole, sorri.

— Bom — diz ela. — Muito bom. — Ela toma outro gole, balança as pernas embaixo da cadeira e olha em volta, inclina a cabeça para o lado como uma raposa procurando a presa. — Onde ela está, a pessoa que estava com você?

— Pessoa que estava comigo? Você quer dizer Vanessa?

— Sim. — Marguerite assente. — Cadê ele?

— *Ela* se foi, Marguerite, um tempo atrás, lembra? Você foi ao enterro dela. — O sorriso some do rosto de Marguerite. — Ela ficou muito doente por um longo tempo e depois morreu.

— *Ah, non.*

Vanessa sempre tinha tempo para Marguerite, era gentil com ela sem nunca invadir sua privacidade. Um dos dons de Vanessa: saber dar às pessoas aquilo de que elas precisavam.

Agora, Marguerite está lacrimosa de novo, e dessa vez as tentativas de Grace com mais fotografias e desenhos não funcionam.

— Mas onde ela está, a pessoa que estava com você? — pergunta Marguerite de novo, as sobrancelhas franzidas.

É sempre assim. Sempre tem outra pergunta, outro amigo, outro homem, outra coisa ou pessoa de quem sentir medo. E, um momento depois, é esquecido.

Quando Grace se oferece para levá-la de carro pelo caminho, Marguerite recusa.

— Bom pra mim — diz ela, sorrindo, fazendo uma mímica de marchar. — Me mantém jovem! — O dente da frente dela, uma prótese de porcelana no lugar de um dente perdido anos atrás, está amarelado pela nicotina e pelo café. O que a deixa com um ar negligenciado. — Obrigada, obrigada — despede-se ela, beijando as bochechas de Grace. — Obrigada, obrigada, obrigada.

E vai embora, balançando o balde, pelo caminho em direção ao mar, falando seus obrigadas ao vento.

Na cozinha, Grace reorganiza as pilhas de cartas e fotografias; olha rapidamente as fotografias na caixa de sapato, que não devem ser de grande interesse para quem quer que seja. Becker pode ficar com elas.

Finalmente, ela pega as cartas de Carlisle: as que Vanessa e ela escreveram uma para a outra ao longo de dezoito meses, quando Grace saiu da ilha e aceitou um trabalho no norte da Inglaterra, um ano depois do desaparecimento de Julian Chapman.

Essas são difíceis de ler.

Janeiro de 2003

Querida Vanessa,

Não estou dizendo que entendo o que você está sentindo, claro que não. Como poderia? Eu não finjo entender como você poderia passar horas descrevendo para mim os defeitos, as infidelidades, as manipulações, as enganações dele e depois recebê-lo em nossa casa, como você fazia, levá-lo para a cama, fazer planos de viajar com ele para o Marrocos ou para Veneza ou qualquer outro lugar para onde vocês estivessem planejando fugir. Mas não importa agora, não é?

Nada disso importa agora, a única coisa que me importa é você e sua felicidade. Você sabe que eu te amo muito, que faria qualquer coisa por você, e isso inclui deixá-la em paz, se for isso que quer ainda. Mas eu me preocupo muito com você sozinha, eu sei como fica com medo. Se precisar de mim, é só chamar que eu volto, para Eris e para você.

Com amor, sempre,
Grace

Ao ler isso, ela fica impressionada de ter conseguido parecer tão racional, tão resignada. Quando lê a resposta de Vanessa, parece que uma ferida se abre em seu peito, um buraco para o vento assobiar dolorosamente dentro.

Eu não sei como responder à sua carta, só posso dizer que não quero que volte para Eris. Você sabe coisas que não deveria, e não sei como ficar perto de você de novo. Espero que entenda o que eu quero dizer.

Tem mais, porém Grace não suporta ler. Ela vira a página e pega outra carta, uma que tem poucas palavras.

Preciso de você. Por favor, vem.

Tem bilhetes de depois também, pequenas listas de compra que Vanessa deixou, pedidos de mais paracetamol, mais uísque, laranja, cigarro; às vezes pequenos desenhos da vista da janela da cozinha, das nuvens, de uma ideia para um vaso, rabiscos engraçados de focas tomando sol na praia, curvadas como croissants, as barbatanas erguidas numa saudação alegre.

Ao olhar esses pedacinhos de papel, Grace fica agradecida à sua versão mais jovem, a que sabia que não devia jogar nada fora, que devia guardar cada pedacinho de papel, valorizar cada palavra que ela escreveu. Vanessa parou de desenhar completamente perto do fim, e as anotações dela se tornaram esporádicas, muitas vezes incompreensíveis. Ela as prendia na geladeira ou só jogava no chão, para Grace pegar, pedaços de papel cobertos de um garrancho apertado, quase ilegível:

por favor ajuda por favor você me ajuda grace por favor me ajuda

Diário de Vanessa Chapman

Ando pensando no que Frances disse tantos anos atrás sobre indefinir os limites entre abstração e representação — eu achei que ela estivesse sendo óbvia, banal, até, mas ela está certa num sentido —, que é o que estou procurando. Não ter vínculos. Talvez não indefinir, mas dissolver as linhas — entre abstração e figuração, orgânico e inorgânico, comum e misterioso.

Então. Eu tenho trabalhado em criar um objeto — um recipiente — feito de alguns fragmentos quebrados de cerâmica. As peças não vêm todas da mesma coisa quebrada, eu estou criando algo novo, irregular, <u>misterioso</u> — tigela que não é tigela, vaso que não é vaso. Pensando em suspender, acima deles, objetos que encontrei, para que tenham um relacionamento direto com o recipiente, mas não sejam contidos por ele. Estou indo na direção de uma espécie de escultura, acho. Difícil explicar, mas estou começando a ver. Desenhando algo grande.

~

As formas suspensas ficarão estáticas, elas podem ser vistas e apreciadas e interpretadas de ângulos diferentes, e a forma do todo muda.

O espaço entre os objetos é tão importante quanto os objetos em si, sombra é tão importante quanto luz.

Tive uma ideia de envolver a coisa toda em vidro??? Mas estou indecisa: gosto da distância que isso cria, mas tenho medo de que haja também uma perda de imediatismo? Uma perda de conexão?

Mas com quem estou me conectando, afinal? Não tenho planos de expor nada. <u>Quem</u> exporia por mim?

Todas as minhas pontes estão queimadas, a maré subiu.

Divisão *está pronta.*

Peguei o vidro no vidraceiro na sexta e montei tudo ontem. Demorei muito para arrumar todas as peças direito, foi delicado e difícil. Mas dessa vez eu gostei muito do processo, pareceu uma criação e não só conserto.

Gostei muito de pesar cada objeto na mão, senti-lo puxar o filamento, avaliar a massa de um objeto em comparação a outro.

Estava muito tarde quando terminei, e, quando estava tudo pronto e o vidro colocado no lugar, dei um passo para trás e me vi virando para o lado, como quem diz e aí? O que você acha? E não havia ninguém ali. Nem Julian, nem Douglas, nem Frances, nem Grace. Nem mesmo a lua! Só uma ilha inteira no escuro. Fiquei muito triste.

Fui até a casa e tomei uma garrafa inteira de vinho sozinha em consolo/comemoração.

Pelo menos, eu gosto da peça — todas as outras coisas que eu fiz recentemente me pareceram um fracasso. Então, progresso! Mas, da próxima vez, será que devo tentar algo em escala maior? Mais complexo? É uma coisa a considerar. Uma nova direção para explorar! Trabalho criativo é uma arma contra o desespero. No momento, devo ficar satisfeita com minha própria avaliação, com esses sinais de recuperação. Sei que não vai ser para sempre.

A maré não pode ficar alta para sempre.

Pode?

Que bom que é verão, porque acho que a escuridão do inverno poderia me matar agora.

Sonho com Julian o tempo todo, com o belo rosto e a crueldade dele.

Recebi outra carta de Isobel. Ela está com muita raiva de mim. Não sei como lidar com sua raiva, ela não respondeu minha carta, será que ela leu?

Sonho tanto com Julian que pensei em tentar pintá-lo, para ver se consigo exorcizar o fantasma. Quando tento, não consigo mais conjurá-lo.

Talvez eu não mereça.

⁓

Chuva, e uma névoa chegou à noite e nos envolveu e estava tão densa que não dava para ver a água da janela do quarto. Fiquei esperando que passasse, mas não passou, e, louca de agitação, fui caminhar na floresta. Foi sinistro, assustador, a névoa pairando como fantasmas entre as árvores. Não consegui caminhar mais do que alguns passos sem olhar para trás, de tanta certeza que eu tinha de que havia alguém ali.

Às vezes, eu imagino as coisas mais terríveis.

⁓

Encontrei um esqueleto de pássaro perfeito. Pequenininho, talvez de chapim ou pardal. Voltei para pegar uma caixa para guardá-lo e levei para o ateliê. Não tenho ideia do que fazer com ele, mas me empolga. Ultimamente, eu me vejo muito empolgada com pensamentos sobre morte.

⁓

Por algum motivo, fico pensando em quando quebrei o punho. O barulho! A impressão de brancura, da minha mente clareando. A clareza que vem da dor.

A dor é clara, a tristeza, uma névoa.

A solidão também é clareadora, reveladora.

O amor, como a dor, obscurece.

Criação a partir da destruição exige coragem, é um ato de vontade, é violento, como a esperança.

⁓

Encontrei um caroço pequeno e duro no meu seio direito, rígido, quase como um carocinho de cartilagem sob a pele. Preciso ver alguém para falar disso, mas não gostei do médico que trouxeram para substituir Grace, ele é jovem e dissimulado e, quando eu fui lá da última vez, ele olhou meu corpo não como médicos olham para um paciente, mas como um homem olha para uma mulher.

18

Becker recua como se tivesse levado uma porrada. É isso? O começo da doença de Vanessa? Pela primeira vez desde que ele começou a ler os cadernos dela, ele se sente invadindo algo. Não é só a sensação de alguém dando uma espiada num diário particular, vendo algo muito pessoal, é pior do que isto: ele sabe o que a autora não sabe, ele viu o final terrível antes mesmo de ela conceber a possibilidade.

Ele coloca o diário de lado. Está tarde, passa da meia-noite, sua cabeça está latejando de exaustão, mas ele sabe que não vai dormir. Está sozinho e inquieto. Helena foi para Londres, subitamente, mas não de todo inesperado. A irmã dela está tendo uma das periódicas crises de relacionamento durante as quais Helena é convocada para aconselhar, consolar. Conspirar. Unha e carne, as duas.

Ela já tinha saído quando ele chegou em casa à noite. Becker precisara dirigir até Penrith para analisar duas esculturas em que Sebastian está interessado (muito bonitas, mas o vendedor estava pedindo um valor alto demais) e, na volta, uma escavadeira se soltou das correntes e caiu da caçamba de um caminhão na M6. Milagrosamente ninguém se machucou, mas o acidente fez a viagem dele durar duas horas a mais.

Ele encontrou um bilhete quando chegou em casa:

Crise em Chelsea! Seb vai me dar carona até a estação. Te vejo no sábado. Bjs

Agora ele está ansioso e frustrado. A irmã precisa mesmo dela? Vai haver um novo namorado no mês seguinte, e outro rompimento um ou dois meses depois.

Becker pega a taça de vinho e leva aos lábios. Está quente e azedo. Ele se levanta, derrama na pia, lava o copo e o enche de água da torneira.

Toma um longo gole enquanto olha seu reflexo na janela. Ele está pálido, os olhos afundados. Ele volta à mesa e vê que as páginas do caderno se viraram sozinhas. Becker está olhando para uma nova página.

Frio, uma neblina fina pairando na ilha, o mar inquieto.
 Ao andar pela floresta hoje de manhã, encontrei um osso limpinho.

Se acreditasse em sinais, se acreditasse em fantasmas, ele acharia que ela estava ali no quarto com ele, que ela tinha virado a página da doença ela mesma, guiando-o para aquilo que ele procurava:

Ao andar pela floresta hoje de manhã, encontrei um osso limpinho.
 Perfeitamente branco, quase luminoso, seco e liso. Quando o peguei, vi que estava quebrado, rachado quase de uma ponta a outra. Eu soube na mesma hora o que queria fazer, consegui ver a peça nova toda.
 Levei o osso para o ateliê: é elegante, fino e palpável, leve e, ao mesmo tempo, substancial. De ovelha, talvez? Ou cervo? G saberia.
 A sensação que tive quando o peguei... acho que era uma sensação de controle.

Ele lê as últimas linhas repetidamente: é isso. Deve ser. Ela encontrou o osso e achou que era de ovelha ou cervo. Não tem nada de estranho ou sinistro nisso. Ele se encosta na cadeira e expira lentamente. Está aliviado, percebe, genuinamente aliviado... O que significa que em algum nível deve ter desconfiado dela. Que idiotice! Grace disse que era idiotice, e ela tinha razão.
Becker continua lendo.

Marguerite veio me ver de manhã. Ela perguntou por Grace e pareceu confusa de não a encontrar aqui. Quando falei que Grace está em Carlisle, que tinha ido havia mais de um ano, ela ficou muito agitada, balançou a cabeça, dizendo não, não, não.

Dei um conhaque para ela, o que a animou um pouco. Ela começou a falar comigo em francês. Só consegui entender uma palavra de cada três, mas houve muita coisa sobre homens ruins. Ela parece estar perdendo a noção do aqui e agora — poucos momentos depois de eu falar para ela que Grace estava em Carlisle, ela disse que a tinha visto. Perguntei quando a tinha visto. Hoje? Semana passada? Ela ficou dizendo "antes de o sol nascer".

Senti medo. Comecei a imaginar que Grace tinha voltado, que ela estava ali em algum lugar, na ilha, na floresta, me observando. Parece uma grande besteira agora, mas, depois que M foi embora, eu liguei para o consultório de Carlisle e pedi para falar com ela. Disseram que Grace estava com um paciente, que não podia atender. Eu morri de vergonha. Como pude ter medo dela? O que aconteceu comigo? Conosco?

Becker fecha o caderno. Ele está confuso; não tem ideia de quem seja Marguerite, nem por que Grace não está na ilha. Mas sua sensação mais grandiosa é de alívio. Vanessa encontrou o osso na floresta, encontrou o osso e o pegou, assim como pegaria uma pedrinha na praia, nada além isso. Não vai haver reavaliação fundamental de quem Vanessa Chapman era, não haverá desonra… Não para ela, nem para James Becker, seu líder de torcida.

Diário de Vanessa Chapman

Peguei uma espingarda com o sr. McAndrew, o fazendeiro de quem compro ovos.

Acho que não se pode pegar armas emprestadas.

Bom, o quadriciclo quebrou e o homem que veio consertar é carrancudo e estranho. Quando foi ao ateliê pegar o dinheiro, ele ficou bloqueando a porta e, quando tentei passar, ele entrou na minha frente e abriu um sorriso horrível. Entreguei o pagamento e ele foi embora. Eu o ouvi gargalhar enquanto ia para a van. Ele queria me assustar.

Eu me senti vulnerável de um jeito que nunca tinha sentido.

Contei ao sr. McAndrew e ele me deu a arma.

19

São oito horas da manhã, e Becker está no Grande Salão da Casa Fairburn. Quase não tem luz. Ele acendeu um refletor para iluminar um único quadro: uma tela grande, de 1,2 metro por noventa centímetros, pintada em preto e cinza. Em algum lugar naquele banho de escuridão tem um arco, uma passagem, talvez, e, dentro dele, uma figura, uma pessoa com um rosto como uma máscara, perturbada só pela sugestão de movimento em volta da boca, o vermelho e branco de um sorriso.

Na mão direita de Becker, apoiado na cintura, está um dos cadernos de Vanessa. Ele o levanta e vira para uma página que marcou bem cedo naquela manhã.

Eu o pintei. O homem na porta. Eu pintei o sorriso dele.

Não há menção a *Preto II*, mas Becker tem certeza de que é o quadro ao qual Vanessa está se referindo: um homem numa porta, sorrindo. Uma descrição bem inócua, mas o quadro é qualquer coisa menos isso. Por aplicação hábil de tinta e poupando o uso de cor, caminhando por aquela linha estreita que ela seguia entre a abstração e a representação, Vanessa articulou o pavor dela num quadro tão vívido que quase dá para sentir o cheiro do medo.

Não é de Julian, não é de Douglas. É só de um homem que foi consertar uma coisa, um homem que a assustou. Algumas pessoas podem achar a revelação decepcionante ou anticlimática, mas Becker está *fisgado*. A cada linha que lê ele a conhece melhor, entende o que a motivava. Agora, ele sabe: Vanessa pintava o que amava, pintava a liberdade dela, pintava o mar. Ela pintava o que temia.

Se ele estiver certo. Becker não consegue ver como não poderia estar; ela *devia* estar se referindo a *Preto II*, não? A única pessoa que poderia confirmar isso é Grace.

Cerca de uma hora depois ele encontra Sebastian sentado à mesa de café da manhã na cozinha dos fundos, um bule de café próximo ao cotovelo, deixando pingar geleia de framboesa no que está lendo. Ele ouve Becker se aproximar; ergue o rosto e sorri. O outro retribui o sorriso, que some do rosto assim que ele percebe, ao ver Sebastian limpar a página com um guardanapo, que ele está lendo um dos cadernos de Vanessa.

Sebastian percebe a expressão dele.

— É só um pouquinho de nada de *geleia*, Beck. Relaxa.

A *afronta*, pensa Beck, furioso, a desconsideração pelo que é precioso. *Relaxa?* Ele seria capaz de socar o babaca arrogante.

— Onde você conseguiu isso?

Sebastian sorri para ele, encantador, irritante.

— Eu afanei ontem quando fui buscar Hels. Não me olha assim. É propriedade minha.

— O quê? — rosna Becker. — O caderno ou Helena?

Sebastian empurra a cadeira para trás e limpa as migalhas em seu colo.

— Isso é indigno de você — diz ele suavemente ao se levantar, e está certo, é, e Becker se odeia por se mostrar, por mostrar que é um homem inferior de novo.

— O caderno não é *sua propriedade*! — rebate Becker, projetando o queixo, os braços cruzados sobre o peito. — Pertence à fundação.

— Meu Deus, você é tão possessivo com ela, não é, Beck? — diz Sebastian, dando um passo para mais perto dele, tão perto que eles ficariam nariz com nariz se Becker fosse dois centímetros mais alto. — Com Vanessa, claro, não sua esposa.

Becker dá um passo para trás e Sebastian entrega o caderno para ele.

— Você já leu este? — pergunta. Becker faz que não com a cabeça.

— Bom, dá uma analisada na última página. Anda, vai, tem uma lista dos trabalhos que seriam expostos na mostra na galeria do meu pai.

Ele pega o caderno, vira-o nas mãos, inspecionando para ver se tem mais danos. Sebastian expira alto. Becker vai até a página final, como instruído.

<u>Arte Moderna de Glasgow, setembro de 2002</u>

Cerâmica:

Série do mar 1-9, série Eris 1-12, Floreio 1-3, Respire 4, 7, 8, 9 & 12

Possivelmente alguns outros trabalhos menores?? Vasos de boca larga?

Pinturas:

Para mim ela é um lobo

A escuridão não nos causa desconforto (Preto I), Preto II, Siga-me

Totem

Norte

A maré sempre vem: Verão e Inverno

Rocha Eris: Chegada, primavera, inverno & inverno II

Oco

Série do Mar: Pôr do sol, Tempestade I e II, Naufrágio, Chegada.

Agora, é Sebastian quem está com os braços cruzados, a expressão desafiadora.
— Pela minha contagem, tem pelo menos 29 peças de cerâmica e *dezoito* pinturas — diz ele, um tom de triunfo na voz.
Becker passa os olhos pela lista, faz a matemática na cabeça: Sebastian está certo. Contudo, quando os trabalhos foram entregues em Fairburn, havia quinze peças de cerâmica, e ele vê imediatamente que vários quadros listados ali estão faltando.

— Meu pai estava certo! — comemora Sebastian. — Você queria provas? Bom, isso é a prova, não é? Ela não pode citar vendas particulares. Nós falamos com todas as casas de leilão, investigamos colecionadores, *não há sinal* delas.

Becker senta pesadamente à mesa da cozinha, franzindo as sobrancelhas para a lista à sua frente.

— Não faz sentido — murmura ele. — Nós temos... quatro da série negra, mas não tem *Totem*, nem *Norte*, nós temos *Naufrágio*, mas não *Renascimento*... Tem pelo menos... Meu Deus, *seis* não estão registrados.

— Não é? Haswell está mentindo pra nós, Becker. Ela esteve mentindo o tempo todo, e eu realmente não vejo mais motivo para...

— É possível — interrompe Becker — que Vanessa tenha mudado os nomes de algumas peças. Alguns artistas fazem isso, apesar de eu duvidar...

— Ah, *para com isso!* — Sebastian levanta as mãos, exasperado. — Você está apelando.

Becker está e sabe disso. Ele assente e esfrega a testa com força enquanto aperta os olhos.

— Então... o que estamos dizendo? Estamos sugerindo que ela escondeu os quadros em algum lugar? — Ele olha para Sebastian, que assente vigorosamente. — Mas pra quê? Ela não pode vendê-los, não legalmente. Quem daria dinheiro a ela sem certificado de origem?

Sebastian senta e dá de ombros com exagero.

— Só Deus sabe! Pode não ser pelo dinheiro, será que é por ressentimento? Ou raiva? Pode ser que ela esperasse que Vanessa deixasse tudo pra ela, e aí, no fim das contas...

— Ela ficou sem nada.

— *Nada?* Ela ficou com uma casa! Ficou com uma porra de ilha! — Sebastian aponta na direção que acha que está Eris. — Olha, só Deus sabe por que ela ficou com eles, o que eu sei é que ela está com propriedade nossa, e está na hora de você resolver isso. Está na hora de você resolver *com ela*. E, se você não achar que é capaz disso...

A porta da cozinha que leva ao pátio bate e os dois levam um susto. Emmeline, sombria e torta como uma bruxa, acompanhada dos familiares caninos, está voltando de sua caminhada.

— Ah, oi.

O tom de Sebastian se transforma: ele se torna alegre, respeitoso. Levanta-se da mesa e vai cumprimentá-la, mas Emmeline vira-se de costas e se apoia na bancada da cozinha, enquanto os cachorros rodeiam suas pernas, choramingando com empolgação. A idosa tira uma das galochas e faz uma pausa, o pé de meia pendurado, o joelho dobrado como um cavalo protegendo o casco.

— Mãe? — chama Sebastian. — Está tudo bem?

— Eu estou... bem — responde ela com irritação, mas visivelmente não está. Sebastian fica ao lado dela, segurando seu cotovelo. Emmeline puxa o braço. — Não *se agite*, Sebastian, eu estou bem.

— Você está sangrando...

— Essa cadela maldita fica entrando na minha frente — diz Emmeline com desprezo. — Ela é um perigo.

A mãe permite que Sebastian dê apoio a ela enquanto tira a outra bota. Ela está com sangue nas mãos, e, mesmo a três metros de distância, Becker vê que ela está tremendo. Ele se levanta, enfia no bolso o caderno que Sebastian estava lendo e sai silenciosamente da cozinha.

Diário de Vanessa Chapman

Um péssimo começo de Ano-Novo. Celia Gray morreu — acidente de carro no sul da França. Não teve mais ninguém envolvido — ela saiu da estrada e bateu numa árvore. Julian não estava com ela, graças a deus.

Coitado do Julian. Meu coração dói por ele — ele queria tanto isso. Celia, obviamente, mas a vida que ela lhe oferecia também. Tanto dinheiro! Tão tentadoramente próximo, e agora já era.

Só Deus sabe o que ele vai fazer.

20

Becker escreve para Grace naquela tarde e fica surpreso ao receber uma resposta quase imediatamente, dizendo que ele será bem-vindo em Eris no fim de semana. Sábado seria bom. Você quer dizer amanhã?, pergunta ele. Sim, amanhã.

Ele liga para Helena para avisar que não vai estar em casa quando ela voltar de Londres, mas a ligação vai direto para a caixa postal. Ele fica tentado a olhar o Instagram dela, sabendo que vai haver sinal de almoços em restaurantes da moda e drinques em bares, idas ao teatro, talvez; um vislumbre de outra vida, uma da qual ele se sente excluído. O fato de que a exclusão dele é autoimposta não a torna melhor. Ele não olha. É perigoso demais.

Essa sensação, essa saudade dela, deixa-o estranhamente nostálgico da época em que ela não era dele, em que ele só podia fantasiar em ficar com Helena. É inesperadamente emocionante a ideia dela como um objeto de desejo proibido e não *esposa*.

No começo, quando ele chegou a Fairburn, Helena sempre aparecia de repente, colocava a cabeça pelo vão da porta, sempre correndo, fazendo alguma pergunta sem fôlego que poderia ter sido respondida por outra pessoa... pelo futuro marido dela, por exemplo? Se mais alguém aparecesse, ela ficava nervosa, as bochechas ficavam vermelhas.

Becker achou que deveria estar imaginando coisas. Só poderia estar! Contudo, em uma noite de primavera impossivelmente gloriosa, com andorinhões voando baixo sobre o gramado e uma luz dourada iluminando as magnólias creme do lado de fora da janela do escritório dele, ela apareceu quando ele estava desligando o computador. Arrumada como se fosse a um encontro, com um vestidinho reto de seda nas cores do pôr do sol, saltos, batom vermelho. Ela entrou no escritório rapidamente e fechou a porta. Contornou a mesa e, antes que ele pudesse dizer qualquer coisa, curvou-se e o beijou na boca. Em seguida, ficou ereta e saiu andando. Esperou um momento para que ele dissesse alguma coisa e, como não disse, abriu um sorriso triste.

— Os convites vão ser distribuídos semana que vem — avisou ela, e saiu antes que ele tivesse condição de responder.

Becker pensa nisso agora e se encolhe com uma careta; ele foi tão covarde. Não fez nada, não disse nada. Pior: escondeu-se dela, virava-se e fugia sempre que ela aparecia nos corredores da casa. Os convites de casamento foram enviados.

E pronto.

Só que o destino, na forma improvável de Lady Emmeline Lennox, interveio. Um tropeço na urze, um tiro errado e Douglas se foi. O casamento precisou ser adiado. E, enquanto Sebastian estava consolando a mãe abalada e vivendo o luto do pai, Becker agiu.

Fim de verão, quando os prados ficam roxos com urze e rododendro, ele foi buscar Helena na estação de trem. Foi um pedido de Sebastian, que teve que levar a mãe à cidade para organizar o funeral. Becker encontrou Helena saindo do trem e a levou de carro para Fairburn, só que, em vez de levá-la para a casa principal, levou-a para o chalé do guarda-caças.

Ele ainda se impressiona quando pensa em tudo, no calor do dia, nas janelas abertas, nas sombras se estendendo com o passar da tarde longa, no fato de saber que Sebastian só voltaria à noite e que poderia ficar ali com Helena por horas.

No azul do crepúsculo, Becker foi pegar água na cozinha. Quando voltou, reuniu coragem para perguntar:

— O que está rolando, Helena? Bateu medo?

Ela estava sentada na cama, corada e de cabelo úmido, as pernas puxadas até o peito.

— Você acha que eu faria isso de forma leviana? — perguntou ela, magoada. — Você acha que eu o trairia por capricho?

Becker fez que não e entregou um dos copos para ela enquanto subia na cama.

— Não acho — disse ele —, mas não entendo por que você faria isso, o que você quer.

Ele tremia, Becker se lembra disso, as mãos tremendo quando levou o copo aos lábios.

Pareceu uma eternidade até ela falar.

— Quando eu te conheci — explicou ela com cuidado —, naquela noite em que tomamos vários drinques... lembra? Eu e Seb, Emmeline e Douglas e você, lá na casa. Você ficou tão calado, falando tão pouco e baixo... Que *bicho do mato*, eu pensei. *Bonito, mas não como Seb é bonito...*

Becker fez uma careta.

— É verdade, você sabe disso — continuou, dando de ombros. Ela cruzou as pernas e botou um travesseiro sobre o colo. — Mas, aí, Douglas começou a fazer perguntas sobre trabalho, sobre Chapman, e você não ficou mais tão calado... Você discordou dele sobre alguma coisa, algo de curadoria, sobre como expor melhor a coleção. Douglas gritou e foi grosseiro, inflexível que tudo deveria ser rigidamente cronológico, mas você falou sobre as esculturas que vocês tinham acabado de descobrir estarem diretamente ligadas àquelas paisagens iniciais de Oxfordshire, as que Vanessa grudou grama e sementes e outras coisas na tinta, que esse era outro jeito de usar objetos encontrados na natureza...

— E ele disse que eu precisava tirar a cabeça do rabo — respondeu Becker, fazendo mais uma careta. — Ele disse que eu precisava parar de pensar como um estudante de doutorado e começar a pensar como o curador de um *espaço comercial*.

Helena riu.

— Sim, e aí Seb tentou participar, ficando do lado do pai, claro, e eu não lembro o que ele disse, provavelmente porque ele não tinha nada pra dizer, tudo que saía da boca dele era tão simplista e condescendente, e você foi tão... *controlado*. — Ela sorriu e corou. — Foi muito atraente. Eu fiquei pensando naquilo depois, como você foi firme. — Ela ficou ainda mais vermelha. — Naquela hora eu me dei conta, bem naquela hora, naquela primeira noite, que você tinha *substância* e que, por mais doce que Seb seja, não tem nada nele.

Becker revive isso agora, o prazer que teve na diminuição de Sebastian, delicioso, quente e vergonhoso.

— Não é culpa dele — acrescentou Helena. — Ele ganhou tudo de mão beijada, nunca precisou trabalhar, nunca precisou lutar... e sabe que eu também não? Eu sou igual. Eu seria levada por um vento forte. Preciso de alguém pra me segurar. Quero que seja você.

Mais tarde, quando ela estava no chuveiro e Becker, na cozinha no andar de baixo, servindo uma taça de vinho e tentando pensar no que dizer para Helena antes de ela ir embora, ele teve a percepção súbita de que teria que pedir demissão. Teria que abrir mão de Vanessa se quisesse ficar com Helena. E ficou paralisado, a taça a dois centímetros da boca. Ele queria tanto aquilo, aquela oportunidade de estudar Vanessa, ler as palavras dela, escrever sobre ela, mergulhar nela. Sua vida toda o levou até aquele ponto, e ele teria que o abandonar.

Não vale a pena, pensou ele. *Ela não vale isso*. Becker pensou só por um segundo, uma fração de segundo, talvez, mas *pensou*.

Quando Helena desceu, o cabelo comprido penteado e preso num coque, o rosto lavado e sem maquiagem, os olhos estavam vermelhos, do xampu ou de lágrimas. Ela era deslumbrante. *Claro* que ela valia.

— Eu vou pedir demissão — anunciou ele. — Nós vamos embora, vamos pra outro lugar.

Ela fez uma cara de surpresa.

— Por quê?

— *Por quê?* — balbuciou ele. — Você está... *noiva* do cara, Helena, e nós...

— Becker! — Ela o beijou de boca aberta. — Não seja tão burguês! Sim, vai ser difícil. Ele vai ficar com raiva, vai ser doloroso no começo, mas ele vai superar. Vai haver uma garota nova em um ou dois meses, e outra um ou dois meses depois. Não se preocupe com Sebastian.

Ele ficou. Eles ficaram. E Sebastian, o doce e estoico Sebastian, superou. Desapareceu por alguns meses, foi mergulhar nas Maldivas e caminhar pela Espanha, ficou com garotas e as descartou e, quando a pandemia da Covid-19 chegou, voltou sozinho. Sem ressentimentos, ele jurou. Está tudo bem e tal. O melhor venceu.

Becker passa o resto da tarde limpando a mesa, enviando e-mails, falando com algumas casas de leilão sobre vendas futuras, conversando com um colecionador particular sobre a possibilidade de um empréstimo para a exposição que eles planejam para o verão.

Logo antes de ir embora, Sebastian enfia a cabeça pelo vão da porta. Ele está usando smoking, a gravata ainda desamarrada, o queixo com uma barba por fazer caprichada, como um homem de comercial de loção pós-barba.

— Por acaso você pegou aquele caderno que eu estava lendo? — pergunta ele. — O que tem a lista?

Becker suspira de exasperação.

— Eu vou pra Eris amanhã, preciso mostrar pra ela. É a única coisa parecida com uma prova que temos dos trabalhos que faltam.

Sebastian assente.

— Faz sentido. — Ele começa a se virar, mas parece pensar duas vezes. — Você vai me manter informado, não vai? Eu quero saber a reação dela ao ser confrontada com a arma fumegante. Estou falando sério. Quero resultados dessa vez. Você precisa começar a jogar sério com ela.

Becker assente.

— Tudo bem, mas eu ainda acho que vale tentar mantê-la do nosso lado. — Sebastian revira os olhos, mas Becker continua de qualquer jeito. — Eu tenho a sensação de que isso pode acabar sendo mais complicado do que você pensa. Afinal, Grace nos deu o caderno com essa lista. Por que ela faria isso se estivesse tentando esconder alguma coisa?

Sebastian dá de ombros, balança a cabeça, olha para o relógio. *Ele tem a atenção de um mosquito*, pensa Becker, *já está na coisa seguinte, saindo pela porta, indo jantar.*

— Só me mantenha informado — pede Sebastian. Ele está com o telefone na mão, lendo alguma coisa enquanto sai. Quando já está quase fora do campo de visão, ele para e se vira. — Você já se perguntou, Beck, por que nós ficamos com tudo?

— Como?

— Você não acha estranho? — pergunta ele. — Essa tal Haswell era amiga de Vanessa, cuidadora dela, sua companheira por *vinte* anos, mas Vanessa a deixou, como *você* diz, sem nada. Por que foi assim, na sua opinião?

Diário de Vanessa Chapman

Eu não sei como escrever sobre isso. Vou recontar tudo que lembro, mas duvido que eu consiga ser precisa.

Eu estava trabalhando no ateliê por volta das 16 horas, estava escuro, ainda não noite, mas o sol não tinha aparecido direito durante o dia.

Frio e tempestuoso.

Pensei ter ouvido o barulho de um carro e saí, mas não vi nada, nenhuma luz na passagem nem no caminho, então voltei para dentro e continuei trabalhando. Eu tinha acabado de colocar umas peças no forno para queimar o esmalte quando achei ter visto algo se movendo pela janela.

Alguns segundos depois, um homem apareceu na porta. Eu soube na mesma hora que ele me machucaria. Eu o reconheci como sendo o homem que havia consertado o quadriciclo no inverno.

A espingarda estava encostada na parede e eu a peguei. Ele começou a vir na minha direção sem dizer uma palavra sequer, sem emitir som algum, só veio na minha direção. Eu ergui a arma. Ele continuou vindo, e eu tentei atirar, mas ela estava emperrada. Tentei bater nele com a espingarda, mas eu fui lenta.

Ele me segurou e me jogou no chão.

Eu comecei a gritar sem parar, ele estava com uma das mãos no meu pescoço, a outra tentando abrir minha calça jeans.

Devo ter fechado os olhos, porque, quando percebi, houve um som horrível gorgolejante e ele não estava mais em cima de mim. Notei que havia mais alguém ali.

Grace tinha enrolado um dos fios de cortar argila no pescoço dele e estava puxando-o para trás. Ele esperneava, tentando se soltar. Estava tentando enfiar os dedos embaixo do fio, para impedir que cortasse o pescoço dele.

Ele lutou por um tempo, esperneando e fazendo aquele som horrível de sufocamento.

Acho que eu não fiz nada naquele momento. Eu estava de joelhos, acho. Ele parou de lutar depois de um tempinho. Grace o empurrou para a frente, e ele caiu de bruços. Ela manteve o fio no pescoço dele e gritou para eu chamar a polícia.

Eu continuei paralisada. Eu tremia tanto que achei que não conseguiria controlar meus movimentos.

Ela gritou de novo, pelo amor de deus, vai chamar a polícia, pega a arma, chama a polícia.

Eu me levantei nessa hora, corri até a casa. Liguei para a polícia. Estava chorando ao telefone e contei: um homem nos atacou, minha amiga o matou. Não consegui responder às perguntas, só chorei e chorei.

Ele não estava morto.

Quando voltei, eu o ouvi gritando e berrando — Grace tinha prendido os tornozelos dele com o fio e amarrado os pulsos com o cinto dela. O fio ainda estava em volta do pescoço.

Nós ficamos ali até a polícia chegar. Grace ficou ajoelhada sobre a lombar dele segurando o fio, e eu fiquei parada na frente com a arma.

Durante todo o tempo que ficamos esperando, ele não parou de falar, o tempo todo me dizendo as formas como iria me machucar, as coisas que faria comigo, as ferramentas que usaria.

A polícia levou uma hora e meia para chegar.

Grace passou a noite comigo.

Eu devo minha vida a ela.

Devo tudo a ela.

21

Grace se lembra de uma noite, uma noite rara em que elas estavam juntas no ateliê, conversando. Tomando vinho, talvez? O sol ainda estava alto no céu, era verão. Vanessa estava na roda de oleiro e falava sobre trabalho de um jeito que raramente falava com Grace.

— A questão da argila é que você pode fazer parecer qualquer coisa. — A cabeça dela estava inclinada, o cabelo preso na nuca; uma mecha tinha caído sobre um olho e, de vez em quando, ela a afastava esfregando a bochecha no ombro. — Isso complica.

Vanessa enfiou os dedos na água e os voltou à forma girando na roda.

— Não quero dizer complicado de trabalhar. Grés é bem simples, porcelana é mais difícil, claro, mas não quero dizer complicado assim. Eu quero dizer que, se você *pode* fazer qualquer coisa, *qualquer coisa!*, o que você deveria fazer? Tem possibilidades demais.

Outro movimento de molhar a mão, outro filete de água, outro movimento de ombro.

— Tem um escultor chamado Isamu Noguchi, um homem brilhante, que morreu com mais de 80 anos. Uma vez ele disse que a argila é fluida *demais*, fácil *demais*, dá liberdade demais... Ah! — Ela afastou o corpo para trás, rindo. A forma tinha perdido o centro, tinha desmoronado, curvando-se como um bêbado na calçada na hora de o bar fechar. — Acho que eu nunca poderia ter liberdade demais...

Ela sorriu para Grace, limpou as mãos, tomou um gole de vinho. É rosé, Grace acha, ou algo com gás.

— Quer tentar? — perguntou Vanessa, estendendo a mão, chamando Grace para mais perto. A amiga riu e balançou a cabeça negativamente. — Por outro lado, talvez ele esteja certo, porque, quando você é tomado por dúvida, como eu, ter tantas opções é um limitador...

Vanessa seca as mãos, fazendo a argila voltar a ser uma bola sólida, centrando-a novamente.

Ela recomeçou: mergulhou os dedos na tigela de água e fez a roda se movimentar.

— O que *eu* amo de trabalhar com argila é que, quando as coisas dão errado, não importa. Você amassa tudo, você recomeça, faz uma forma nova, cada vez que você recomeça tem algo novo... Não é como pintar, em que todos os erros permanecem. Mesmo depois que você raspa a tinta e recomeça, as imagens perdidas ficam lá, como fantasmas. Com a argila, quando você faz uma forma nova, a antiga some, é obliterada! Mesmo que a quisesse de volta, você não a teria. Não adianta procurar. Então, você tem que aprender — ela se inclinou para a frente, os dentes mordendo o lábio inferior, as sobrancelhas franzidas em concentração — a deixar o que veio antes pra lá. A abandonar o passado.

Grace está no quarto dela, que também foi conhecido como quarto dos fundos e quarto extra. Na verdade, ela ainda pensa nele como quarto extra, apesar de ser onde ela dorme, assim como ainda pensa na casa como sendo de Vanessa. Sempre vai ser a casa de Vanessa, e o quarto do lado sul da casa, o que tem vista para o mar, sempre será o quarto de Vanessa. Porém, enquanto Becker estiver lá, se ele decidir passar a noite, Grace vai ficar no quarto principal e ele, no extra.

Há momentos que, pelo bem da própria sanidade, Grace não se permite contemplar, e as últimas horas significativas que ela passou no quarto de Vanessa estão entre elas. Desde então, o recinto esteve vazio. Não *intocado*; Grace o limpa de tempos em tempos, no verão, abre as janelas para permitir a entrada da brisa do mar, para que o quarto fique com cheiro de sal e algas e não de pó e umidade, mas, essencialmente, ele está como no dia em que a ambulância atravessou o caminho para levar o corpo de Vanessa embora. Os móveis permanecem no lugar, a cama, a escrivaninha e a cômoda junto à parede, a cadeira ao lado da cama, onde Grace sentava.

Ela não precisa dormir naquele quarto; pode usar o sofá ou oferecê-lo a Becker, mas isso levaria a perguntas, não é? Seria estranho e esquisito. E, afinal, é só um quarto. Não é um templo, não é sagrado. Não é assombrado.

Uma coisa de cada vez. Ela precisa preparar o quarto extra: tirar o lençol, botar para lavar, pegar suas coisas pessoais, as camisas jogadas no encosto da poltrona, a escova de cabelo e o hidratante na penteadeira. Não deve haver necessidade de ele olhar dentro do armário, mas, mesmo assim, ela tira as duas telas em pé atrás dos casacos e as leva para a sala. Afasta o velho biombo de linho e abre a porta atrás, que leva a uma salinha sem janelas. Elas nunca souberam para que servia. *Um buraco de padre!*, Vanessa gostava de alegar, mas não havia esse tipo de coisa lá. Ela usava como sala escura. Grace utiliza como depósito.

Quando arruma o biombo, ela sente um peso na consciência. Os quadros não são dela por direito. Até agora ela se permitiu pensar neles como uma distração, duas telas enfiadas num armário, esquecidas. Porém, ela está agindo deliberadamente contra os desejos de Vanessa, e isso não causa uma sensação boa. Se bem que, sendo sincera consigo mesma, não seria a primeira vez.

Além do mais, ela tem muita coisa para dar ao sr. Becker: caixas na sala cheias de desenhos, duas telas inacabadas e não emolduradas, mais cadernos e uma pilha de cartas. Ela tomou o cuidado de botar as cartas de Douglas Lennox no alto da pilha, as que o mostram carente e agressivo, sofrendo com a rejeição dela, amargo ao ponto do descontrole: *Como você pode alegar que não significou nada? Você vai mesmo usar minha esposa como desculpa? Você nunca pareceu se importar muito com as esposas de seus outros amantes.* Isso, Grace sabe, é mesquinharia, mas tem um motivo: não é fácil se expor a escrutínio público; não é fácil ter aqueles que você ama expostos.

Ela embrulha a menor das telas numa toalha velha e a leva para o depósito. O espaço está quase vazio, exceto por duas malas velhas sem nada dentro e algumas caixas de papéis pessoais dela, que Grace levou para lá depois que saiu do chalé no vilarejo. Ela apoia a tela em uma das malas e vai buscar a maior. Quando a vira, para que a pintura fique de frente para a parede, o lençol que ela enrolou nela cai de leve e revela, no alto da moldura de madeira, a marca de Vanessa: *Totem*.

Deixar o passado para trás é necessariamente uma empreitada seletiva. Algumas coisas você agarra, outras, solta. Quando se trata dos retratos e das cartas que ela decidiu guardar, Grace está se agarrando com força ao que ela e Vanessa eram uma para a outra. Isso não é objeto de explicação ou interpretação ou especulação; pertencia só a elas. Agora, só a ela.

Durante todos aqueles anos, ela dormia no quarto extra e era chamada, quando escreviam sobre Vanessa, de companheira ou cuidadora, de amiga, às vezes, de parceira, cada palavra errada de um jeito fundamental, embora as duas nunca tenham explicado a realidade. Vanessa, porque era da natureza dela resistir à explicação, e Grace, porque nunca fora indagada.

O que ela poderia ter dito se alguém tivesse perguntado? Como explicaria quando todos os amores são vistos como subordinados ao amor romântico? O que Vanessa e ela tinham não era romântico, mas também não era subordinado. *Só uma amiga* é o que as pessoas dizem. *Ah, ela é só uma amiga*. Como se uma amiga fosse algo comum, como se uma amiga não pudesse significar o mundo.

Minha amada, Grace poderia ter dito se perguntassem, ela era minha amada.

Na cozinha, ela senta à mesa e faz uma lista de coisas que precisa comprar antes de Becker chegar: leite, pão, ovos e bacon para o café da manhã, um frango para assar para o jantar, legumes. Vinho. Tem muito tempo que ela não prepara uma refeição decente para alguém, muito tempo que não há hóspedes na casa. Em outra época, antes de Grace se mudar para o quarto extra, os amigos de arte de Vanessa a visitavam com frequência, e, às vezes, gente do vilarejo ia almoçar, tomar uns drinques, embora não ficassem, a menos que perdessem a maré. Provavelmente, a última pessoa a passar a noite tinha sido Julian. E ele não foi exatamente um hóspede, só apareceu um dia, sem ser convidado.

22

Eris, verão de 2002

Havia um homem na cozinha de Vanessa. O cabelo loiro estava ficando ralo na testa, o tronco era bem bronzeado. Ele vestia uma bermuda, do tipo largo preferido pelos jovens, e mais nada. Quando se virou para olhar para ela, Grace percebeu que a bermuda estava tão baixa que revelava o ilíaco e um tufo de pelos pubianos.

— Você deve ser Grace — disse o homem, estendendo a mão para cumprimentá-la. — Sou Julian. O que você vai cozinhar pra nós hoje?

Grace ignorou a mão dele e colocou as sacolas de compras sobre a mesa da cozinha.

— Eu não vou cozinhar. Só comprei algumas coisas pra Vanessa — respondeu ela. — Se ela ficasse por conta própria, morreria de fome.

— Que bom — disse Julian. Ao olhar numa das sacolas, ele tirou um pacote de carne moída, ergueu uma sobrancelha e o colocou de volta. — Trouxe cigarro? — perguntou ele, olhando para ela com um sorriso.

Grace deu as costas para ele.

— Ela morre de fome, mas isso ela não esquece — disse ela, e deixou a cozinha.

Grace foi para o corredor e saiu pela porta de entrada; atravessou o pátio e subiu a colina.

Vanessa estava esculpindo na roda, o pé no pedal, a atenção totalmente focada na tarefa, mas, antes que Grace pudesse falar, ela disse em tom de advertência:

— Estou trabalhando.

— Eu trouxe compras — falou Grace.

— Obrigada. — Vanessa nem olhou. Ela mexeu os ombros de leve, virando-se para longe da porta. Para longe de Grace.

A amiga não se mexeu. Ficou na porta por um minuto, dois, em silêncio absoluto, esperando que Vanessa olhasse para ela, que explicasse, que se explicasse, explicasse por que ele estava ali, que dissesse *alguma coisa*.

Contudo, Vanessa não cedeu. Frustrada, Grace se virou e viu que ele a seguira. Julian estava parado no caminho, na metade da colina, um cigarro na mão, olhando para ela. Aquele sorriso bobo no rosto.

Grace teria que passar por ele. Teria que aguentar o olhar dele até o carro, sentir os olhos dele nos seus membros pálidos e carnudos, nas áreas de suor surgindo debaixo dos braços, no rosto inchado com alergias de verão. Quando ela desceu pelo caminho, ele não se mexeu, só permaneceu fumando e disse baixinho, só para ela ouvir:

— À *bientôt*.

Naquela época, Grace ainda tinha seu chalé no vilarejo e poderia ter evitado encontrar Julian de novo. Só que ela não suportava ficar longe. A presença dele na ilha a incomodava tanto que ela precisava saber *por quê*, tinha que saber *por quanto tempo*.

No dia seguinte àquele primeiro encontro ela voltou, torcendo, sem muita esperança, para que Julian tivesse ido embora. Mas o carrinho vermelho ainda estava lá.

Grace estacionou ao lado do carro dele e novamente subiu a colina. A porta do ateliê estava aberta.

— Vee? — gritou Grace.

O ateliê estava vazio.

Vazio! Vanessa mal saiu dele por semanas, estava trabalhando obsessivamente, preparando-se para a mostra de Glasgow. Grace não estava exagerando quando disse a Julian que, se ela não levasse comida, Vanessa não comeria. Às vezes ela implorava para que a outra fizesse uma pausa, fosse andar um pouco, nadar, como costumava fazer: "Não é bom pra você", dizia Grace, "ficar enfurnada assim o tempo todo, inspirando tanta poeira e tanta tinta, você precisa fazer pausas". Vanessa ficava irritada, se recusava, trabalhava ainda mais.

Assim que *ele* aparecia, a roda parava de girar e o ateliê ficava *vazio*?

Todas as coisas que Vanessa tinha dito sobre ele, que era infiel, esbanjador, raso, autocentrado, com tendência a explosões de raiva... ela tinha esquecido? Tudo foi deixado de lado quando ele apareceu, bronzeado e sorrindo, em seu carro moderno? A raiva começou a crescer em Grace como uma tempestade, nuvens de ira se reunindo atrás de seus olhos.

Ela desceu a colina até a casa. A porta da frente estava fechada. Hesitou, prestando atenção, até pensou em bater. Mas a casa era dela também, não era? Não tinha se tornado dela ao longo das semanas e meses em que tinham vivido juntas? Ela abriu a porta e chamou o nome de Vanessa.

A casa estava quente e silenciosa. Grace andou pela sala até o quarto de Vanessa, a cama desarrumada, o ar carregado do cheiro de fumaça de cigarro e sexo. A cozinha estava uma bagunça, com pratos na pia, pó de café espalhado pela bancada e pelo chão. Uma garrafa de conhaque estava aberta sobre a mesa da cozinha, ao lado de um cinzeiro transbordando. A comida que Grace tinha levado no dia anterior, os itens que ela selecionara com cuidado nas prateleiras dos supermercados, pensando nas necessidades e nas vontades de Vanessa, suavam nas sacolas de plástico ao lado do Aga.

Grace estava quase indo embora quando ouviu um grito. Ela correu até a janela aberta e olhou para fora. Vanessa estava na praia com ele; Julian corria atrás dela, agarrando-a, ela estava berrando. Os dois brincavam, como crianças.

Ela sabia que devia ir embora, mas não conseguiu, simplesmente *não conseguiu* partir sem olhar nos olhos de Vanessa. Grace, então, botou a chaleira no fogo e fez uma xícara de chá. Tentou beber, mas sua garganta estava apertada, dolorida. Desistiu, foi para a janela e esperou, fitando o topo da escada. Depois de um tempo eles apareceram, pararam sem fôlego no alto dos degraus para dar um beijo, Julian enfiando a mão grosseiramente entre as pernas de Vanessa. Com o rosto ardendo de vergonha e a raiva borbulhando como ácido nas entranhas, Grace se obrigou a voltar para a mesa. Ser vista ali seria insuportável.

— Graciosa! — Julian riu quando a viu. — Você está aí. E o que trouxe pra nós hoje? Espumante? Ostras? *Carne moída?* — Ele riu de novo. — Nós estávamos pensando em fazer uma fogueira na praia, o que você acha? Você trouxe alguma coisa de churrasco?

— Vai estar úmido — respondeu Grace com azedume. — A maré está subindo.

— Ah, Grace, *ma petite boule*, tão estraga-prazeres. Ela não é uma estraga-prazeres, Nessa?

Vanessa sentou-se à mesa e pegou a mão de Grace para apertar-lhe a ponta dos dedos. O rosto dela estava muito vermelho, de excitação, cansaço ou, quem sabe, constrangimento?

— É melhor você ir — disse Vanessa, sorrindo para a amiga sem a encarar. Ela apertou a mão de Grace de novo. — Vai, eu vou lá te visitar em breve.

Grace foi embora. Quando passou embaixo da janela aberta da cozinha a caminho do carro ela ouviu, acima da risada musical de Vanessa, a voz de Julian:

— Por que ela *está* aqui o tempo todo? O que ela quer, *la petite boule de suif*? É um pedaço de você, Nessa? É isso que ela quer?

Mais cedo naquele mesmo ano, Grace tinha sido promovida e saiu de Carrachan para cuidar da nova clínica do vilarejo em Eris. Na hora do almoço, com tempo bom, ela costumava ficar em uma das praias ao longo do muro do porto comendo sanduíches, e foi lá que Vanessa a encontrou no dia seguinte.

— Você está chateada — disse Vanessa ao sentar ao lado de Grace.

Ela estava. Tinha tido uma manhã horrível. Meia hora antes do almoço estava com a mãe de uma criança que se afogara ao cair na lagoa da pedreira, a alguns quilômetros ao norte dali. A mãe estava enlouquecida de dor, insone, desesperada. *Por favor, doutora, me dá alguma coisa.* Mas Grace já tinha receitado os comprimidos que eram seguros e, por isso, teve que mandá-la embora. Ela não contaria isso a Vanessa, a amiga não estaria interessada. Era egoísta demais para entender.

Mastigando o sanduíche de atum com milho, Grace nem olhou para ela.

— Ele falou comigo como se eu fosse a empregada.

Vanessa riu.

— Julian fala com todo mundo assim, eu não levaria para o pessoal.

— Ele fala com você assim?

— Bom, não, não comigo — disse Vanessa. — Eu sou esposa dele.

Grace virou-se para ela nessa hora.

— É? É assim que você se vê? Como *esposa* dele? — Ela cuspiu a palavra na direção de Vanessa, que se encolheu.

— Bom... eu não estou dizendo que seja uma *vocação* — defendeu-se, as bochechas ficando vermelhas. — É só um fato. Nós não estamos divorciados.

Ela se levantou. Afastou o olhar de Grace e observou o mar.

— Olha, só... não vai lá em casa por um ou dois dias — continuou. Ele só vai te irritar. Tudo bem? Eu vou para Glasgow na quinta para falar com Douglas sobre a exposição, volto no sábado ou, no máximo, no domingo. Ele já vai ter ido embora.

Grace levantou a mão, protegeu os olhos do brilho do mar.

— Ele vai embora das nossas vidas?

Vanessa se virou para olhar para ela, o rosto zombeteiro.

— Ele não está na *sua* vida, Grace. Está na minha.

Quando Vanessa saiu andando, ela falou:

— Eu ouvi vocês falando de mim, você e ele. Ouvi como ele me chamou, fui pesquisar. "Bola de sebo" é o que significa. Ele me chamou de bola de gordura e você riu.

Vanessa diminuiu o passo por um momento, mas não se virou.

Na tarde seguinte, quando Grace voltou do trabalho para casa, Vanessa estava sentada no degrau de entrada, no sol, com uma garrafa de vinho quase vazia ao lado. Ela cambaleou quando se levantou.

— Você veio dirigindo? — perguntou Grace, indo até ela. — Você está bêbada, Vanessa. Dirigiu pelo vilarejo. Passou pela escola! Eu devia... — Ela segurou a gola da camisa de Vanessa e a puxou. — Eu devia chamar a polícia!

— Grace! — Vanessa agarrou o antebraço da amiga com as mãos. — Por favor...

Grace a soltou. Pegou a chave do carro na mão de Vanessa e entrou na casa depois de passar por ela, batendo a porta ao passar.

Vanessa a encontrou na cozinha, tomando água direto da torneira.

— Bolinha de manteiga — disse Vanessa. — É isso que significa. É... não foi dito com crueldade.

Grace se empertigou e fechou a torneira.

— Foi, sim. — Ela encarou Vanessa, os olhos vidrados e a expressão petulante. Grace queria dar um tapa na cara dela. — Homens como ele... eles têm um tipo especial de desprezo por mulheres como eu, mulheres *feias*. Eu senti isso a vida toda. Uma mulher feia quase nem é humana para um homem como seu marido. É doentio, mas nem é tão chocante. O pior, o que é totalmente *abjeto*, é como mulheres do seu tipo, as bonitas, as *escolhidas*, o jeito como vocês se aliam nesse desprezo. Sorrindo como uma adolescente só porque um homem deu atenção a vocês. Rindo com gosto das crueldades dele. É patético.

— Não é assim — disse Vanessa. Ela mordeu o lábio inferior e começou a chorar. Grace deu as costas com nojo. Vanessa segurou o pulso dela. — Eu não *sou* assim.

Grace colocou a mão por cima da de Vanessa, tentando abrir os dedos dela, mas Vanessa não soltou; passou os braços em volta dela, envolveu sua cintura, chorou em sua blusa. A médica ficou rígida, as mãos nas laterais do corpo, respirando fundo.

— Eu não sei por que eu deixei ele fazer aquilo — falou Vanessa. — Eu não sei por que eu o deixei voltar.

— Ele bajula você — disse Grace. — Explora sua vaidade.

— É — ela falou na nuca de Grace. — Julian faz isso mesmo. Quando ele me toca, sinto como se meus ossos fossem derreter, eu me sinto, por alguns momentos, por algumas horas, tão *desejada*. Há um poder tão grande nisso, na sensação de ser desejada.

Grace tentou se soltar de novo, mas Vanessa continuou se segurando nela.

— Ele me bajula, me encanta, me seduz, e é tão bom. — Ela ergueu a cabeça e encarou Grace. — O sexo é tão bom. Dá tanta segurança, não dá, quando alguém faz você se sentir assim na cama?

Grace se soltou do abraço de Vanessa. Ela queria botar as mãos nos ouvidos, cantar como uma criança para bloquear o som da voz dela, mas Vanessa, seguindo-a pela cozinha, continuou falando.

— E aí, claro, ele mal chega e já começa a falar de dinheiro, das coisas de que precisa, do quanto deve, dos lugares aonde quer ir... Ele *me* chama de egoísta! — Ela parou e balançou a cabeça. — Ele quer saber por quê, se eu tenho tudo de que preciso, a casa e o ateliê e a ilha, eu não posso *dividir*?

Grace fez um ruído de desprezo, incrédula.

— Ele não pode achar que *você* tem alguma coisa pra dar pra ele! Pelo amor de Deus, você mal consegue manter a eletricidade funcionando.

Vanessa fungou e secou as lágrimas. Foi até a pia e abriu a torneira enquanto pegava um copo no armário.

— Ele está desesperado — disse ela, entre goles. — Julian não me falou, mas conheço ele, acho que pegou dinheiro emprestado com quem não devia.

— E ele espera que você salve a pele dele? Se foi burro, ele precisa assumir a responsabilidade por isso...

Vanessa se virou para olhar para ela, os olhos cheios de arrependimento.

— Foi a coisa com Celia Gray, sabe, ele achava que tinha encontrado o bilhete premiado. Que não teria mais com que se preocupar. Mas aí ela morreu, e eles ainda não tinham se casado porque *nós* ainda estávamos casados. Ele não recebeu um centavo sequer...

— Ele culpa você! — Grace estava atônita. — Ele culpa você e, pior, você sente pena dele!

Vanessa tomou o resto da água e colocou o copo na bancada.

— Sinto — disse ela. — Não é burrice? Eu sinto pena dele, e eu deixo que ele vire a minha cabeça, deixo que ele me convença das coisas, eu perco a noção... de onde estou. De *quem* eu sou. Eu negligencio as coisas que importam de verdade pra mim, meu trabalho... — Ela passou os dentes pelo lábio inferior. — E você.

Grace abaixou a cabeça.

— Deus, eu nunca devia ter deixado que ele passasse pela soleira, aquela porra de *vampiro* — disse Vanessa, se aproximando de Grace outra vez, estendendo a mão e segurando o queixo da outra com o dedão e o indicador. Grace fechou os olhos. — Ele *foi* cruel com você. Foi, e eu não sei por que eu ri, não foi engraçado. Eu não achei engraçado na hora e não acho agora. É imperdoável.

Grace suspirou.

— Mas eu perdoo você — disse ela baixinho, sem abrir os olhos.

Vanessa passou a noite lá. Antes de o sol nascer, ela se levantou para se adiantar à maré e dirigiu até a ilha Eris. No dia seguinte, quinta-feira, ela saiu cedo de novo, dessa vez para Glasgow, para finalizar os planos da exposição com Douglas.

Enquanto Grace almoçava um sanduíche no banco com vista para o porto, ela viu o carrinho esporte de Julian passar rápido pelo caminho, subir a colina e entrar no vilarejo com o dobro da velocidade permitida.

No domingo, as lojas do vilarejo estavam fechadas, e Grace dirigiu até o mercado em Carrachan para comprar comida e flores para dar as boas-vindas a Vanessa. Contudo, quando chegou à ilha, naquela tarde, o carro de Vanessa já estava parado no pátio. A porta da frente estava aberta, mas, quando ela a chamou, não houve resposta. Grace a encontrou no ateliê, ajoelhada no chão.

Ela estava com sangue no cabelo, na roupa e nas mãos.

23

A primeira coisa que Becker vê é a arma. Bem ali, no corredor, encostada no banco. Grace o percebe olhando.

— Não se preocupe — diz ela com um sorriso irônico. — É só pra impressionar. Não vou pedir que você atire no seu jantar.

Becker dá uma risada nervosa.

— É a mesma? — pergunta ele.

Grace franze a testa.

— A mesma que...?

— A... que Vanessa pegou emprestada, sabe, do fazendeiro...

— *Ah.* — Grace assente, o reconhecimento surgindo nos olhos, o rosto ruborizando. — Você leu essa parte.

— É... *apavorante.*

Grace assente de novo.

— Foi, sim. E a arma não adiantou de nada. — Ela parece refletir. — Se bem que eu acho que a gente poderia ter batido nele com a arma até matá-lo.

Ela se vira e leva Becker até a sala, onde há três caixas de papéis sobre a mesa de centro.

— São pra você — diz, apontando na direção das caixas. — Isso deve deixar seu chefe feliz.

Não vai, claro, longe disso, mas Becker já decidiu que não vai tocar no assunto imediatamente. No momento, ele expressa entusiasmo e gratidão e a segue até a cozinha, onde ela enche a chaleira enquanto ele fica ao lado do Aga, olhando pela janela, na direção do continente.

— Quem era ele? — pergunta Becker.

— Quem era... Ah, nós voltamos a falar da arma? Só um homem. Stuart Cummins. Motorista de caminhão e, às vezes, mecânico. A esposa dele, Marguerite, ia a meu consultório com certa regularidade:

dedos quebrados, boca cortada, pequenas lesões na cabeça. Algumas outras coisas, coisas de mulher. — Ela entrega a xícara de chá para ele. O rosto está com uma expressão fechada, os olhos abaixados. — Ela nunca o denunciou. Eles moravam em um dos chalés perto do porto, dá pra ver daqui. — Ela aponta. — O deles é o último da esquerda.

— O do final? — Ele se lembra do rosto angustiado na janela, o que desapareceu. — Mas eles não moram mais lá?

— Marguerite mora. Stuart se foi há tempos, graças a Deus.

Então *era* ela.

— Marguerite... — diz ele em voz alta. — Ela era casada com o homem que atacou Vanessa? Ela a mencionou em um dos cadernos, Marguerite visitou Vanessa e estava confusa sobre alguma coisa...

Grace abre um sorriso triste.

— Marguerite não está bem há anos. Ela está com mal de Alzheimer, mas, mesmo antes disso, o estado mental dela era bem frágil. O marido fez muitas coisas cruéis com ela, mas, sabe, acho que a pior de todas foi nunca contar pra ela quando o esperar. — Eles estão lado a lado, olhando para os chalés do outro lado da água. — Ele saía para fazer um trabalho e ela nunca sabia quando ele voltaria, se seria em duas horas ou dois dias. Ela não tinha paz. Por anos, ela estava sempre esperando, parada na janela, de olho para ver se ele chegava.

As nuvens se abrem e, subitamente, a cozinha é tomada por uma luz quente. Grace sorri para ele.

— Olha aquilo!

A areia fica dourada, as nuvens estão prímula e rosa. Eles ficam em silêncio por um tempo, vendo o vento fazer sua magia, sacudindo a água verde com crista branca. Mas outra nuvem entra na frente do sol, e a luz se perde. Grace se vira e toma um lugar à mesa, fazendo sinal para ele se juntar a ela.

— O que aconteceu com ele? — pergunta Becker. — O marido, o mecânico?

Grace dá de ombros.

— Eu não tenho ideia. A sentença dele foi menor do que ele merecia. Se soubessem todas as coisas que ele fazia com Marguerite... — Ela entrelaça os dedos para fazer uma ponte, e apoia o queixo. — Depois que ele atacou Vanessa, eu me mudei pra cá. Mantive o chalé no vilarejo porque eu ainda dava plantão e, de qualquer modo, com as marés e meu horário de trabalho, eu não podia ficar aqui o tempo todo. Mas permanecia o máximo que conseguia. Vanessa ficou muito abalada, muito assustada. Por um tempo, parou de andar no bosque sozinha, começou a espalhar armas por toda parte. Facas no ateliê, um martelo ao lado da porta da casa...

Grace dá uma risadinha estranha. Ela balança a cabeça e pressiona os lábios até eles formarem uma linha.

— Isso me deixou com muita raiva. — Os olhos escuros parecem pretos na luz turva. — Ainda me deixa. Manchar um lugar assim... é *outra* violação, além da original. Acontece o tempo todo: você vai andar em algum lugar, ou nadar ou correr, seja o que for sua *coisa*, aquilo que você gosta. Você vai para um local, é lindo e impecável, e você está fazendo aquilo que ama, e aí alguém, nem *sempre* um homem, acho, mas, quase sempre um homem, aparece e transforma o lugar em algo feio. E você nunca mais se sente segura. E nunca mais é a mesma. O lugar muda e você muda, e nenhuma das duas coisas para melhor.

Becker sente que ela está falando um pouco com ele e um pouco consigo mesma. Grace parece zangada e amarga e ele se sente burro, desajeitado. Ele quer pedir desculpas para ela, mas por quê? Por invocar casualmente um evento traumático? Pelo comportamento dos homens? Todos os homens? Alguns? Enquanto ele procura alguma coisa para dizer, o humor dela muda, o tempo dela. As nuvens são sopradas e seu rosto se ilumina.

— Quer ver o ateliê? — pergunta ela.

O espaço fica no alto da colina, a encosta está de um tom de verde-escuro agora que o sol desceu atrás da rocha Eris. Um caminho de terra batida os leva por uma inclinação íngreme que fica plana depois de uns duzentos metros, no platô onde está o ateliê.

Becker rói a unha do polegar, agitando-se com a expectativa, enquanto Grace mexe no cadeado. Ele prende o ar quando ela empurra a imensa porta de metal, rolando-a para longe como se fosse uma pedra enorme. E ali está: um espaço amplo com prateleiras na parede do lado direito e a roda de oleiro antiga à esquerda, o forno no final.

Becker entra. O ar está mais frio e seco lá dentro, o cheiro é de poeira e enxofre. O janelão que Vanessa fez na parede dá para o sul, de onde se vê, além da ladeira gramada, o mar e a ilha Sheepshead.

No meio da sala tem uma mesa na qual ainda há caixas empilhadas.

— Essas coisas eu ainda preciso separar — avisa Grace, indicando a caixa mais próxima. — Como você pode ver, tem muita coisa. Encontrei um monte de fotos, será que você quer isso?

Claro que ele quer! São um registro fascinante dos anos de Vanessa em Eris; tem dezenas de fotos da casa, de trabalhos no telhado, da reforma do celeiro. E outras dezenas da ilha em si, da paisagem em mutação, das samambaias cor de ferrugem, da urze roxa, do junco amarelo vibrante.

— Ela pintava com base nisso? — pergunta Becker, enquanto mexe nas imagens do mar em cada hora e em cada clima, de árvores caídas no bosque, de pilhas de algas espalhadas na areia como corpos.

— Não com frequência. Bom, não nos primeiros anos, pelo menos — responde Grace. Ela está abrindo e fechando os armários nos fundos do ateliê, procurando alguma coisa. — Mas usou depois, quando ficou doente, quando ficou mais difícil trabalhar lá fora. Vanessa gostava de ter as fotos por garantia. Para lembrar da luz, ela dizia, se bem que reclamava que a luz nunca ficava igual.

— Ela tem razão — diz ele, selecionando outra foto. — A luz nunca fica igual. — Na imagem que ele está segurando, duas pessoas estão lado a lado, os cotovelos apoiados em uma amurada, com o mar agitado ao fundo. Uma delas é Grace, anos mais jovem, mas essencialmente a mesma, com o cabelo de cuia, o rosto suave e redondo, o queixo repuxado sob um sorriso. A outra pessoa é alta, alegre e tem pernas compridas, usando colete e short, com o cabelo loiro-escuro caindo sobre os ombros ossudos; Vanessa, ele supõe, embora não consiga ter certeza, porque o rosto dela está obscurecido. Não, não obscurecido, *apagado*. Foi raspado.

— Ah, Deus. — Grace aparece ao lado dele. — Essa foto é muito velha, é minha. — Becker a vira: *Grace e Nick, Saint-Malo, 1981.*

— Eu achei que fosse Vanessa.

Grace faz que não e pega a foto da mão dele. Ela a observa por um momento.

— Não, não é. É Nick. Eu não sei por que ela fez isso...

— Vanessa fez isso? — pergunta ele.

Becker percebe que não fica totalmente surpreso. Ela mostra o temperamento nos diários, com ocasionais vislumbres de ressentimento.

— Ela sabia ser bem estranha com as coisas às vezes. Bem possessiva — sussurra Grace —, o que eu sempre achei meio injusto, se você considerar que ela sempre exigia liberdade total para ela. Nick Riley era meu amigo na faculdade. Nós dividimos apartamento por um tempo. Viajamos para acampar uma vez com outra garota, Audrey. Ela deve ter tirado a foto.

Ela parece incomodada, meio constrangida.

— Nick e eu fomos muito próximos por um tempo. Não foi um envolvimento romântico, mas... ele era especial pra mim. Era bem bonito. E Vanessa achava que a beleza só estava ao alcance dela.

Grace enfia a foto no bolso do cardigã. Ela se afasta, vai até um armário de madeira pequeno embaixo da janela e abre uma gaveta.

— Isso faz com que ela pareça horrível, mas ela não era — continua Grace. — Ela só tinha temperamento forte. Ah, aqui está.

Ela pega alguma coisa na gaveta, uma caixa de madeira.

— Olha — anuncia ela, colocando-a sobre a mesa —, vem dar uma olhada nisso.

A caixa é de jacarandá, com detalhes de madrepérola. Grace abre a tampa: dentro, há ossos. Ossos e fragmentos de ossos, coisas quebradas, descoloridas, nenhuma tão pura quanto o osso em *Divisão II*. Todos parecem pequenos demais para Becker, como se viessem de algum tipo de animal, como um roedor, mas o que ele sabe?

— Posso levar isso? — pergunta ele. — Acho que podem ser úteis, e, de qualquer modo, são... são as coisas que ela recolhia para usar como arte, não?

— A-hã. — Grace assente. — Certo. — Ela se vira para o armário. — Tem outra caixa em algum lugar, cheia de pedrinhas e conchas, e uma com penas, ah, olha aqui...

Ela tira uma caixinha, mais simples, abre-a e mostra um crânio de pássaro bem pequenininho. Cuidadosamente, Becker o segura entre o polegar e o indicador. Ele o vira, examina os buracos dos olhos, o biquinho.

— Pardal, talvez? — diz Grace.

Becker dá de ombros. Ele não tem ideia, mas o lembra de algo que leu em um dos cadernos dela.

— Ela escreveu sobre encontrar um crânio de pássaro... ou talvez esqueleto? Foi na mesma época em que escreveu sobre finalizar *Divisão*... Acho que você estava longe na época. Estou certo?

Grace ignora a pergunta e pega pedaços de ossos.

— Tenho certeza de que nenhum *desses* é humano — diz ela. — Vê como são leves. — Ela entrega um dos maiores para ele. — Os ossos humanos são muito mais densos do que os de animais. Esse aí deve ser de um carneiro. Eu tinha a sensação de que havia alguns maiores em algum lugar. — Ela leva os dedos aos lábios, a cabeça meio inclinada para trás, pensando. — Vanessa fazia cópias, sabe, fazia moldes de gesso e preparava imitações, foi assim que *Divisão II* foi feita. Ela encontrava ossos, ou pedaços, e os prendia com cerâmica, o que é bem interessante, porque é o que se usa para consertar e substituir ossos na medicina atualmente...

Becker vê uma oportunidade e a aproveita.

— Grace. Sobre as cerâmicas, eu queria perguntar sobre as que ela fez para exposição na Galeria de Arte Moderna de Glasgow. — Ela volta a atenção para o homem, as sobrancelhas erguidas, a expressão expectante. — Na última folha de um dos cadernos que você me deu para ler tem uma lista, uma lista dos trabalhos que Douglas e ela combinaram de expor na mostra. Você se lembra disso? Tem umas trinta peças de cerâmica naquela relação, mas quase nenhuma foi para Fairburn. Você sabe onde estão? Ela vendeu? Tem algum registro das vendas?

Grace fecha a caixa de jacarandá.

— Sabia que eu consertei o punho da Vanessa? — pergunta ela. — Eu te contei, né? Foi quando eu a conheci. Ela tropeçou naquela placa de concreto ali fora, à direita do caminho, a tampa da fossa.

Grace coloca a caixa no lugar onde estava e vira-se com um sorriso largo.

— Nós nos conhecemos por causa de um osso quebrado, e depois ela começou a usar ossos quebrados no trabalho. Eu gosto de pensar que isso é importante. — Ela faz uma pausa rápida e o rosto assume uma expressão séria. — Eu posso confiar em você, sr. Becker?

— Claro que pode — responde ele, torcendo para que ela finalmente responda à pergunta.

Contudo ela não o faz, só sorri de novo e avisa:

— Que bom. Então vou deixar você xeretando aqui sozinho e preparar o jantar. Meia hora, talvez? Tranque a porta quando terminar. Tem uma lanterna ali à direita, pode levar com você pra enxergar o caminho. Cuidado na descida, o terreno é bem irregular.

Ele a vê descendo cuidadosamente pela lateral da colina até desaparecer na escuridão. Becker ouve a porta se fechar.

Ele está sozinho.

Um fiapo de lua pende atrás de um véu de nuvem, o raio do farol percorre o mar. Água preguiçosa, a maré virando. Um grito, alto e angustiado, faz com que ele pule de susto. Uma gaivota-prateada passa acima e ele se volta para o ateliê.

Finalmente, ele tem Vanessa só para si.

Ele remexe nas páginas na caixa mais próxima, separando rascunhos, muitos deles não mais do que algumas linhas no papel. Entre os desenhos das ilhas e da floresta, ele encontra alguns de pessoas também, uma figura ajoelhada, outra deitada, vistas de ângulos diferentes. Estudos, talvez? Se bem que não de nenhum quadro que ele tenha visto.

Ao olhar para aqueles papéis, para aquelas caixas, ele tem a impressão de que, por mais que olhe, sempre vai haver mais, mais, mais: Grace parece uma mágica, que conjura cartas e desenhos e ossos do nada. Ou uma gata, talvez, que traz tesouros e os coloca aos pés dele. Só que não são tesouros *dela*, são? E tesouros não são o que gatos levam, eles levam coisas que mataram.

Grace está escondendo coisas dele. O jeito como ela ignorou a pergunta sobre as cerâmicas desaparecidas deixa isso claro. Ela pode estar escondendo de forma *literal*: a casa não é grande, mas deve haver algum depósito, que pode ser um porão ou um sótão. Ela não mencionou um depósito em algum momento? Becker acha que vai ter que dar a ela a chance de negar.

Anda até os fundos do ateliê, abre o forno, inspira o odor de poeira velha e cinzas, a pele se arrepiando quando ele a imagina ali, sua Vanessa, abrindo aquela mesma porta, o coração na boca, para ver se seu trabalho sobreviveu ao fogo. Se pudesse, ele ficaria lá a noite toda, feliz entre as coisas dela, apesar do frio. Mas ele não pode ser grosseiro. E ainda tem trabalho pela frente, assim como perguntas a serem feitas.

Becker fecha a porta de metal e, segurando a lanterna com os dentes, tranca o cadeado. Ele mal se virou quando a lanterna pisca uma, duas vezes, e se apaga completamente, deixando-o sem enxergar um palmo à frente. Ele tira o celular do bolso e consegue ligar a lanterna. Pronto.

O feixe de luz ilumina uma faixa estreita de grama à frente. Becker vai descendo pelo trecho, segurando o telefone, reparando, no caminho, que ali não tem sinal de celular.

A casa está quente e iluminada, a cozinha é uma explosão de aromas: frango assado, lenha queimando. Grace está abrindo uma garrafa de vinho tinto, o rosto pálido corado, com áreas úmidas sob os braços.

— Você toma vinho? — pergunta ela e entrega uma taça, antes que ele possa responder. — Senta, senta.

Grace se movimenta pela cozinha, murmurando *Onde eu coloquei, onde estava...* Ela encontra os fósforos que está procurando e acende uma vela. Com o vinho e a luz baixa, a vela queimando na mesa posta, a cena parece estranhamente romântica, e Becker sente uma pontada súbita de pânico. Ele pensa na senhoria no conto de Roald Dahl, que atraía jovens para seu estabelecimento só para envenená-los e empalhá-los. Ele enfia a mão no bolso e pega o celular.

— Não tem sinal aqui — diz ele, queixoso.

— Só se você subir no alto da rocha — diz Grace —, e eu não recomendaria isso no escuro. Você precisa ligar pra alguém? Tem wi-fi. Você pode usar aquele negócio lá, zap alguma coisa.

Ele sorri.

— WhatsApp.

— Se bem que — ela franze a testa — eu não tenho ideia de qual seja a senha.

— Normalmente, está no roteador...

— Ah, sim. Fica no quarto da Vanessa. Vou dar uma olhada.

Ela desaparece e volta momentos depois com um pedaço de papel, no qual escreveu um código.

— Obrigado — diz ele, levantando-se. — Eu só quero ver como a Helena está. Vou fazer a ligação... — Ele indica que vai para a sala.

— Claro.

Helena não atende e ele manda uma mensagem para avisar que não tem sinal de telefone lá e que é para ela usar o WhatsApp se precisar dele. Becker espera um momento para ver se ela vai responder, mas o tique teima em ficar cinza e ele volta para a cozinha, sentando-se à mesa e tomando um grande gole de vinho. Ele tenta não imaginar Sebastian passando lá para ver como ela está.

— Tudo bem? — pergunta Grace sem se virar.

— Tudo — responde Becker. Ele toma outro gole. Agora que pensou em Sebastian, consegue ouvir sua voz dizendo para ele *só falar logo de uma vez*. — Grace, eu preciso perguntar sobre os quadros e as cerâmicas que estavam naquela lista, a que eu mencionei antes, sabe?

Grace se curva para abrir o forno e coloca uma assadeira no fogão com um barulho alto.

— Eu estava sempre ao lado de Vanessa — diz ela.

— Sim — concorda Becker, frustrado —, eu sei disso, eu...

— Não, não sabe. — Ela se vira para olhar para ele, tirando as luvas e secando a testa com as costas da mão. A expressão dela está sombria. — Eu estava sempre ao lado dela, desde a primeira vez que nos vimos, quando ela quebrou o punho. Eu era a pessoa com quem ela contava. Vanessa se perdia no trabalho e se esquecia de comer, e eu levava comida. Eu cozinhava pra ela. Consertava as coisas quando quebravam, ou, se não soubesse consertar, arrumava alguém que soubesse. Eu buscava e trazia pra ela. Eu tornava a vida dela mais fácil. Ouvia quando ela falava, mesmo se metade do que falasse fosse desconhecido pra mim. Eu estava aqui quando aquele homem a atacou. Eu a protegi. E estava aqui pra juntar os caquinhos depois que tudo desmoronou. Depois de Julian.

Ela abre uma gaveta e pega uma faca e um garfo, que oferece a ele.

— Quer fazer as honras? — pergunta ela, indicando a ave. — Tenho uma coisa que quero lhe mostrar.

Enquanto corta o frango de forma desajeitada, Becker se prepara para o temido confronto. Ele sabe o que ela vai dizer, que, por tudo que fez, ela merece uma recompensa, e uma parte dele concordaria. Parece justo que, depois de tudo que Grace fez por Vanessa, ela deva ser recompensada, mas ele sabe, assim como Sebastian e ela também deve saber, que a questão ali não é o justo, é o que Vanessa Chapman estipulou no testamento.

Ao voltar, Grace franze a testa para a bagunça que Becker fez no frango e entrega para ele umas toalhas de papel. Ela coloca uma folha na frente dele e pega a faca e o garfo.

— Leia isso — pede ela, e vai terminar o trabalho que ele começou.

É um bilhete, Becker vê, escrito em papel com manchas marrom-escuras, na caligrafia agora familiar de Vanessa.

J, não podemos continuar dando voltas e mais voltas e mais voltas!

Eu vou voltar no fim de semana e você <u>tem</u> que ter ido embora.

Não tem mais dinheiro no pote.

Nós nos amamos e nos odiamos e agora podemos ficar livres um do outro.

Não é maravilhoso?

Você precisa encontrar seu caminho.

Com amor,

Nessa

— Eles tinham ficado *juntos* naquela semana — conta Grace, entregando um prato para ele. — Passaram tempo juntos, dormiram juntos. Eles também discutiram, porque, como sempre, Julian estava atrás de dinheiro. Eu os deixei em paz, fui para meu chalé no vilarejo. Eu não queria ficar perto daquilo. E, para ser sincera, eu não gostava dele. — Ela se serve e senta. — De qualquer modo, ele chegou no sábado. Os dois passaram alguns dias juntos e Vanessa foi embora na quinta, foi de carro até Glasgow para ver Douglas Lennox e finalizar os preparativos da exposição. Só faltava um mês e pouco. Vanessa levou alguns dos quadros no carro, os que você tem agora. O resto, todas as cerâmicas e as telas maiores, iriam depois, de van. A maioria estava no ateliê, pronta para ser empacotada.

Grace para, respira um pouco e continua:

— Então, como falei, Vanessa partiu na quinta, bem cedinho por causa da maré. Julian ainda estava dormindo e ela deixou esse bilhete aí. — Grace dá uma garfada de comida. Ela mastiga e balança a cabeça. — Isso *não pode* sair daqui, entende, sr. Becker? Ela não queria que isso viesse a público.

— Sim, tudo bem — responde Becker com impaciência —, mas *o que* não pode sair? O que você está dizendo?

— Vanessa deixou o bilhete para ele sobre a mesa ao lado da cama e o encontrou quando voltou no domingo, entre os destroços no ateliê. Todas as cerâmicas tinham sido quebradas, as telas rasgadas. Tudo destruído.

24

Eris, verão de 2002

Quando ela chegou naquele domingo, o carro de Vanessa estava parado no pátio, mas a casa estava vazia, e Grace subiu a colina na direção do ateliê. Quando se aproximou, ela ouviu um som estranho, um som raspado, como um torno mecânico preso numa roda, só que mais alto, bem mais alto.

Ao chegar à porta, ela se deu conta de que era Vanessa. Ela estava chorando, se lamuriando, o som vinha da garganta dela. Vanessa estava no chão e tinha sangue em tudo: no cabelo, nas roupas e nas mãos. Havia sangue no chão também.

— Vanessa! — Grace correu até ela e ficou de joelhos. — O que aconteceu? Você se machucou? O que aconteceu?

Vanessa não falou nada, só continuou fazendo aquele som horrível, apertando as mãos até o sangue escorrer entre os dedos.

— Vanessa! Para, *para!* — Grace estava tentando abrir as mãos da amiga, tentando desenlaçar os dedos. Ela mesma começava a chorar, a gritar. — Onde você está machucada? Responde! Por favor, me conta o que aconteceu!

— Tudo — sussurrou Vanessa. Ela moveu a mão para o lado, abrindo o punho e deixando cair cacos de porcelana no chão. — Tudo se foi.

Grace nem aguentou olhar. Havia detritos para todos os lados. Cortes obscenos nos quadros encostados nas paredes, abertos como feridas.

— Suas mãos — disse Grace. Vanessa abriu a mão direita e, de lá, Grace pegou um pedaço de papel amassado, um bilhete. Para Julian. — Vanessa, cadê ele? Cadê o Julian?

Vanessa balançou a cabeça em negação e fechou os olhos.

Quando ela os abriu, Grace ajudou-a a se levantar e, com um braço nos ombros dela e o outro segurando o pulso esquerdo com firmeza, a guiou até a pia. Vanessa não resistiu quando Grace colocou as mãos dela debaixo da água corrente. Ficou calada e imóvel enquanto a outra esforçava-se para tirar os cacos de porcelana dos dedos e das palmas das mãos dela.

Nenhuma das duas falou uma palavra sequer.

Um tempo depois, Grace levou Vanessa para a casa. Colocou-a na beirada da banheira enquanto limpava o sangue de sua pele, desinfetava e botava curativos nas mãos. Deu a ela um comprimido para dormir e a colocou na cama.

Então voltou colina acima, para o ateliê. Pegou os pedaços maiores de cerâmica, colocou-os cuidadosamente sobre a mesa em grupos, tentando entender quais fragmentos eram da mesma peça. Ela varreu e lavou o chão, empurrando o restante de sangue e cacos para a grama, onde tudo penetrou no solo.

Estava uma noite bonita e agradável, uma brisa suave vinha do mar, por cima dos arbustos de tojo, trazendo junto o odor de alga marinha e coco. Contudo, cada respiração de Grace tinha gosto de sangue e desinfetante. Quando finalmente terminou, ela sentou na cozinha e tomou uísque para expurgar o gosto de metal da boca.

Grace deu uma olhada em Vanessa, que ainda dormia, e ligou para o contato de emergência da clínica para avisar que não poderia trabalhar no dia seguinte. Era a primeira vez em uma década que perdia um dia de trabalho.

Ela adormeceu à mesa da cozinha, a garrafa de uísque aberta à frente.

Em algum momento depois da meia-noite, acordou num susto. Ajeitou-se, secou a baba, remexeu os ombros doloridos e virou a cabeça para um lado e para o outro para alongar os músculos do pescoço. Estava prestes a se levantar quando percebeu que não estava sozinha: Vanessa estava sentada no escuro do outro lado da mesa, o rosto branco como uma máscara da morte.

— Meu Deus! — disse Grace, ofegante. — Você me assustou.
Ela foi acender a luz.

— Não! — rosnou Vanessa. E, com mais gentileza, consertou: — *Por favor.*

Grace voltou a sentar.

— Como você está se sentindo? Como estão suas mãos? — Como Vanessa não respondeu, Grace acrescentou: — Eu tirei o dia de amanhã de folga. Vou ligar pra polícia logo cedo.

— Não.

— É vandalismo, Vanessa.

— *Não.*

Grace expirou lentamente.

— Bom... Nós precisamos fazer contato com a galeria pelo menos, nós...

— Não, Grace. *Nós* não precisamos fazer contato com ninguém. Não ligue pra ninguém. Não conte pra ninguém. Não faça nada.

— Você precisa contar, você...

— Não me diga o que eu preciso fazer! — exigiu Vanessa. — Tudo já era. Entendeu? *Tudo.*

— Eu sei, eu...

— Por favor, me deixe sozinha. Pelo amor de Deus, vá pra cama e me deixe sozinha.

Quando Grace acordou pela manhã, o telefone tocava. Vanessa estava sentada na cozinha, tomando café e tirando as ataduras das mãos.

— Não atende — disse ela quando viu Grace indo na direção do telefone. — Você pode ir ao vilarejo comprar cigarros?

Os olhos dela estavam com olheiras da cor de hematomas e o rosto, inchado, mas seu olhar estava límpido e a voz, firme.

— Claro — respondeu Grace com cuidado. — Precisa de mais alguma coisa? Quer que eu faça alguma coisa pra você comer?

Vanessa fez que não com a cabeça. Quando Grace foi avaliar suas mãos, ela virou a cara, mas a médica falou mesmo assim:

— Mantenha limpo e seco. Não tente fazer muita coisa.

— Muita coisa tipo o quê? — perguntou Vanessa, e começou a rir, um som alto e estranho.

O telefone tocou o tempo todo. Vanessa não atendeu. Ela não fez nada, mal saiu da cozinha, só ficou sentada fumando, tomando café e olhando para o mar, para o caminho, como se esperasse alguém chegar.

E então, depois de seis dias, no final da tarde de sábado, alguém chegou.

Grace ficou aliviada no começo. Estava andando na praia quando viu a viatura da polícia vindo lentamente pela passagem. *Finalmente*, pensou, *ela caiu em si*. Acelerando o passo, foi na direção da escada. Queria estar ao lado de Vanessa quando ela falasse com eles.

Estavam todos na cozinha: dois jovens de uniforme, parados sem jeito perto da porta, e Vanessa, ainda sentada à mesa da cozinha, fumando. Grace entrou e empurrou um dos policiais ao fazer isso.

— Sou amiga da Vanessa — anunciou Grace. — Eu também moro aqui.

— Bom, não exatamente — disse Vanessa, estudando a ponta do cigarro.

Os policiais trocaram um olhar rápido.

— Nós estávamos perguntando sobre o sr. Chapman — explicou o mais velho dos dois. — Sobre a última vez que vocês o viram.

— Ele está desaparecido — disse Vanessa rapidamente, olhando para Grace pela primeira vez desde que ela havia entrado.

— Desaparecido? — repetiu Grace.

— É o que Isobel diz. Ao que parece, Julian não apareceu no aniversário dela.

Grace soltou uma risada curta.

— E... isso quer dizer que ele está *desaparecido*? Porque ele não apareceu numa festa de aniversário?

Vanessa deu de ombros.

— *É* estranho. Ele não ligou para ela nem nada. Isso não é comum. Eles são muito próximos.

— Eu soube que ele veio fazer uma visita, certo? — disse o primeiro policial.

Grace levou um momento para perceber que ele estava falando com ela.

— Isso mesmo — respondeu. — Ele esteve aqui na semana passada... Não, na semana anterior. Foi embora na quinta. Eu não estava aqui, estava no meu chalé no vilarejo, mas eu o vi... Vi o carro, quer dizer. Passando pelo vilarejo na quinta, na hora do almoço.

— Você viu o carro dele?

— Vi. É um carro esporte vermelho bem vibrante. Não se veem muitos assim por aqui. E ele dirige feito um louco, chamando a atenção.

O segundo policial, o mais jovem, deu um sorrisinho.

— Feito um louco? Ele estava dirigindo rápido, é isso que você quer dizer?

Grace assentiu.

O mais velho se virou para Vanessa.

— E não teve nada de... estranho na visita do seu marido, nenhuma briga, nada assim?

Vanessa franziu a testa.

— Bom... você sabe que estamos separados? Nós estamos nos divorciando. Mas é amigável. Ele veio me ver pra falar de questões de dinheiro e...

— Ele veio até aqui? — O mais jovem de novo. — De Oxford? Não poderia ter ligado?

— Nós ainda somos amigos — explicou Vanessa, o tom suave e grave da voz duro como vidro —, como eu falei. Você entende o que significa amigável?

O policial ficou vermelho até as pontas das orelhas. Vanessa focou a atenção no outro.

— É estranho, como eu falei, que ele tenha perdido o aniversário da irmã, mas não é totalmente fora da personalidade de Julian sumir. Ele tem... muitos amigos, normalmente algumas namoradas, uma infinidade de credores, e ele bebe bastante. Julian não está aqui, como você pode ver. — Ela balançou a mão no ar. — Fiquem à vontade para olhar por aí se quiserem. Até onde eu sei, ele foi embora na quinta, como Grace falou, pouco depois de eu ir pra Glasgow. Quando voltei no domingo, por volta do meio-dia, o carro dele não estava mais, e eu supus que ele tivesse voltado para o sul.

* * *

Eles não procuraram. Acreditaram na palavra dela, deram um cartão, fizeram o discurso-padrão de *se você se lembrar de alguma coisa* e foram embora.

Assim que os policiais entraram no carro e seguiram para o continente, Vanessa se levantou e saiu da cozinha. Ela foi lá para fora e subiu a colina, com Grace logo atrás.

— Por que você não contou? — perguntou Grace.

Vanessa a ignorou e, quando a amiga perguntou de novo, ela se virou, a expressão furiosa.

— Contei *o quê*, Grace? Que ele destruiu todo o meu trabalho? E se alguma coisa tiver acontecido com Julian? Se eu contar o que ele fez, vão achar que *eu* fiz alguma coisa com ele. A imprensa vai descobrir, vão acampar na praia, vão encher minha ilha. Nunca vão me deixar em paz.

— Mas... como poderiam pensar que você teve alguma coisa a ver? — protestou Grace. — Você estava em Glasgow, Vanessa, na galeria, como poderia ter feito alguma coisa com ele?

Vanessa permaneceu em silêncio. Só ficou ali parada, mordendo o lábio, o olhar indo de um lado para outro. Ela piscou furiosamente e, jogando o cabelo por cima do ombro, virou-se e saiu andando na direção do ateliê.

O telefone continuou tocando sem parar. Grace estava proibida de atendê-lo.

Outro policial voltou alguns dias depois, um diferente, um homem de roupa comum, do sul, que insistiu em falar com Vanessa sozinho. Grace ficou no corredor; ouviu-o fazer as mesmas perguntas que os outros dois tinham feito e algumas mais.

"Qual é a natureza *exata* do seu relacionamento com a sra. Haswell?", perguntou a Vanessa. "Onde ela dorme?" "Como a sra. Haswell e o sr. Chapman se davam?" "*Eles* discutiam?"

No final da entrevista, o detetive contou que, embora várias pessoas pudessem confirmar que o carro esporte vermelho tivesse sido visto pelo vilarejo na quinta na hora do almoço, uma testemunha alegou que o vira voltando pelo caminho mais tarde, já à noite.

— Eu não estava aqui! — bradou Vanessa para ele, com rispidez. — Quantas vezes vou repetir isso, porra?

Grace voltou nessa hora, entrando rápido para apaziguar as partes antes que Vanessa se metesse em confusão.

— Quinta à noite, você diz? — perguntou ela. — Que horas quinta à noite?

O detetive olhou para ela de olhos apertados.

— Onde *você* estava na quinta à noite?

— Bom, eu... eu estava trabalhando na quinta — disse Grace. — Fiquei na clínica até as 18 horas, acho, talvez um pouco mais. Tem uma vistoria chegando e tem muitos papéis para preencher. Depois disso, levei o Diovan da Marguerite, porque ela esqueceu de pegar de novo e...

— Marguerite?

— Uma paciente.

— É comum que você faça visitas em casa?

— Não, mas Marguerite mora na esquina da clínica, em um dos chalés do porto, e ela... bom, ela é meio solitária, e eu tento aparecer lá de tempos em tempos. Como falei, ela não tinha ido buscar o remédio de pressão e eu o levei até lá, e ela me ofereceu jantar, o que caiu bem, porque eu estava muito ocupada e não tinha tido tempo de fazer compras. Aí a gente comeu e...

— O que vocês comeram?

Grace deu de ombros.

— Hum... sopa de cebola francesa. Salada. Cada uma tomou uma taça de vinho e depois café.

— Que horas você foi embora?

— Eu fiquei um pouco mais porque, como falei, ela é solitária. Ainda estava claro, mas a água estava cobrindo o caminho, então... — Grace olhou para a tabela da maré na parede da cozinha. — Entre 20h30 e 21h30, acredito.

— A maré estava alta?

— Subindo. — Grace fitou Vanessa, que olhava pela janela e não parecia ouvir. — Estava quase tarde demais pra atravessar.

— Quase? — ecoou o detetive.

— Bom — explicou Grace —, se você estivesse num quatro por quatro e soubesse o que estava fazendo, teria conseguido passar...

— A ilha não é propriedade particular, sabe? — interveio Vanessa, voltando subitamente para a conversa. — *Qualquer um* poderia ter atravessado. As pessoas fazem isso, principalmente no verão, pra subir a rocha.

— À *noite*? — perguntou o detetive.

— No *fim da tarde* — respondeu Vanessa com firmeza. — Dependendo do tempo, o pôr do sol pode ser deslumbrante.

Grace franziu as sobrancelhas e mordeu o lábio inferior.

— Vanessa — disse ela, baixinho —, você não acha... Ele não teria tentado voltar, né? Com a maré subindo...

Vanessa levou a mão à boca, os olhos brilhando com lágrimas de repente. Contudo, o detetive balançava a cabeça.

— Não pode ser isso, nossa testemunha teria visto, não teria? E, de qualquer modo, o carro dele já teria sido encontrado.

Vanessa passou os dentes pelo lábio inferior.

— Houve um acidente um tempo atrás, há uns seis, talvez sete anos. — Ela olhou em busca de confirmação para Grace, que assentiu. — Foi antes de eu vir morar aqui. Uma pessoa teve um problema no caminho. O carro foi levado e demorou semanas para ser encontrado.

— Mas houve uma tempestade — falou Grace. — Houve uma tempestade horrível.

O detetive olhou para ela por muito tempo.

— Como estava o dia de que estamos falando?

— Calmo — respondeu Grace. — É verão. Na maior parte do tempo, essa baía fica calmíssima.

O detetive assentiu lentamente, estudando as anotações. Ele se virou de novo para Vanessa.

— Você pode me dar o nome do hotel em que ficou quando foi para Glasgow? — perguntou ele.

Vanessa inclinou a cabeça para trás, suspirou.

— Eu fiquei no *pied-à-terre* de Douglas Lennox em Blythswood Square. Se você perguntar para o próprio, ele, provavelmente, vai negar. Douglas tem medo da esposa. Acha que, se ela o deixar, vai tirar tudo dele.

O detetive olhou de Vanessa para Grace e de volta para Vanessa.

— Você tem um relacionamento sexual com o sr. Lennox?

Vanessa pressionou os lábios, como se para segurar um sorriso.

— Ele é um galerista que expõe meu trabalho. Nós dormimos juntos de vez em quando.

O detetive empurrou a cadeira e se levantou.

— Tudo bem se eu der uma olhada por aí, sra. Chapman?

Dois dias depois, mais policiais apareceram, uma dúzia deles, andando por toda a ilha, como Vanessa temia que fariam. Eles revistaram a casa, subiram na rocha e olharam da beirada, vasculharam a floresta. Não encontraram nada, exceto, no ateliê, sinais de sangue.

— *Meu* — explicou Vanessa para o detetive. — Eu deixei um vaso cair e me cortei catando os cacos. — Ela mostrou a mão ainda com curativo.

Na casa, o telefone continuou tocando, e Vanessa não podia mais ignorá-lo, não com a polícia rondando. Ela teve que enfrentar ligações furiosas de Douglas, e histéricas de Isobel.

Fez isso tudo com um distanciamento glacial, o rosto como uma máscara. Respondeu a todas as perguntas: ele estava deprimido (um pouco, ele estava de luto, a namorada tinha morrido num acidente seis meses antes), enfrentava problemas com dinheiro (sim, sim, sim, eu já falei que sim), você acha que ele pode ter tirado a própria vida (—).

O sangue era mesmo de Vanessa, como ela informara.

Cerca de um mês depois da visita da polícia, um pescador, num barco a alguns quilômetros a sudoeste da ilha Sheepshead, encontrou uma carteira preta nas redes; tinha os cartões de crédito de Julian Chapman dentro.

Não encontraram nem um outro sinal dele, nem do carro.

Ele tinha sumido.

25

— Ele simplesmente... destruiu tudo?

Becker já repetiu isso algumas vezes, parece que não consegue absorver. Os detalhes do desaparecimento de Julian, o carro desaparecido, a carteira, tudo foi relatado na época, mas *isso*? Esse ato de vandalismo? Ele nunca ouviu menção alguma.

— Ele destruiu tudo que ela já tinha feito, tudo em que ela estava trabalhando? Foi por isso que ela desistiu da exposição? — Grace assente. Está sentada em frente a ele, com as mãos sobre o colo e a cabeça curvada quase até o peito. Ela passa as costas da mão na bochecha. — Mas... por que ela não explicou para Douglas, pelo menos? Ela poderia ter se poupado de tanta dor e de tantos *gastos*... Deus, o caso judicial, anos de recriminações...

Grace ergue o olhar, move a cabeça delicadamente de um lado para o outro.

— Douglas teria procurado a polícia, ela sabia disso. Ele teria desejado que ela pedisse o seguro, ou que apelasse para compensação criminal, e ela... simplesmente *não queria*. Acredite, eu tentei convencê-la, mas ela tinha medo...

Ela para de falar e curva a cabeça de novo.

— Medo? Da polícia, de que fossem desconfiar dela?

Quando ergue o rosto, uma expressão defensiva aparece no olhar de Grace.

— Si-im — responde ela com cansaço. — Vanessa tinha medo de que desconfiassem dela, tinha medo de como afetaria Eris, o santuário dela, se as pessoas achassem que Julian estava aqui. Porém, mais do que isso... eu acho que ela também estava sofrendo. E em choque. Ela não queria enfrentar o que tinha acontecido, a violência do ato.

Grace serve mais vinho para si mesma. Quando vira um pouco na taça dele, Becker percebe que a mão dela está tremendo.

— Sinto muito — diz ele. — Deve ser muito difícil falar disso.

Grace inclina a cabeça e abre um sorriso triste.

— Isso a transformou — explica ela, baixinho. — O que aconteceu naquele verão mudou o jeito como Vanessa olhava o mundo... Acho que ela nunca mais foi a mesma.

Ela toca no próprio rosto de novo e afasta o olhar para a janela. Um carro aparece na colina do outro lado da água, os faróis altos.

Por alguns minutos, eles tomam o vinho em silêncio. A mente de Becker está a mil por hora, ele tem muitas perguntas, principalmente se deve guardar aquilo em segredo. Ele não jurou, não é? Ele disse que entendia que Vanessa não queria que aquilo fosse a público, mas não fez promessa alguma. E, sendo realista, ele *não pode* esconder aquilo de Sebastian.

— Grace — diz ele depois de um tempo —, eu entendo por que Vanessa teve medo do que poderia acontecer se tudo viesse a público, mas eu acho que tenho o dever de contar a Sebastian Lennox o que aconteceu com aqueles trabalhos.

— Não tem, não! — Ela balança a cabeça vigorosamente. — Nós estamos falando sobre peças que foram destruídas vinte anos atrás, bem antes de Fairburn herdar o patrimônio de Vanessa. Elas não têm nada a ver com Lennox. Por favor, Vanessa odiaria que tudo fosse remexido, que especulassem de novo sobre o que ela fez ou não. Se você tiver algum respeito pela memória dela, vai deixar isso de lado.

Becker está dividido entre a ideia de que Vanessa odiaria que aquilo fosse conhecido e a de que aquilo é parte da história dela, uma parte *fundamental* da história dela. É certo que afetou tudo o que veio depois. Ele pensa em *Divisão II*, nos componentes delicados envoltos numa caixa de vidro e protegidos do mundo.

Até agora.

— Você se lembra — pergunta Becker — de algum detalhe sobre as peças que foram destruídas? Como eram, de que tipo eram? Vasos, tigelas, algo mais escultural?

Grace faz que não com a cabeça.

— Desculpe, eu não me lembro tão bem das cerâmicas. Dos quadros eu consigo me lembrar um pouco melhor, mas as peças de porcelana meio que... se confundem numa só na minha cabeça. — Ela dá de ombros com culpa.

Becker sente um breve momento de raiva. *Você morava com um gênio*, pensa ele, *e não estava nem prestando atenção*.

— Os nomes não ajudam — continua ela —, sempre eram tão vagos. *Floreio* ou *Respire*... Eu nunca entendi por que ela não chamava as coisas pelo que elas eram. Acho que isso significa que sou uma filisteia, mas por que *A esperança é violenta*? Por que não Farol ou Sheepshead? Por que *Totem*, por que não Grace com a ave?

— *Totem*? — repete Becker. — *Totem* era um retrato? Seu?

— Eu estava segurando um entalhe em madeira — diz ela, a voz rouca — de um passarinho.

Ele não sabe se é porque tomou vinho demais ou porque a luz da cozinha é fraca, mas demora um tempo para perceber que Grace está chorando.

— Grace — diz ele —, eu sinto muito...

Becker estica a mão por cima da mesa e bate, com constrangimento, no pulso dela. Grace vira a mão e segura os dedos dele, apertando as pontas por um momento. Ela inclina a cabeça e limpa as lágrimas das bochechas no tecido da blusa. Os dois ficam assim por um momento até que, misericordiosamente, o telefone de Becker recebe uma notificação, o que lhe dá uma desculpa para recolher a mão.

— Desculpe — diz Becker, olhando para a mensagem.

É de Helena. Ela está exausta, vai dormir cedo. Ele olha para o relógio e franze a testa. Não são nem 21h30.

Grace funga.

— Está tudo bem? — pergunta ela.

Ele assente.

— Está tudo bem, sim, é... minha esposa.

— Tem alguma coisa errada? Você parece preocupado.

— Ah. — Ele sorri. — Não é nada. Não é nada.

Grace bate com a ponta dos dedos nas bochechas e balança a cabeça.

— Está na cara que *nada* não é.

Becker faz que não com a cabeça.

— Sou eu. Eu me preocupo com ela. A gravidez e o estresse da situação em Fairburn...

Grace ergue as sobrancelhas.

— Situação? Você quer dizer a *nossa* situação?

— Ah, não — responde Becker, balançando a cabeça de novo. — Não foi isso que eu quis dizer.

Ele está bêbado, percebe, porque começou a falar demais e, antes que pense melhor, está dando com a língua nos dentes, expondo a alma.

— Helena estava noiva quando nos conhecemos — começa ele. — De Sebastian Lennox.

As sobrancelhas de Grace se erguem, e Becker cora e mexe na barra da toalha de mesa.

— Ela... hum... mudou de ideia. — Ele olha para a frente. — Não foi coisa minha — diz ele, e Grace sorri. — Não, não, de verdade. Eu não *tentei* tirá-la dele. Eu nunca teria imaginado nem por um minuto que ela o largaria por mim. Ele é bem mais interessante.

Grace inclina a cabeça para o lado e o encara.

— Sua Helena parece uma boa avaliadora de caráter — diz ela. — Nem todo mundo *quer* uma pessoa espalhafatosa ou óbvia ou terrivelmente rica. Algumas pessoas veem além disso, não é? E, às vezes, aqueles como nós têm seus atrativos silenciosos.

Becker assente com um sorriso idiota, sem saber direito o que ela quer dizer. *Aqueles como nós?* Ela quer dizer ela e ele? O que ela imagina que eles têm em comum?

— E esse Sebastian? — continua Grace, inclinando-se para a frente enquanto coloca o restinho de vinho tinto na taça de Becker. — Ele quer se livrar de você?

— Na verdade — diz Becker, corando ainda mais e rindo de nervoso —, Sebastian tem sido bem mais misericordioso do que eu teria sido nessas circunstâncias. O problema é a mãe do Seb. Ela não gostou de mim desde o começo, ela me considera um plebeu, mas me abomina agora, e se tornou bem... *desagradável*.

— Ah. Emmeline sempre foi desagradável — responde Grace, levantando-se.

— Claro. — Becker empurra a cadeira para trás e também se levanta para ajudá-la a tirar a mesa. — Eu tinha esquecido que você a conhece.

Grace dispensa a oferta dele, e Becker se larga de novo na cadeira.

— Quase nada — explica ela. — Emmeline veio aqui em raras ocasiões com Douglas, mas não tinha tempo pra gente como eu.

Becker consegue imaginar perfeitamente: para Emmeline, Grace pareceria pouco mais do que uma empregada.

— Acho que eu deveria ser mais solidário com ela depois de tudo pelo que passou...

Grace faz um ruído de deboche.

— Depois de sofrer décadas das infidelidades dele, era de se pensar que ela ficaria feliz de se livrar do bode velho.

— As circunstâncias foram chocantes — murmura Becker —, e tem a culpa junto com o luto...

— Culpa? — repete Grace, virando-se para olhar para ele. — Por que *culpa*?

O cérebro saturado de vinho de Becker leva alguns momentos para absorver o fato de que ele falou demais, mas é tarde agora; ele vê pela expressão de Grace que ela entendeu.

— Foi Emmeline quem atirou nele? — pergunta ela. — Meu senhor. Que extraordinário!

— A família não deixou que chegasse aos jornais — explica Becker, xingando a si mesmo internamente. — Todo mundo queria protegê-la... Ela já tinha sofrido demais.

— Entendo — diz Grace. Ela está encostada na bancada da cozinha, dobrando e desdobrando o pano de prato que tem na mão. — *Extraordinário*. Aquela mulher acertaria o olho de um coelho com uma arma de ar comprimido.

Becker endireita o corpo.

— Como?

— Ah, sim. Emmeline é uma atiradora precisa. Ela se gabava que poderia ter participado das Olimpíadas se deixassem que mulheres atirassem na época.

Becker afasta a taça de vinho e se levanta, cambaleante. Ele está com dificuldade de pensar direito. Grace acabou mesmo de sugerir que Emmeline poderia ter atirado em Douglas *de propósito*?

— Eu... eu deveria ir pra cama — diz ele.

— Ah. — Grace está decepcionada. — Eu queria te mostrar outra coisa. Discutir algo com você antes de levar os cadernos de volta pra Fairburn. Mas eu preciso ter certeza, sr. Becker, de que posso confiar em você. — Ela olha para ele, os olhos enormes, suplicantes. — Eu posso confiar em você, não posso?

Grace atravessa a cozinha e acende a luz principal. Becker ajeita-se na cadeira. Apertando os olhos por causa da luminosidade, ele a vê enfiar a mão na caixa que tinha pegado antes, da qual tirou o bilhete de Vanessa para Julian, e tira um caderno.

— Essas, como você deve ter imaginado, são as coisas que eu preferiria ter guardado aqui. Você pode levar os cadernos, mas eu pediria que não os colocasse em exposição. *Por favor*. Por ela — pede ela, entregando o caderno a ele — e por mim.

O caderno, outro A5, é idêntico aos que ele estava lendo em Fairburn, só que neste Becker percebe que a caligrafia de Vanessa não está elegantemente relaxada e curva, mas espalhada e errática. A escrita não segue mais as linhas da página, sobe e desce pelo papel, ocupa cantos, vira em ângulos estranhos. Muitas das páginas estão em branco, exceto por traços fracos e aparentemente desconexos a lápis, com algumas frases quase ilegíveis.

— Quando o câncer voltou — explica Grace —, ele entrou em metástase. Foi para o cérebro dela.

Ela morde o lábio inferior e vê Becker folhear o caderno.

— Vanessa tinha dores de cabeça horríveis, a visão do olho direito começou a se perder. Ela já tinha parado de trabalhar com cerâmica havia tempos, porque não tinha força para manusear a argila, mas, nessa época, ela não conseguia mais pintar, tinha dificuldade até de desenhar. Vanessa tornou-se, tanto no papel como na vida real, bem menos coerente. Dá pra ver que, às vezes, ela parece estar escrevendo não pra ela mesma, como nos cadernos mais antigos, mas *para* alguém. Para Frances, de vez em quando, ou para mim.

Becker passa os olhos pelas páginas, tentando decifrar o garrancho. Algumas coisas são a cara de Vanessa:

Eu procuro substância: substância literal, física. Madeira de novo ou pedra?

Algumas, bem menos:

pra onde ele foi pra onde você foi pra onde eu fui?

Algumas são insuportáveis:

a luz está falhando ou sou eu?

E algumas são desesperadas:

Você precisa me ajudar. <u>Você me deve isso</u>

A última frase está sublinhada com tanta força que rasgou a página.
— Ela implorou para que eu a ajudasse — conta Grace. — Depois de certo ponto, tudo girava em torno disso. Todas as nossas conversas. Quando falava comigo, ela não falava de outra coisa, ela implorava e implorava e, no final, eu fiz. Eu fiz o que ela me pediu pra fazer.
Por um longo momento, Becker fica sem palavras.
— Você a *ajudou*? — repete ele, a pele arrepiada apesar do calor no ambiente. Ele está com um nó na garganta, duro como um caroço de pêssego.
— Acho que não tem nada conclusivo nos cadernos — diz Grace, baixinho. — Vanessa escreve sobre morfina em algum momento, mas não tem nada que me prejudique. Nada que me *condene*, eu acho. Duvido que acontecesse, se tudo isso fosse tornado público. É tarde demais para provar qualquer coisa. Nós tomamos cuidado. Eu dei a dose a ela na noite de uma tempestade, três dias antes de a ambulância vir buscá-la.
Ela o encara.
— Não é da lei que eu tenho medo, e não é sobre minha vida profissional, já que tenho certeza de que me aposentei de vez agora. — Grace suspira, e o movimento a faz estremecer. — Mas, se as pessoas

lessem isso, haveria especulação, *controvérsia*, a imprensa xeretando de novo. Ela os *abominava*, sempre os abominou. Ela odiaria que eles remexessem os ossos dela.

Quando sai da mesa, ela coloca a mão delicada sobre o ombro dele.

— Tudo pela proteção dela. Tudo o que eu fiz, tudo o que eu faço.

Por um tempo, Becker fica sozinho na cozinha, tentando entender tudo que ouviu: sobre Julian e Emmeline e sobre o que Grace fez por Vanessa. Com Vanessa. A cabeça está pesada, ele não consegue desfazer o nó apertado dos pensamentos; cada fio que ele puxa só parece apertá-lo ainda mais.

Becker acaba indo para o quarto, andando pela penumbra da sala, tentando não esbarrar nos móveis. Senta na cama, a cabeça nas mãos, e ouve as ondas, desejando que o quarto pare de girar. O que acontece agora? O que acontece amanhã? Ele vai contar a verdade pra Grace, que *Divisão II* vai ser aberta? Que, até onde ele sabe, pode já ter acontecido e o último suspiro de Vanessa pode ter se dissipado?

Ele é acordado por um barulho alto. Becker esqueceu de desligar o alarme. Senta-se, então, no escuro, a cabeça latejando, sufoca um grunhido e tateia pela mesa de cabeceira para pegar o celular. Ele derruba alguma coisa.

Merda.

Não é o alarme, é uma ligação de WhatsApp, é Helena.

— Beck? Está me ouvindo? — A voz dela está chorosa, tem um eco, como se estivesse num lugar vazio.

— Estou, mas o que está acontecendo?

— Ah! — Ela começa a chorar e o coração dele para.

— Helena, o que foi? Onde você está? Helena?

— Tem sangue. Eu estou sangrando.

— Meu Deus, onde você está? Em Londres?

— Não, eu estou em casa, estou no banheiro, eu...

— Calma, calma. — Ele tenta manter o pânico longe da voz. — É... Quanto de sangue? É escape?

— Acho que não. — A voz dela está baixinha.

— Chama uma ambulância. Não, *eu* vou chamar uma ambulância. Não, *porra*, eu não posso. Não tenho sinal. Liga *você* pra ambulância, eu falo com Sebastian e mando ele esperar com você. Sai do banheiro, Hels, desce, destranca a porta. Faz isso agora, vou ligar pro Seb.

— Tudo bem. — Ela faz um som estranho, algo entre uma risada e um choro. — Estou com medo, Beck.

As mãos dele estão tremendo quando ele liga para Sebastian. Toca e toca; ele desliga. Tenta de novo. Na terceira vez, Sebastian atende.

— Helena está sangrando, você precisa ajudá-la. — Becker está tentando não erguer a voz, lutando para manter o pavor distante. — Você tem que ir até ela agora! Não faça perguntas, por favor, por favor, só vai!

— Claro — diz Sebastian. — Estou indo agora!

Becker acabou de desligar quando se lembra da maré. Ele se veste, acelera até a porta, corre para fora. A água está começando a tocar no caminho. Ele volta até a casa e pega o resto das coisas.

Ele precisa deixar um bilhete para Grace, mas não consegue encontrar nada em que escrever. Então, pega papéis na caixa que Grace deixou, cartas e cartões. Não dá para escrever naquilo. Ele encontra uma nota fiscal no bolso e escreve nela. Enquanto está explicando, seu olhar pousa numa palavra na carta do alto da pilha: *Divisão*. Ele pega a carta e a enfia no bolso e sai correndo pela porta.

26

Quando Grace abre os olhos, ela vê a cadeira ao lado da cama, o estofado de um laranja desbotado, atrás dela uma parede. Ela fica desorientada por um momento e lembra que está no quarto de Vanessa. Então admira a parede, tentando lembrar o que ela tinha pendurado ali, qual quadro Vanessa via quando olhava para cima e Grace estava sentada a seu lado.

Qual era? *Aurora no inverno*. Uma pintura do canal, um mar verde-gelo se afastando da terra, o caminho levando o olhar para o continente, para a neve nas colinas. Uma das primeiras paisagens de Eris que Vanessa fez, uma das favoritas por mais tempo. Tantas das primeiras eram pinturas matinais; ela amava estar na areia ou na colina ao amanhecer, a esperança surgindo, apreciando a liberdade. Fairburn está com *Aurora no inverno* agora. Grace se pergunta onde está; ela não consegue imaginá-la sob refletores numa galeria grandiosa e abobadada. Era uma pintura humilde, do dia a dia.

Grace pode perguntar a Becker. Ocorre a ela que não está sozinha, que tem com quem conversar.

Ao olhar para o relógio sobre a mesa ao lado da cama, ela percebe que dormiu por toda a maré baixa. Ela rola para o lado; pelo vão na cortina, vê um céu azul. Sente uma pontada de alegria: Grace está eufórica do vinho da noite anterior, embora Becker tenha tomado bem mais do que ela. E está descansada, dormiu muito e bem; e é graças a ele. Graças ao conforto de tê-lo ali com ela.

Foi *maravilhosa*, a noite anterior. Cozinhar para uma pessoa de novo, dividir uma refeição, tomar vinho, conversar até de madrugada. Ela se pergunta se consegue persuadi-lo a ficar mais uma noite. Tem massa e linguiça do açougue e...

Ela sente uma pontada forte na barriga. Ela contou a ele sobre a morfina. Isso foi descuido. Contudo, Becker também contou um segredo, não foi? Ele falou sobre o casamento, sobre o problema que estava tendo em Fairburn. Eles criaram um laço, são amigos agora. Grace pode confiar nele. Ambos podem confiar um no outro.

Ela olha a hora, quase nove da manhã. Melhor acordá-lo. No chuveiro, ela planeja o dia deles: café, um desjejum rápido, uma caminhada pelo bosque até o alto da rocha. Eles podem visitar alguns outros locais de pintura favoritos de Vanessa no lado sul da ilha na volta. Talvez mais tempo no ateliê? Uma caminhada pela praia? E um convite para ficar um pouco mais. Como alguém que só percebe que está com fome quando dá a primeira garfada de comida, Grace só percebeu quanto é solitária quando Becker apareceu.

Ela se permite mergulhar no devaneio, para um momento no futuro em que Becker passa dias na ilha, semanas, até, às vezes, com a esposa e o bebê, às vezes sozinho. Os dois fazem caminhadas pela praia, e Grace cozinha e eles ficam até tarde tomando vinho e conversando sobre Vanessa. Ela é convidada para ir a Fairburn, Sebastian Lennox a vê com outros olhos agora, como uma pessoa de valor, como algo positivo, como alguém com uma contribuição a fazer. Grace ajuda a arquivar as anotações e correspondências de Vanessa, ela tem um papel, um novo propósito.

É uma fantasia. Ela não é boba. Contudo, não dá para negar a conexão entre os dois. Eles estão ligados por Vanessa e, agora, pela ilha Eris, mas a conexão deles vai mais fundo do que isso. Grace o pesquisou e leu sobre ele: Becker não é como o pessoal de Fairburn, não é de uma família abastada. Ele é como ela, um lutador, não recebeu nada de mão beijada. Grace desconfia que entende algumas coisas sobre James Becker de um jeito que nem a esposa rica nem o chefe conseguem.

De volta ao quarto, ela abre as cortinas. Glorioso. Um mar agitado, água-marinha tropical ao sol e o azul-escuro do Atlântico, onde as nuvens fazem sombra. O ar está límpido, a vista tão clara que Grace consegue ver os gansos-patolas nos penhascos de Sheepshead. Do alto da rocha, eles conseguirão ver uma eternidade.

Grace veste uma calça de caminhada e roupas quentes, pois, com ou sem sol, vai estar frio, e sai silenciosamente para o corredor. Enquanto anda pela sala, ela repara que a porta do quarto, do quarto extra, já está aberta. Ele acordou! Porém, Becker não está na cozinha; deve ter ido dar uma volta. Ela está fazendo café quando repara no pedaço de papel preso sob o moedor de pimenta.

Desculpe, tive que ir. Emergência. Mando um e-mail mais tarde para explicar. Obrigado por tudo. B

Grace sente como se seu coração tivesse sido agarrado por uma mão que o aperta, aperta até não haver mais sangue nele. Ela começa a chorar como uma criança decepcionada e a raiva ataca, cruel e violenta, como um tapa na cara. Ela o *odeia*. A jarra de café atinge a parede com um estalo que parece um tiro.

27

Londres, 1981

Grace estava na fila do refeitório da universidade quando ouviu, do outro lado do salão, a voz alta e inconfundível de Paul.

— Cara, ela é terrível. Ela só fica deitada, parada. É tipo fazer com uma tábua de passar roupa.

Piadas, risadas.

Grace curvou a cabeça e apoiou o queixo no peito, mas, com o canto do olho, via a cabeleira loiro-palha dele, o corpo rechonchudo: Paul, o homem com quem ela estava dormindo havia três semanas, o homem com quem ela perdera a virgindade.

— Sério, é uma decepção. Eu achava que as feias se esforçassem mais.

Mais risadas, uma barulheira. As pessoas estão se virando, olhando, prestando atenção.

— Elas deveriam ficar agradecidas.

Grace estava paralisada de terror. Se decidisse se mover agora, talvez atraísse atenção. Alguém talvez a visse. *Eles* talvez a vissem, perceberiam que ela ouviu, que estava presente no veredito, na humilhação... e ficaria ainda mais doce para eles.

— Você é um babaca, sabia? — Outra voz, clara como um sino, corta a barulheira. — Sim, estou falando com você, Paul Connolly, seu punheteiro gordo. Você acha mesmo que uma mulher ficaria *agradecida* por ter *você* suando em cima dela?

Salvação! Na forma improvável de Nicholas Riley, um garoto pequeno, pálido como leite, com uma constelação de sardas no nariz. Bonito de um jeito discreto, inteligente e engraçado com um toque de malícia suficiente para torná-lo interessante. Nicholas estava sentado sozinho à mesa ao lado da de Paul e os amigos e, quando falou, eles se viraram para ele, alguns até ficaram de pé, caminharam em sua direção, cuspindo veneno. Grace saiu silenciosamente da fila, colocou a bandeja de volta na pilha e fugiu, faminta, mas aliviada.

Depois daquele dia, Grace tentou evitar Nicholas. Ela temia o constrangimento de ter que admitir o acontecimento, de reconhecer que ela estava presente no teatro da sua vergonha pública. Contudo, ela o via em toda parte; era como se ele a procurasse. Nicholas estava na primeira fila nas aulas dela, estava no gramado da Russell Square no almoço, estava atrás dela na fila do ingresso do cinema no Brunswick Centre.

— Deve estar escrito nas estrelas — disse ele, dando um tapinha no ombro dela. — Nós fomos feitos um pro outro.

Ele piscou. E, naquele momento, ela soube: eles seriam amigos.

Nicholas a fazia rir. "Você não é como as outras garotas", dizia, o que a fazia rir mais do que tudo. Era um clichê idiota, o tipo de coisa que as pessoas dizem em filmes românticos bobos, mas era verdade sobre Grace. Ela não era como as outras garotas. Era diferente de um jeito que era difícil entender, mas Nick não se importava. Ele nunca pedia que ela se explicasse, nem que se desculpasse por algo.

Nick tinha outra amiga, Audrey, e ela também não era como as outras garotas, mas era diferente delas de um jeito mais convencional. Audrey não era *esquisita*, só meio extravagante. Estava um ano à frente, estudando psiquiatria; era alta e angulosa e inteligente a ponto de intimidar. "Audrey não gosta de gente", dizia ele. "É por isso que ela quer ser psiquiatra. Pra entender por que todo mundo é horrível para caralho." Contudo, Audrey gostava de Nick. Gostava de Grace também, e Grace gostava dela, apesar de, às vezes, desejar que a outra não existisse, porque, sempre que Audrey estava presente, Nick ficava um pouco afastado de Grace.

Os três alugaram um apartamento juntos, um lugar esquálido infestado de ratos acima de uma loja de jornais e revistas na rua Goodge, e, por um tempo, foram inseparáveis. Estudavam incansavelmente, destacando-se, afastando-se dos outros alunos e das famílias. Grace tinha, finalmente, encontrado sua gente; ela descartou a vergonha da solidão como se fosse um casaco velho.

No verão, eles entraram no Vauxhall Astra de Nick e dirigiram até a França. Passaram uma semana acampando em um penhasco em Saint-Malo, jogaram cartas e beberam vinho barato até vomitar. No Natal, ninguém foi ver a família; os três ficaram no apartamento horrível, comendo pizza ou curry de restaurantes próximos, vendo filmes no videocassete.

No começo de janeiro, Grace ficou doente. Ela sentiu uma dor abdominal que ficou cada vez mais severa, teve febre e delirou. Nick chamou um táxi e a acompanhou, ela chorando de dor, até o Hospital Universitário, onde diagnosticaram um cisto rompido e infecção. Ela foi internada na mesma hora e ficou lá por oito dias, recebendo fluidos e antibióticos por via intravenosa.

Só no quarto dia foi que ela percebeu, e estranhou, que nem Nick tampouco Audrey tinham ido fazer uma visita. Ela até se perguntou se eles foram, se no delírio ela havia esquecido, mas a equipe de enfermagem, que ficava perguntando se ela queria ligar para alguém, insistiu que ninguém tinha aparecido.

Não havia telefone no apartamento, e, quando recebeu alta do hospital, não tinha ninguém para levá-la para casa. Então foi embora sozinha, ignorando os olhares de pena das enfermeiras, andando no vento frio.

Ao chegar ao prédio, ela parou um momento para se recompor, para treinar sua indiferença. Subiu a escada e destrancou a porta.

O apartamento estava frio de um jeito que indicava que o aquecimento não era ligado havia dias, silencioso de um jeito que falava de ausência. As coisas de Audrey e de Nick tinham sumido; eles não deixaram nenhum bilhete, nem endereço novo. Grace não sabia onde os pais deles moravam e não tinha os números de contato deles. Os amigos não contaram para ninguém na universidade que abandonariam o curso e não pagaram o aluguel.

Ela não conseguia entender, e não havia ninguém para explicar. Grace tinha começado a se entender como parte de um bando de três e, naquele momento, o que ela era? Estava ciente de que o que sentia era *errado*; era uma amizade, afinal, não um caso amoroso. Não havia coração partido. Ninguém tinha morrido, então também não era motivo de luto.

Contudo, a volta às aulas foi um sofrimento, e ela tinha certeza de que todo mundo estava falando do que tinha acontecido, estava segura de que todo mundo sabia: Grace os amara, a Nick e Audrey, e eles não retribuíram esse amor.

Ela tentou se jogar nos estudos, mas estava exausta. Fosse de depressão ou de doença, ela mal conseguia se levantar da cama de manhã. Grace começou a ter pensamentos perturbadores, persistentes, intrusivos. Imaginava-se o tempo todo se ferindo, imaginava-se tirando a própria vida, pensava como isso faria Nick se sentir. Temia que ele não soubesse, que nem notasse; tinha medo de acabar com a própria vida por algo banal.

Tinha medo de um dia ele voltar e ver o que restara dela.

Grace estava com muito medo.

Ela fez o que tinha que fazer: foi ao médico e pediu ajuda, e ele providenciou tudo. Foi encaminhada para uma psicóloga, uma mulher gentil e paciente de quem Grace sempre escondia alguma coisa. Ainda assim, seguiu as recomendações: descansar, permitir-se ficar bem. Ela trancou os estudos por um ano, saiu do apartamento para morar em uma pensão, arrumou um emprego como secretária e foi voluntária num asilo. Ia à psicóloga uma vez por semana. Grace passou a comer melhor, a se exercitar, a dormir.

Ela voltou para a universidade, dedicou-se e se formou.

Fez tudo certo.

O que ficou com ela depois não foi tanto o choque do abandono, nem a dor da rejeição, foi a vergonha excruciante de tudo. A humilhação que veio com a percepção de que havia regras que ela não entendia, que, por mais que tentasse, ela não conseguia sentir as coisas certas do jeito certo.

Ela se mudou de Londres assim que pôde; foi para Edimburgo, no norte, e depois para o oeste. *Cidades pequenas, áreas rurais seriam mais misericordiosas*, ela pensou; Grace tentaria de novo, fazer o bem, acertar as coisas, ela escaparia do seu jeito *errado*.

Só que aquilo a seguiu, continuou seguindo, até Eris.

28

No caminho, no limbo entre a ilha e o continente, dá para se imaginar em outro mundo; parece inexplorado o fundo do mar, nunca o mesmo duas vezes. Grace raramente atravessa a pé, ela sempre sente um certo medo, mesmo em dias como aquele, quando a maré está baixa e o sol está quente no rosto dela, os ostraceiros piando e as gaivotas grasnando, o céu azul, tranquilizador.

Quando alcança a rampa no final do caminho, ela está um pouco sem fôlego. Grace sobe a colina e, ao chegar ao estacionamento do porto, vê Marguerite de joelhos na frente do chalé, limpando o canteiro de rosas. A idosa está cantando, baixinho e com afinação perfeita. Quando Grace se aproxima, ela leva um susto. Fica de pé rapidamente, levanta a mão para proteger os olhos do sol e sorri.

— Ah! *Madame la médecin!* Trouxe meus comprimidos?

Conforme Marguerite vai ficando menos situada no presente, ela entende as pessoas no contexto em que as conheceu. Grace é a médica dela, é quem lhe dá os remédios.

— Sem comprimidos hoje — diz Grace. — Só pensei em passar pra dar um oi.

Marguerite assente.

— Vem, vem — pede ela, segurando a mão de Grace. Seus dedos estão gelados, frios como a terra. — Quer tomar um chá?

Grace a segue pela porta de entrada até a cozinha, nos fundos da casa. Enquanto Marguerite enche a chaleira, Grace pega xícaras no armário. Elas foram guardadas sujas e agora abrigam um mofo verde chamativo.

— Vou só passar uma aguinha aqui, está bem? — diz Grace.

Marguerite assente e sorri com timidez. Quando ela estende a mão para pegar um potinho de chá numa prateleira, Grace repara em um hematoma, o centro roxo escuro se espalhando até bordas esverdeadas, na parte interna do antebraço.

— Ai — diz Grace, fazendo uma careta e indicando o braço. — Parece ter doído.

— Ai, *oui*. — A expressão de Marguerite é séria. — Eu caí, sabe? Não é mentira. Mesmo, mesmo, *c'est vrai*.

Isso também vem do passado, dos dias em que Marguerite ia até Grace com alguma lesão e uma história junto: ela escorregou numa área de gelo, bateu com a cabeça na porta do armário da cozinha. E, quando a médica tentava arrancar delicadamente a verdade, Marguerite batia o pé, teimosa. *Não é mentira,* c'est vrai. Contudo, agora é quase certo que *seja* verdade. Grace avisa que acredita nela. Marguerite sorri como uma criança que recebe um elogio.

Ao irem da cozinha para a sala, Marguerite fica agitada, vai para a janela a cada dois minutos, para olhar para a estrada depois do estacionamento.

— Acho que ele vai voltar — diz ela, juntando e separando as mãos ossudas, deformadas pelo tempo e por fraturas recorrentes.

— Não, Marguerite, você não precisa se preocupar — responde Grace com firmeza. — Ele não vai voltar.

— Não? — Marguerite abre um sorriso cauteloso, esperançoso. Ela quer acreditar.

— Venha sentar — instrui Grace. — Sente-se aqui e tome seu chá. Me conta, como você machucou o braço? Você caiu em casa ou lá fora?

Marguerite pensa por um momento e balança a cabeça lentamente. Leva um dedo torto até os lábios.

— Você faz uma coisa pra mim, eu faço uma coisa pra você — diz ela.

— Tudo bem — concorda Grace, apesar de não saber direito *qual* conversa elas estão tendo. — O que você quer que eu faça por você?

Marguerite bate palmas, dá risadinhas, e Grace tem uma imagem da menina que ela devia ter sido no passado, cheia de vida e brincalhona. Ela trabalhava como camareira num hotel barato em Lille quando conheceu Stuart, um caminhoneiro grandalhão com mãos enormes e um sorriso irresistível. O homem a convenceu a fazer as malas e começar uma nova vida com ele do outro lado do canal. Foi a pior decisão que Marguerite tomou na vida.

Ela chegou em Eris em 1992; Grace a conheceu no ano seguinte, o das tempestades. Foi o mesmo ano em que Nick Riley apareceu, surpreendendo Grace no trabalho. Surpreendendo, não. *Surpresa* não chega nem perto do que ela sentiu quando seu antigo amigo apareceu sem avisar, do nada. Chocada, sim. Abalada. Estupefata.

Ainda assim, Grace sempre reprovou a si mesma pelo fato de que sua atenção estava em outro lugar naquela primeira vez que Marguerite foi vê-la no consultório. Ela queria alguma coisa para a dor, disse. Tinha sofrido um acidente, caído da bicicleta. Ao olhar para trás, Grace sabia que deveria ter feito mais por ela. Deveria ter feito mais perguntas, deveria ter insistido mais, não deveria ter permitido que Marguerite a persuadisse de que não havia nada de errado, de que não era necessário envolver mais ninguém. Por que seria, se ela só tinha sofrido uma queda? *Não é mentira, c'est vrai.*

Grace estava distraída. Ela acreditou na história de Marguerite, o tempo todo admitindo que uma queda podia justificar uma costela fissurada, até a maçã do rosto fraturada e o dente quebrado, mas não explicava os hematomas claros em forma de dedo no pescoço, nos braços e nas coxas de Marguerite.

A idosa está de pé de novo, olhando pela janela, para o mar.

— *L'île ne souvient pas* — diz ela, virando-se para Grace, que dá de ombros, balançando a cabeça e mostrando que não tinha entendido. — A ilha não se lembra.

Grace pressiona os lábios e segura um suspiro. Sua paciência para esse tipo de conversa vaga e enigmática é limitada. Marguerite olha para ela com expectativa, mas a médica balança a cabeça de novo.

— Acho que ele volta logo — afirma a idosa baixinho para si mesma.

A coisa triste, Grace pensa, *a coisa cruel, é que, embora Marguerite se lembre de Stuart, ela parece ter se esquecido do outro homem, por quem ela se apaixonou depois que o marido foi preso. O homem está morto agora, mas eles tiveram anos de felicidade juntos. Porém, em vez de relembrar com carinho o fazendeiro gentil e cavalheiro, ela para na janela, angustiada e temerosa, esperando eternamente o bruto.*

Quando Grace decide ir embora, Marguerite vai com ela até a porta e segura a mão dela quando sai no sol.

— Pra onde foi a pessoa que estava com você? — pergunta ela, os olhos observando o rosto de Grace. — O que aconteceu?

— Não aconteceu nada, Marguerite — responde Grace, soltando-se com gentileza. — Não há motivo para preocupação. Está tudo bem.

O sol está luminoso, pálido e baixo. Grace anda com um braço erguido para proteger os olhos do brilho. Tem uma dor de cabeça surgindo no fundo do crânio, ela sente um aperto lá, como se alguém estivesse puxando seu cabelo. Seu passo está pesado, ela está exausta e sente o efeito do vinho da noite anterior.

Grace disse para Marguerite que estava tudo bem, o que evidentemente não é verdade. A mulher idosa está ficando doente demais para morar sozinha, não está dando conta. Pode ter uma queda séria, pode deixar o gás aberto, botar fogo na casa, ter uma intoxicação severa ao comer nos pratos imundos. Grace deveria ligar para a clínica na segunda-feira e pedir que mandem um assistente social para dar uma olhada nela. Seria a coisa certa a fazer? Não seria a mais gentil. Eles a tirariam do chalé, levariam para uma instituição horrível. *Não*. Grace prefere mantê-la ali, no porto, onde pode ficar de olho nela.

No caminho para a ilha, o ar está frio e úmido. À direita, na areia, algo se move e Grace leva um susto, o coração disparando, mas, quando presta a atenção, não tem nada lá, só a luz transformando sombras em monstros. Ela acelera o passo e olha para a casa. Daquele ângulo, só dá para ver o lado mais estreito, o da cozinha. Parece pequena e indefesa, como se a maré alta ou uma tempestade forte pudessem levá-la embora.

No ano em que Grace conheceu Marguerite, houve duas grandes tempestades. A casa sobreviveu às duas, embora o telhado de um dos celeiros tenha se perdido. A primeira derrubou o pinheiro mais antigo do bosque e as raízes abriram um buraco enorme na terra. A segunda arrancou mais três árvores e levou parte do caminho. Meses depois ele foi recuperado, mas, no bosque, os gigantes caídos ficaram lá por anos e foram lentamente voltando à terra.

Vanessa não conheceu a ilha antes das tempestades, mas Grace, sim. A médica esteve na ilha antes e depois de as árvores caírem, antes e depois de o caminho desmoronar e ser consertado; ela vê as cicatrizes, mesmo que mais ninguém veja.

As pessoas também têm isso, não é? Na superfície ou por baixo, sempre há algum resíduo, alguma marca deixada onde um caminho se bifurca, onde uma vida fica diferente. Para Marguerite, foi sair de casa e ir para lá; e depois, a prisão de Stuart, sua libertação. Para Vanessa, foi ir para Eris, o desaparecimento de Julian e tudo que veio junto.

Diário de Vanessa Chapman

Tem um vazio na casa que provoca uma sensação horrível. Eu ando até o ateliê no escuro e volto no escuro, eu giro e giro e giro na minha cabeça, desenhando e ouvindo e olhando e esperando. Nada vem. Ninguém vem.

A maré vem.

29

Quando Grace chega ao topo da escada, ela faz uma pausa para recuperar o fôlego e, em vez de ir para a casa, segue colina acima, passa pelo ateliê e caminha para as árvores.

A luz está fraca e as sombras se reúnem e se adensam. Marguerite tem uma expressão para isso: *l'heure entre chien et loup*, a hora entre um cachorro e um lobo. A hora em que uma coisa parece ser outra, em que uma coisa benigna pode parecer ameaçadora, quando um inimigo pode vir visitá-lo na forma de um amigo.

Quando Grace era criança, muito nova, com 3 ou 4 anos, ficou com a mão presa numa porta que bateu (quem bateu? O vento? Sua mãe?), e a pontinha do terceiro dedo da mão direita foi completamente decepada. Ela e a ponta arrancada foram levadas para o hospital, onde um cirurgião restaurou o dedo.

Grace não se lembra de quase nada sobre esse incidente. Foi explicado para ela, supostamente quando ela perguntou por que o terceiro dedo de sua mão direita era meio deformado e um pouco mais curto do que o terceiro da esquerda.

O que ela lembra é que passou a noite no hospital. Agora, como adulta e médica, não consegue imaginar por que a deixaram lá por uma coisa tão pequena, mas foi o que aconteceu. O que ela lembra melhor é isto: quando os pais foram buscá-la na manhã seguinte, foi tomada por um terror sufocante, não queria ir com eles, agarrou-se à enfermeira e berrou. Grace estava convencida de que eles não eram seus pais de verdade, tinha certeza de que seus pais de verdade a tinham abandonado, de que eles não a queriam mais, de que aqueles *imitadores* tinham ido no lugar deles. Aqueles inimigos na forma de amigos, aqueles lobos em pele de cordeiro.

O medo não durou, embora tenha voltado de tempos em tempos em pesadelos. Grace acordava e ficava suando nos lençóis gelados, certa de que um erro cósmico tinha sido cometido, de que ela não estava onde deveria estar. Grace não conseguia entender de onde aquela sensação vinha; ela se lembrava da infância como não sendo feliz nem infeliz, os pais não demonstravam afeto, tampouco eram cruéis. Ela não foi negligenciada. Acha que foi amada. Só não parecia ser farinha do mesmo saco. Quando chegou na adolescência, os pais e ela já eram como estranhos.

Apesar de nunca terem mencionado, Grace tinha certeza de que seus pais nunca a perdoaram pela cena no hospital. Por que uma criancinha pensaria uma coisa daquelas?, eles devem ter questionado. Com certa justificativa: por que uma criancinha *pensaria* uma coisa daquelas? Por que uma criança imaginaria que seus pais a tinham abandonado? Qual era o *problema* dela?

Como adulta (e médica), Grace voltou a essa pergunta várias vezes. Ela a encontrou na literatura, sabe que padrões de apego são formados nos primeiros anos de vida, que crianças pequenas precisam que suas necessidades sejam satisfeitas por presenças consistentes que a acalmem, alimentem e deem o tipo certo de atenção. Faltava isso a ela? É por isso que ela não sente as coisas como as outras pessoas parecem sentir? É por isso que ela, às vezes, vê afeto onde só uma gentileza básica foi oferecida? É por isso que ela sente o toque como carícia ou agressão e não um meio-termo?

Grace segue andando e entra no bosque. Ali é fácil imaginar figuras entre as árvores, mesclando-se no crepúsculo em animais e de volta em homens, em monstros. Em algum lugar no coração da floresta, uma coruja-das-torres chirria; a pele de Grace fica arrepiada, sua pulsação dispara, ela sente o latejar de sangue na cabeça e no peito. Grace segue em frente, até o local onde as árvores caíram.

As bifurcações na estrada de Grace normalmente foram motivadas por abandono, começando, ela acha, com aquele episódio no hospital, a deserção infantil imaginada. Depois, houve Nick e Audrey; e Vanessa, de certa forma. A artista mudou a vida dela mais do que qualquer outra pessoa; conhecê-la mudou seu rumo de modo irrevogável. Vanessa era a resposta a uma pergunta que ela nem tinha ideia de que estava fazendo.

Depois que ela morreu, Grace teve que devolver os equipamentos e os remédios que estava usando para cuidar dela nas semanas finais, mas foi criativa com o registro farmacêutico, e um único frasco de morfina permaneceu no fundo da gaveta da cômoda da artista.

No dia em que foram remover o corpo da amiga, Grace parou na janela da cozinha e viu a ambulância seguir para o continente. Ouviu o silêncio ensurdecedor na casa, com medo da escuridão, desejando que a maré subisse, para que ela pudesse ter certeza de que estava segura e não seria perturbada.

Grace foi fazer uma caminhada: passou por aquele bosque indo até a rocha e voltou. Ela também ouviu a coruja naquela noite.

No dia seguinte, foi até o quarto de Vanessa, mas hesitou do lado de fora. Percebeu que não queria morrer sem nadar novamente no mar, queria sentir o choque e a dor do frio, depois o alívio quando o corpo reagisse; ela queria sentir o sal nos lábios, enfiar os dedos dos pés na areia, submergir, ouvir as ondas quebrando.

Uma última vez. Ela voltou, foi ao banheiro e pegou o traje de banho no gancho atrás da porta, depois foi em direção ao mar.

No dia seguinte, Grace parou do lado de fora da porta de novo. Novamente, não entrou. Ela foi até a praia naquele dia, e no seguinte foi até a rocha. Assim seguiu, um dia após o outro, encontrando coisas para fazer, jeitos de se manter ocupada, todos os dias inventando um jeito de resistir ao chamado do frasco na gaveta.

Algumas semanas depois, ela recebeu uma ligação da antiga clínica em Carrachan. Estavam com poucos funcionários, disse o administrador, um dos médicos tinha pedido demissão de forma inesperada, e estavam desesperados. Haveria um jeito de a convencerem a voltar, mesmo que apenas temporariamente?

Foi assim que um novo capítulo começou. Vanessa podia estar morta, mas as pessoas ainda precisavam de Grace. O frasco de morfina permaneceu na gaveta.

Está escuro quando ela sai do bosque. Grace passa devagar e com cuidado pelo ateliê, seguindo pelo caminho e prestando atenção para não pisar em falso. A casa está escura, mas Grace se permite imaginar que não está sozinha, que tem alguém lá dentro esperando por ela, que só precisa abrir a porta e acender a luz e o lugar vai ganhar vida; ela vai entrar numa cozinha com cheiro de cebola fritando na manteiga, com música no rádio, uma garrafa de vinho aberta sobre a mesa.

Grace abre a porta da frente. Acende as luzes. O silêncio ecoa como um sino. Ela tranca a porta e entra na cozinha, onde está a caixa de sapatos cheia de cartas. A de cima chama sua atenção. Ela não mostrou a ele *aquela* carta, disso ela tem certeza. Havia outra coisa no topo da pilha.

Aquela correspondência, ela conhece. Aquela, ela odeia. É Vanessa em seu estado mais pretensioso, menos gentil. Grace não quer olhar, nem precisa: já leu e releu as palavras tantas vezes que as frases mais brutais estão gravadas nas paredes de seu coração, como se um bisturi as tivesse escrito.

Querida Fran,
    Muito obrigada por enviar o livro de contos de Ted Chiang. Estou adorando. A estranha melancolia dele ressoa de forma tão intensa comigo no momento.
    Estou perdida ainda, sem conseguir trabalhar. Eu ando sem destino, sem propósito.
    Tento esvaziar a mente e deixar que as mãos me guiem, deixar que a tinta me guie, ou a argila, mas parece que não consigo abandonar o pensamento, e logo me vejo paralisada, ao mesmo tempo à deriva e encurralada.
    Grace está sempre presente. Ela é cuidadosa, solícita. Não consigo respirar quando ela está no mesmo aposento. A atenção dela é sufocante, ela não pode saber como eu sofro. Grace é incapaz de certa profundidade de sentimento. Ela não sabe o que é vivenciar o tipo de amor sexual que eu tive por Julian. Sei que não é culpa dela, sei que é assim que ela é, mas sua falta de compreensão me enfurece.
    Eu a amo, mas também tenho pena dela. E queria que ela não grudasse em mim. Eu a imagino longe. Imagino a liberdade e o medo da vida sem ela.

Sei que você está chateada comigo por não ter ido à exposição em Bristol, sei que não tenho sido a melhor das amigas nesses últimos dois anos, ando ainda mais egoísta do que o habitual.

Por favor, me perdoe. Eu sinto tanto sua falta.

Posso ir visitar você? Se ao menos eu pudesse me afastar deste lugar por um tempo, acho que eu começaria a me sentir um pouco mais como eu mesma.

Com amor,
Vanessa

Frances não respondeu. Vanessa ficou profundamente magoada e, mesmo quando, cerca de um ano depois, Frances explicou que não tinha recebido a carta, a amizade delas não se recuperou, não completamente.

A visão de Grace fica borrada, ela pisca para afastar as lágrimas. Mesmo agora, tantos anos depois, as palavras de Vanessa machucam. Grace é *incapaz de certa profundidade de sentimento*! Na verdade, ela sente demais, sente de forma desproporcional.

E, às vezes, ela age de acordo.

O motivo de Frances não ter respondido à carta de Vanessa foi por não a ter recebido. Grace, em uma de suas verificações periódicas do estado mental de Vanessa, nos meses depois do desaparecimento de Julian, abriu a carta que prometera colocar na caixa de correio no vilarejo. Ferida pelas palavras de Vanessa, ela foi cruel de seu jeito: guardou a correspondência e deixou que a artista achasse que sua amiga mais antiga a tinha abandonado.

Tudo é justo no amor e na guerra, e amizade também é amor, não é? E um tipo de guerra também, às vezes.

30

Quando ele entra na ala do hospital e os vê, Helena na cama e Sebastian ao lado dela, segurando uma das mãos dela, Becker sente como se tivesse viajado para uma dimensão alternativa. Naquela nova realidade, tudo está como deveria ser: a linda Helena Fitzgerald, que tem sangue azul, é casada com o rico, belo e aristocrático Sebastian Lennox. Ela passa dias e noites no esplendor da Casa Fairburn, não enfiada com o empregado no espaço apertado do chalé do guarda-caças. Naquela nova realidade, James Becker não se insinuou num mundo ao qual não pertence; ele não tirou Helena da vida que ela merecia e não partiu o coração de Sebastian no caminho. Ele está sozinho e sem amor, vendo de fora, com o nariz encostado no vidro.

Como deveria.

Becker está gelado, com as entranhas retorcidas. Parece que um abismo se abriu abaixo dele, no qual ele está caindo. E é culpa dele. Por não estar lá quando ela precisava. Por entreter, ainda que por uma fração de segundo, a ideia de que ele poderia escolher Vanessa no lugar de Helena. É culpa dele por não ouvir aquela voz na cabeça, aquela voz sem palavras e sem som, a que está dizendo que algo ruim vai acontecer.

Enquanto ele se perde em pensamentos, Helena vira a cabeça em sua direção e seus olhares se encontram.

— Beck! — chama ela, a voz falhando, tirando a mão da de Sebastian e a estendendo na direção do marido. Em um segundo, ele está ao lado dela e a beija. — Graças a Deus você chegou — diz ela. — Achei que você não conseguiria.

Ele a puxa para mais perto e um aperto cresce no peito dele.

— Não chora, querido — sussurra Helena no cabelo dele. — Eu estou bem. *Nós* estamos bem. Está tudo certo com a gente.

Quando eles se separam, Becker percebe que estão sozinhos. Sebastian saiu. E tudo está bem. Helena está bem, o bebê está bem. Foi só um sangramento normal. Bom, um pouco mais do que o normal, mas não tem nada errado. Eles não encontraram nada errado.

— Qual dos dois? — rosna Becker para o médico. — Não tem nada errado ou você não consegue *encontrar* nada errado?

— Deixa ele em paz, Beck — pede Helena. — Eu estou *bem*.

Ela parece bem, mas meio pálida e com um pouco de dor, com pontos corados no alto das bochechas, os olhos escuros e úmidos e os lábios mordidos. Ela se agarra à mão de Becker com tanta força que os dedos dele doem.

Cinco dias se passaram desde que Becker saiu de Eris, e Helena está em casa há três. Becker tirou a semana de folga e os dois fizeram seu próprio isolamento: quase não saíram de casa, exceto para caminhadas curtas. Eles acenderam a lareira e leram livros, viram televisão, fizeram amor *com cuidado*. Comeram bem, evitaram álcool. Becker não fuma um cigarro há 72 horas.

E está subindo pelas paredes.

Naquela manhã, um técnico de um laboratório particular de Londres abriu a caixa de vidro de *Divisão II* e separou o osso do filamento de ouro que o segurava no lugar. Becker não estava lá para ver. Ele preferiu ficar em Fairburn com a esposa e teve que esperar, andando pelo corredor estreito entre a sala e a cozinha, até o homem ligar para dizer que sim, uma inspeção visual confirmou que o osso é humano e que vão extrair uma pequena amostra para enviar para análise. Vão conseguir determinar a idade aproximada do osso, além de sexo e idade da pessoa. Esperam ter respostas em duas semanas no máximo.

No meio da tarde, quando Becker terminou de falar com o técnico, Sebastian e o curador do Tate Modern, Helena (que passou boa parte do dia no sofá, tentando ler) chega ao limite.

— Pelo amor de Deus, Beck, por favor, vai lá pra ver os caras botando fogo na coisa toda. Você está me deixando *louca*.

É dia 5 de novembro, Noite da Fogueira, e tem uma festa na casa principal para vizinhos e funcionários e seus filhos.

— Tem certeza de que você vai ficar bem?

Helena faz uma careta.

— Eu vou ficar bem, mas não posso garantir seu bem-estar se você ficar inquieto, andando de um lado para o outro. Vai!

Ele obedece.

Da ponte, ele vê um monte de gente se reunindo no lado oeste da casa principal, onde a fogueira foi montada; ele ouve risadas e os gritinhos das crianças correndo pelo gramado. Becker percebe que pode fumar, porque a fumaça do fogo vai disfarçar o cheiro do cigarro.

Ele se apoia na amurada e olha para baixo. Mesmo na luz fraca, Becker vê que a água está congelada. Ele respira fundo, sente o ar arranhar os pulmões, o tremor de um músculo no peito; é a sensação de destino, de tentação. Enfia as mãos nos bolsos para procurar a seda do cigarro, mas seus dedos encontram outra coisa. A carta que ele pegou na cozinha de Grace. Tinha esquecido completamente.

Ainda bem que a luz baixa é suficiente para ele conseguir ler.

Fevereiro de 2003

Querida Grace,

Desculpe por não ter respondido às suas últimas cartas, mas, entre questões legais e o vazamento no telhado, eu não tive tempo livre. Acho que os advogados talvez tenham chegado a um acordo com Douglas — vai ser um grande alívio resolver isso, tem sido motivo de tensão e distração. O dinheiro vai ficar ainda mais apertado, mas eu não vou a lugar algum atualmente e não tenho gastos, então acho que vai ficar tudo bem.

Recebi uma mensagem de Isobel — ela ainda está muito zangada comigo. Apesar da carta que mandei, ela se agarra à ficção de que não ofereci palavras de solidariedade. Ela está na França agora — aparentemente um homem que batia com a descrição de Julian foi visto na Riviera. Duvido que ela seguisse essa pista se essa pessoa tivesse sido vista em Riade ou Rhyl. É perda de tempo, claro.

Encontrei um jeito de trabalhar. Estar sozinha ajudou. Fico mais criativa quando estou quieta no meu canto, sempre foi assim. Posso organizar meus horários e não me preocupar com nada nem ninguém. Eu não ando pintando muito, mas comecei a trabalhar numa nova série de esculturas — que chamei de Divisão —, usando objetos que encontro e cerâmica. É uma nova direção, e eu acho que é promissora.

Não sei como responder à sua carta, só dizer que não quero que você volte para Eris. Você sabe de coisas que não deveria saber. Não sei como estar perto de você de novo. Espero que você entenda o que quero dizer.

Nós precisamos ficar livres uma da outra agora.
Com amor,
Vanessa

Um sopro de vento bate no papel e quase o arranca das mãos de Becker. Sua pulsação está acelerada. Um grito soa atrás dele, ele ouve o estalo da madeira quando o fogo pega e as vozes animadas das crianças chegam a um tom febril.

Nós precisamos ficar livres uma da outra agora — quase as mesmas palavras que Vanessa usou no bilhete para Julian Chapman. Ela escreve sobre liberdade o tempo todo nos diários; aparece nas entrevistas também. Era o que ela parecia apreciar acima de tudo, acima de amor e amizade e até de companheirismo. Até onde ela teria ido, Becker se pergunta, para ficar livre? O que ela quer dizer quando escreve que Grace *sabe de coisas que não deveria saber*? O que ela sabe? A sensação de medo que Becker achou que tinha deixado no hospital volta; enrola-se nos ombros dele como um manto.

Do outro lado da fogueira, um grupo de crianças grita com empolgação em volta de Sebastian, que parece estar distribuindo doces. *O senhor da mansão*, Becker pensa, *oferecendo benesses.* Quando Sebastian o vê, ele acena e sorri de forma tão calorosa que Becker fica incomodado pela sua falta de empatia.

— Ele chegou! Como você *está*? Como está nossa garota?

Becker sente o sorriso hesitar por uma fração de segundo.

— Ela está bem — diz ele —, está bem melhor. Na verdade, Helena me botou pra fora de casa. Ao que parece, eu estou sufocando ela.

— Ah, bom, eu talvez possa ajudar com isso. Eu tenho uma missão que pode te tirar daqui por um ou dois dias. Você pode ir até Eris de novo na semana que vem?

Becker faz uma careta.

— Eu preferiria não me afastar agora. Por que você quer que eu volte?

Sebastian está prestes a responder quando um homem idoso se aproxima com uma criança ao lado. É Graham Bryant, o guarda-caças. O *bode expiatório*, como Becker passou a pensar nele. Bryant cumprimenta Sebastian, apresenta o neto, pergunta por Emmeline.

— Ela deve vir daqui a pouco. — Sebastian sorri para ele e bagunça o cabelo da criança. — Não vá embora, sei que ela vai querer dar um oi.

O sorriso some do rosto dele quando se vira para Becker.

— Estou preocupado — diz Sebastian — com o que vai acontecer se houver correspondência de DNA entre o osso e Julian Chapman. Não vamos conseguir controlar a história, porque a primeira pessoa a ser notificada vai ser a irmã de Chapman. Ela pode não procurar a imprensa...

— Mas, considerando o que eu li sobre Isobel — diz Becker, interrompendo-o —, tem boa chance de que faça isso.

Sebastian assente.

— E vai haver um *frenesi* de interesse da imprensa em Eris: a ilha, a casa, o local onde o osso foi encontrado...

Becker vê aonde ele quer chegar.

— Grace vai entrar em pânico — continua ele. Quem sabe o que ela pode fazer? Pode ser até que comece a se livrar de qualquer coisa que ache particular ou delicada.

Sebastian passa um braço simpático pelos ombros de Becker.

— Eu sei que você não quer deixar a Hels sozinha agora, eu entendo isso. Mas ela está melhor, você mesmo disse. E eu posso ficar de olho nela.

* * *

Becker deixa Sebastian na fogueira. No escritório escuro, ele senta à escrivaninha e escreve um breve e-mail para Grace, explicando por que saiu de Eris às pressas e perguntando se seria possível que fosse à ilha naquela semana para buscar o resto dos papéis. Depois, pensa melhor: não seria melhor falar com ela pelo telefone? *Mais simpático*. Decide ligar. Becker apaga a mensagem, desliga o computador e sai da sala, reparando nessa hora no facho de luz que se espalha no corredor vindo da porta aberta do Grande Salão.

Exceto pelos refletores nos quadros, a galeria está escura. Becker entra, anda lentamente pela sala, para na frente de *Preto I* — *A escuridão não nos causa desconforto*, o primeiro quadro de Vanessa que retrata o mar. Os verdes das algas e as manchas carmesim de tinta a óleo absorvem o brilho do refletor, fazendo a imagem na tela parecer rolar e se agitar.

— Medonho, não é?

Becker dá um pulo. De alguma forma, Emmeline se aproximou sorrateiramente. Na luz fraca, ela está pequena e pálida, tão sem substância quanto um fantasma.

— Se dependesse de mim — diz ela, olhando para o quadro —, eu o levaria para fora e o colocaria na fogueira. É *medonho*.

Emmeline, dando as costas para a tela e para ele, começa a andar lentamente na direção da parede norte, onde tem mais paisagens do mar.

— Vanessa só deixou tudo para ele pra me irritar, você sabe — afirma ela.

Becker ri, e ela se vira na mesma hora. Emmeline está de sapatilhas, é isso! É por isso que ela está tão pequena e silenciosa, ela tirou os saltos de sempre. Ainda sentindo a queda, talvez? Ele está prestes a sentir pena quando a mulher olha para ele com uma expressão de ódio tão intenso que ele quase se sente murchar.

— Você acredita mesmo nisso? — gagueja ele. — Que, quando estava morrendo, Vanessa estava pensando em *você*?

Ele a segue passando por *Monotonia*, uma vista enluarada da areia, por *Naufrágio*, *Chegada* e *Para mim ela é um lobo*, seguindo por toda a galeria até parar na frente de *A esperança é violenta*.

— *Desse aqui* eu gosto — diz Emmeline. — As pinceladas são diferentes, meio afetadas. Quase dá pra sentir a dor dela. E o céu, aquela linha escura no horizonte, da cor de sangue. Dá pra saber que ela estava olhando para o fim. — Ela abre um sorriso frio para ele. — Aquela baboseira que Douglas disse quando perguntaram sobre o legado dela, lembra? Todo aquele disparate sobre intimidade, sobre a *conexão* deles… — Ela dá uma risada amarga. — Ele era tão tolo.

Emmeline segue andando. Um grito soa lá fora: estão queimando o boneco de Guy Fawkes. A luz das chamas dança nas vidraças das janelas, fazendo a sombra dele e de Emmeline pular de forma perturbadora pelas paredes.

Eles quase terminaram a turnê pela galeria quando Emmeline para de novo na frente de Preto V — *O bosque para as árvores*. Ela suga os dentes num som de reprovação.

— Às vezes, é preciso dar um passo para trás — diz ele — pra perceber o que você está vendo. Se ficar aqui, dá pra ver que…

— Você acha mesmo que eu preciso de aulas sobre apreciação de arte, sr. Becker? — interrompe Emmeline, curvando os lábios. — De *você*? Duvido que tenha algo a me ensinar sobre qualquer coisa, principalmente sobre reconhecer o que está acontecendo bem na minha frente.

Desta vez, quando ela sai andando, Becker não a segue. Ele fica no meio do salão, dando-se um momento para imaginar que a figura pequena e curvada à sua frente é só uma senhora boazinha dando uma caminhada por uma galeria de arte, que ela entrou no lugar errado em busca das naturezas-mortas.

Emmeline leva uma eternidade para chegar ao fim do salão. Quando chega, ela se vira.

— Preciso que você faça uma coisa por mim — avisa.

Iluminado de um lado, o rosto dela é uma máscara mortal. Tomado de medo, mas determinado a não demonstrar fraqueza, Becker anda rapidamente até ela e pergunta da forma mais educada que consegue:

— O que seria, Lady Emmeline?

— Eu preciso que você resolva essa coisa com aquela cuidadora da ilha Eris e, feito isso, que peça demissão, pegue sua esposa e vá embora.

Becker faz que não com a cabeça.

— Eu não vou fazer isso, você sabe que eu não vou fazer isso.

Ela solta um suspiro cansado, levanta os olhos para o teto e esfrega o indicador deformado nos lábios sem sangue.

— Sr. Becker, isso é tanto do seu interesse quanto do meu. Sem você, o especialista em Chapman, Sebastian vai perder o interesse *nisso* tudo — ela balança a mão vagamente no ar — e vai seguir para outra coisa. Ele só precisa de um empurrãozinho. Ele tem dificuldade em seguir em frente, você não concorda?

— Na verdade, não concordo — responde Becker, rigidamente.

— Bom. — O sorriso de Emmeline não chega aos olhos. — Nós estávamos falando agora mesmo que, às vezes, é preciso dar um passo para trás pra entender o que você está olhando, não foi? Tenho certeza de que, se *você* fizesse isso, se desse um passo para trás, você veria...

— Olha — Becker a interrompe, e ela fica boquiaberta; Emmeline está tão atônita por sua afronta que ele quase tem vontade de rir. — Eu entendo por que Vanessa Chapman não é sua artista favorita, mas eu não vou pedir demissão só porque você me pediu...

— Então não faça por *isso* — fala ela rispidamente. — Peça demissão porque é o melhor para *você*. Peça demissão porque, cada vez que você sai da propriedade, meu filho vai correndo ver sua esposa. Não te incomoda? Seu carro mal saiu pelo portão e ele já está lá, dando uma olhada nela. Cuidando de todas as necessidades dela. — A risada de Emmeline é baixa e áspera. — Isso não te faz hesitar, sr. Becker? Afinal, você sabe que tipo de mulher ela é. E sabe com que facilidade ela pode ser...

— Eu *sei* que tipo de mulher Helena é — interrompe Becker de novo —, e a coisa que você não consegue entender é que *Sebastian também sabe*. Pode ser que seu filho ainda a ame, mas ele também aceita a escolha dela, porque ele a respeita. E também me respeita, então, embora ele possa gostar de passar um tempo com Hels, uma pessoa que ele conhece desde que era adolescente, uma pessoa de quem era amigo bem antes de namorar, eu não acho que você precise se preocupar com isso. Porque, como eu falei, eu a conheço.

Emmeline ri de novo, um som implacável.

— Você é um tolo — diz ela. — Você é cego como Douglas era.

Becker chegou ao limite. Ele anda na direção da porta, olhando para *Preto II* no caminho, a luz capturando o sorriso no centro, o brilho de dentes brancos gerando um arrepio pela espinha dele.

— É de oito meses que ela está, não é? — pergunta Emmeline. — Seria então de quando? Final de fevereiro? Começo de março? No fim daquele primeiro lockdown, por volta da época em que você foi para Hamburgo olhar aqueles Hockneys. Todo mundo estava agitado depois de ficar preso em casa por tanto tempo, todo mundo procurando uma *válvula de escape*...

Becker se vira. Ele pensa por um momento que vai bater nela, vê por um segundo, no olho da mente, aquela mulher idosa, pequena e frágil se encolhendo sob o punho dele. Respira fundo.

— Eu deveria sentir pena de você — diz ele. — Deveria mesmo. Você é velha e amarga e imagino que seja muito solitária, talvez até esteja de luto. Eu deveria sentir pena de você, mas não sinto, porque não consigo deixar de pensar que você fez a fama e agora tem que deitar na cama. E você pode continuar espalhando seu veneno, lançando suas insinuações mesquinhas, mas o fato é o seguinte: eu vou sobreviver a você. Quando você morrer, eu ainda vou estar aqui, Helena também, e nosso filho também.

Ao sair andando, Becker olha para *A esperança é violenta* e pensa na mãe, tão pequena na cama do asilo, olhando para a pequena paisagem na parede, e não consegue se segurar. Ele se volta para Emmeline. Ela não se moveu, está parada, encolhida e infeliz, as mãos ao lado do corpo, apertada em punhos.

— Minha mãe deixou um filho que a amava — diz ele, baixinho. — Qual você acha que vai ser seu legado?

Ela permanece em silêncio, mas, quando se vira para longe dele, Becker acha, ou talvez imagine, que vê as mãos dela começarem a tremer.

31

Tem alguém sufocando, e ela não consegue salvar a pessoa. Um garoto na maioria das vezes, um jovem adulto ou um adolescente está sufocando, e Grace não tem força suficiente, ou não é rápida o suficiente, e não consegue chegar nele a tempo. Quando o alcança, seus esforços falham. Não é um sonho, é um pensamento que ela fica tendo, um cenário que ela imagina, mesmo não querendo.

Isso começou há alguns dias, depois da visita de Becker; esse pensamento recorrente. Primeiro foi quando ela acordou: definitivamente não era um sonho, mas não tão fácil de fazer desaparecer. Aconteceu ao despertar e agora surge com mais frequência: quando ela está passeando ou fazendo café, lendo ou ouvindo rádio. Sem querer, ela se vê imaginando a pessoa, o desespero dela.

Grace já esteve lá: ela sabe o que é. É um pensamento intrusivo, não mais do que isso. Não uma lembrança, não uma premonição, só algo desagradável que seu subconsciente fica oferecendo para a mente consciente como um gato cuspindo uma bola de pelo. Ela precisa dispensá-lo, mas *casualmente*, ela precisa ignorá-lo sem parecer estar tentando. Ela precisa se cuidar melhor. Sair para fazer caminhadas, comer bem, não exagerar na cafeína, dormir.

Ela precisa romper os hábitos ruins que se permitiu adquirir, aquele jeito de maré, aquela maluquice. Ela dirige até Carrachan para ver o médico, pega uma receita de comprimidos para dormir, estabelece um horário rigoroso para o sono. Coloca o despertador para as seis, obriga-se a se levantar e sair para caminhar, come mingau no desjejum, toma seu único café do dia. Ela começa a se sentir um pouco melhor.

Contudo, o médico só quis dar comprimidos para dez dias. Agora eles acabaram, e ela se vê acordada por horas. Na noite anterior, Grace ficou acordada até as três e, quando o alarme toca às seis da manhã, ela estica a mão e o derruba no chão.

Quando acorda de novo, ela o vê. Não o garoto desta vez, mas um homem. E não é um pensamento intrusivo, mas um intruso de verdade: um homem na janela, as mãos em concha em volta do rosto, olhando para ela. Grace grita; ela se levanta, o lençol cai e revela seu tronco nu. O homem do lado de fora pula para trás como um cavalo acuado; ela o ouve falando "desculpe, desculpe".

Ela veste um roupão e vai para o corredor. Pega a espingarda, destranca a porta e sai, apertando os olhos por causa do sol forte.

O homem está recuando com as mãos para o alto: é um andarilho, usando calça de caminhada, carregando uma mochila. Os companheiros dele, dois outros homens, provavelmente de uns vinte e poucos anos, estão um pouco para trás.

— O que você pensa que está fazendo? — grita Grace.

— Me *desculpe* — diz ele de novo, abaixando as mãos para o lado do corpo. — Eu só estava... Eu achei que a casa estivesse vazia, eu queria ver...

— Vazia? Tem um carro ali fora. Aqui é área particular.

O homem ergue as sobrancelhas e abre os braços.

— Bom, tem um caminho bem ali — ele aponta por cima do ombro —, e o lugar é público, então...

— Não a minha janela, lá não é público. Qual é seu problema? — O homem se vira, pedindo desculpas de novo, mas os amigos dele estão com sorrisinhos debochados. — Fiquem longe daqui!

Grace, virando-se para a casa, ajeita o roupão em volta do corpo. Ela os ouve rindo quando saem colina acima na direção da rocha.

Ela se sente boba. Não havia necessidade de gritar, não havia necessidade de sair correndo para o lado de fora. Ela os imagina debochando dela, imagina o que vão dizer sobre a nudez dela, o tipo de piada que vão fazer sobre o corpo repulsivo dela, a pele flácida e os seios caídos, a solidão desesperada.

Grace coloca a arma no lugar de sempre no corredor e tranca a porta de entrada. Está quase na metade do dia, ela dormiu por horas e tem certeza de que não vai dormir à noite, que aquilo vai estragar tudo, que ela vai voltar ao ponto de partida. Quase na mesma hora em que ela pensa sobre isso, ali está ele: o garoto, uma das mãos segurando desesperadamente a base da garganta.

Ela se obriga a fazer coisas práticas: varrer o chão da cozinha, limpar o boxe do banheiro, levar o lixo orgânico para a composteira. Há contas a pagar, mas a internet caiu; já tem quatro dias e, como ela não tem sinal de telefone, precisou ir ao vilarejo para ligar e reclamar. Foi o que ela fez, mas, apesar das garantias do funcionário do atendimento, continua sem funcionar. Grace não tem como saber o motivo, nem por quanto tempo; o único jeito de conseguir fazer algum progresso é dirigindo até o vilarejo de novo e telefonando de novo e tendo que esperar de novo. Ela fica exausta só de pensar, mas que opção tem? Becker podia estar tentando fazer contato. Ele disse que enviaria um e-mail, afinal, para explicar o ato de desaparecimento.

Grace toma banho e se veste, tranca a casa e dirige sob um céu cerúleo. Dois filhotes de foca, gordos, pálidos e vulneráveis, tomam sol nas areias abaixo da casa. Eles levantam a cabecinha como cachorros para vê-la passar. *Olha, Vee*, ela tem vontade de dizer. *Olha*.

Em dias como aquele, a ausência de Vanessa é como uma facada na lateral do corpo dela.

O vilarejo está atipicamente silencioso. Só quando para o carro em frente ao mercado e vê que está fechado é que ela se dá conta de que é domingo. Nada de café, então, nem pão fresco. A decepção dela é tão aguda que ela acha que vai cair no choro.

As pessoas da internet trabalham aos domingos? No fim das contas, sim. Grace passa meia hora em espera, até que alguém atende. Sim, diz a pessoa, tem um defeito. "Eu sei disso", responde Grace, "eu sei que tem um defeito. Sei disso porque a internet não está funcionando hoje e não está há quatro dias." A pessoa da empresa de internet sente muito por isso. Vão investigar o defeito e ligar para ela em duas horas. Que horas seria conveniente?

Se esperar o telefonema, ela vai perder a maré, então hora nenhuma é conveniente. Contudo, ela não pode explicar isso para uma pessoa que trabalha num atendimento em Gateshead ou, possivelmente, em Bangalore, então ela só ri com impotência e diz "O mais rápido possível. Me ligue o mais rápido possível".

Quando está dirigindo colina abaixo até o porto, Grace vislumbra, com o canto do olho, algo amarelo no final do estacionamento. Ela entra e para ao lado do muro.

No banco diretamente em frente ao chalé está Marguerite, com a jaqueta fluorescente, fumando um cigarro. Grace vai até lá dar um oi e levanta a mão em cumprimento.

— Eu te vi — diz Marguerite rapidamente — *à l'heure bleue*, antes do nascer do sol.

Grace faz que não.

— Acho que não, Marguerite. Eu dormi até bem tarde hoje.

A idosa faz beicinho, irritada pela contradição. Grace sorri para ela.

— Como você está se sentindo? Como está seu braço? — Marguerite contrai as feições pequenas. — Seu braço, Marguerite. O que você machucou.

— Ah, *ça va* — diz ela, dispensando a preocupação de Grace com um movimento do cigarro.

Grace aponta para ele e faz que não. Marguerite responde com uma careta. Lenta e deliberadamente, ela leva o cigarro aos lábios e dá uma longa tragada. O rosto se abre num sorriso malicioso, e ela começa a rir. Porém, algo surge na mente dela e a expressão muda.

— A pessoa que estava com você vai voltar?

O sorriso de Grace fica rígido.

— Talvez — diz ela, virando-se para ir. Ela não tem energia para aquilo hoje. — Se cuida, Marguerite — diz ela por cima do ombro. — Não vai fumar muito disso, tá?

Ela se pergunta por que se dá ao trabalho de falar, porque Marguerite obviamente não vai ouvir; e por que deveria? A idosa não pode ter tanto tempo de vida, por que não deveria apreciar os prazeres que restam?

Quando Grace chega em casa, a internet milagrosamente voltou a funcionar. Mas a alegria dela é logo estragada pela descoberta de que ela não tem nenhuma mensagem nova de WhatsApp nem e-mail, exceto spam e um alerta do Google que criou anos antes para pesquisar o nome de Vanessa.

O alerta leva a uma entrevista com Sebastian Lennox publicada em um dos jornais do fim de semana. "Um legado artístico", declara a manchete. Abaixo tem uma fotografia de Lennox, os ossos destacados e a aparência elegante, mais parecido com a mãe. O pai parecia um gângster de Glasgow. Ele foi fotografado no gramado da casa, ao lado de uma escultura em bronze de Barbara Hepworth; o artigo é ilustrado com outras obras de arte também: um Iona de Francis Cadell, uma bela natureza-morta de Samuel Peploe e *A esperança é violenta*, de Vanessa.

O artigo é meio chato, uma coluna de sábado nada original e cheia de clichês: a "casa ancestral" de Sebastian Lennox foi "lindamente reformada"; o pai dele, Douglas, era um "patriarca assustador" cuja vida foi interrompida por um "acidente trágico com uma arma de fogo", a mãe dele era uma "beleza da sociedade", cuja saúde é "frágil". Em seguida, tem a descrição inevitável da disputa entre Vanessa e Douglas e as surpreendentes revelações do testamento da artista.

> "Claro que ficamos chocados", diz Lennox sobre a herança deixada por Chapman. "Apesar de meu pai e Vanessa já terem sido próximos, o atrito entre eles foi enorme e muito amargo."
> Contudo, Lennox acredita que, apesar dos ressentimentos entre Chapman e Douglas Lennox, ela sabia que Fairburn seria um lar adequado para o trabalho dela. "Eu gosto de pensar que Vanessa sabia que apreciaríamos as obras dela e honraríamos seu legado", diz ele. É claro que pode haver um motivo mais prosaico para a herança: Chapman morre sem deixar filhos e sem família próxima — ela não tinha mais ninguém para quem deixar seu trabalho.

Grace pisca. Ela lê essa parte final de novo e desce, desce até a menção a James Becker, o curador que Lennox levou para Fairburn especialmente por seu conhecimento sobre o trabalho de Vanessa Chapman. "Acabar sendo o guardião dessa coleção é um sonho que se torna realidade", afirma Becker.

Apesar de não querer, Grace acaba sorrindo ao ler a descrição de Becker como juvenil, sincero, um "garoto de escola pública que se destacou em Oxford". Ela continua lendo, uma das mãos apertando o peito, tomada por uma imitação de orgulho maternal.

Becker faz uma citação sobre a exposição que eles esperam montar no ano seguinte, reunindo, pela primeira vez, mais de sessenta pinturas, desenhos, esculturas e cerâmicas de Chapman, a maioria nunca exposta.

"Acredito que essa coleção possa servir para reavaliar a importância de Chapman e estabelecê-la como uma figura relevante no expressionismo abstrato britânico", diz Becker. "Até agora, a produção dela foi muito ignorada, em parte por ela ser mulher, em parte porque, no começo de sua carreira, ela estava fora de compasso com os artistas conceituais mais modernos do movimento dos jovens artistas britânicos, o YBA."

Outro especialista, um homem de quem Grace nunca ouviu falar, diz que, se o trabalho de Vanessa foi ignorado, a culpa é da própria Vanessa: foi ela que escolheu se afastar da cena artística, esconder seu trabalho do mundo. Essa observação é, previsivelmente, a deixa para a detonação de sempre, as alegações sobre a "beleza perturbada", os "muitos amantes", o "casamento tempestuoso" e, acima de tudo, o mistério do desaparecimento de Julian da ilha Eris.

"Eu estive em Eris", Becker é citado como tendo dito. O coração de Grace se agita e seus olhos continuam lendo com avidez. "Eu vi a casa de Vanessa e o ateliê dela, os lugares onde ela morava e trabalhava, a ilha que ela amava, a paisagem que a inspirou. Tive o prazer de ler alguns dos cadernos e das cartas dela e mal posso esperar para compartilhar com o mundo, para apresentar o trabalho de Vanessa para uma plateia nova."

Grace quer virar a página. Quer descer mais, para a parte em que Becker menciona que os dois sentaram juntos à mesa da cozinha, lendo as palavras de Vanessa e falando da vida dela, quer ler a parte em que Becker fala da importância de Grace para Vanessa, da devoção a ela. Contudo, não tem página para virar, não tem para onde descer. Não tem menção a Grace em lugar algum.

A lâmina entra ainda mais fundo.

Marguerite tem os cigarros, mas que prazeres restam a Grace? Ela pode nadar no mar frio e caminhar pela ilha, mas está solitária na praia, e com medo do bosque. Ela pensa nos homens que apareceram de manhã, que riram dela; imagina o rosto deles e um deles começa a mudar, de risada para pânico, e ele se torna o garoto sufocado. Ela fecha os olhos. Eles foram embora, aqueles homens? Ou ainda estão ali na ilha? A maré está alta e ela não os viu sair. Estão esperando a escuridão? E o que vão fazer com ela?

A mão dela treme um pouco quando anda pelo corredor até a porta. Grace coloca a mão no ferrolho, mas, antes de puxá-lo, ela hesita. Se abrir a porta agora, se for lá para fora, ela vai ver a colina, o caminho que leva na direção do ateliê e do bosque, e isso não vai ajudar. Ela não vai *saber* se os homens ainda estão na ilha. Vai ter que ficar no frio esperando, vai ter que esperar até eles descerem a colina e atravessarem o caminho, e se eles não fizerem isso? Se não fizerem, ela vai esperar lá a noite toda?

Bem melhor deixar a porta trancada e dar as costas, dizer para si mesma que eles foram embora e deixar que isso seja o fim da história. Não abrir espaço para a loucura. Ser racional, ocupar-se: cozinhar, comer, ler um livro, ir para a cama.

Contudo, ela percebe que não consegue se mexer. Não consegue se obrigar a fazer o que precisa ser feito, sabendo que no dia seguinte ela vai ter que fazer tudo de novo, e de novo no outro dia, que é assim que vai ser sempre.

Isso não é uma *revelação*, mas, quando ela para na porta com a mão no ferrolho, parece que sim. Havia o trabalho e havia Vanessa, depois houve a pandemia, que significou mais trabalho, um trabalho punitivo e brutal. Porém, apesar de ser cansativo, às vezes insuportável, Grace passou a vê-lo quase como uma bênção. Ela não foi só necessária, ela foi *essencial*. Que propósito lhe resta agora? A fantasia dela não vai se tornar realidade: Becker não vai fazer uma visita com a família, não vai torná-la parte do projeto Fairburn; Grace vai ser esquecida. Grace já foi esquecida.

Depois do que pareceram horas, ela tira os dedos gelados do ferrolho e se afasta da porta. Do depósito escondido atrás do biombo na sala, ela tira três quadros, um a um: o retrato pequeno primeiro, depois *Totem* e, finalmente, o maior dos três, o que está lá desde antes de Vanessa morrer, a pintura negra final.

Ela leva as três telas para o quarto de Vanessa e as arruma na parede de frente para a cama, para que fiquem viradas para ela. Para que só tenham ela como companhia.

Grace, então, volta à cozinha e remexe na caixa de papéis que guardou para si. Para uma mulher vaidosa, Vanessa tinha uma estranha timidez com a câmera; existem poucas fotos dela, nenhuma com Grace. No fundo da caixa, ela encontra duas fotos de Vanessa com Frances na Cornualha, na praia de Porthmeor, junto com a foto de si mesma com o pobre Nick Riley, o belo rosto dele raspado.

Grace leva as fotos para o quarto e as coloca na cadeira ao lado da cama, dobrando-as para que Frances e Nick não fiquem mais visíveis, para que só haja Vanessa e Grace.

Melhor.

Ela abre a janela. Está muito frio, mas não tem vento. O mar está plácido, a noite cai rapidamente e o ar está azul e parado, as gaivotas aquietando-se ao flanarem como fantasmas sobre a margem.

Tremendo um pouco, ela vai até a cômoda de Vanessa e abre uma gaveta. Enfia a mão para pegar uma seringa e um frasco de trezentos mililitros de sulfato de morfina, 10g/5ml, que ela coloca na mesa de cabeceira. Em seguida, quase como um pensamento tardio, ela pega um copo de vidro e uma garrafa de uísque Lagavulin na cozinha e leva tudo para o quarto de Vanessa.

Tranca a porta.

Grace deseja uma tempestade. Na noite em que Vanessa morreu, as ondas explodiam nas pedras, a chuva e os borrifos açoitavam as janelas, mas elas estavam protegidas de tudo, do vendaval e do mar faminto, juntas, abrigadas e secas, inalcançáveis. Grace gostaria de partir numa noite como aquela também.

Ela se serve de um dedo de uísque e ergue o copo para a própria imagem. Envolve-se num cobertor, encosta na cabeceira e se entrega: ao calor do uísque, à imagem do homem jovem sufocando, às lágrimas que estão se formando como uma tempestade em seus olhos.

32

Manter a sanidade é um truque.

É uma técnica: a sanidade é algo a que você se agarra. Se afrouxar o aperto por tempo demais, se permitir que sua mente vá aos lugares que ela teme, ou aos lugares que deseja, você corre o risco de deixar que ela se esvaia. Há coisas que, pela sanidade, você não se permite relembrar.

Grace se lembra daquela tarde no ateliê, do pavor e da emoção de tudo. Da empolgação que ela sentiu quando passou o cortador de argila pelo pescoço daquele homem e puxou. Dos sons que ele fez, tão perturbadores: o grito de surpresa, o rugido de raiva que veio em seguida, o som de sufocamento que ele soltou quando ela uniu as mãos e apertou o fio. Grace se lembra da onda de euforia tomando conta dela quando os joelhos dele se dobraram, do êxtase de controle que sentiu quando puxou cada vez mais, o fio cortando a garganta, o sangue escorrendo na gola do macacão. Ela se lembra do desejo (ah, quase sufocante) de apertar ainda mais quando Vanessa ficou livre, quando correu para a casa para chamar a polícia. Grace desejou puni-lo da forma que ele merecia ser punido. Contudo, resistiu: não por misericórdia, mas por medo, medo do que Vanessa pensaria dela, medo de que Vanessa pudesse vê-la verdadeiramente como ela era.

Grace ainda tem na memória os dias, as semanas e os meses depois que Julian desapareceu, como Vanessa ficou difícil: irracional, cheia de segredos, estranha. Calada. Ela mentiu para a polícia, não quis explicar para Douglas nem para os jornais por que tinha desistido da exposição; não trabalhava, não caminhava, não nadava. Ficava na cozinha, encolhida sobre um cinzeiro, fumando, ouvindo o telefone tocar e tocar até que um dia ela o arrancou da parede e jogou pela janela.

Grace levava comida. Fazia refeições que não eram consumidas, limpava e arrumava e organizava a correspondência. Ela mentiu para a polícia e para quem perguntasse: ela seguiu a versão dos eventos de Vanessa.

Na primeira semana do Ano-Novo, seis meses depois da visita de Julian, Grace dirigiu até Carrachan para comprar um telefone. Ela o estava instalando na cozinha quando Vanessa, que estava de frente para a janela, se virou e olhou para ela, olhou como não fazia havia meses.

— Por que você está *sempre* aqui? — perguntou ela. — Toda vez que eu me viro, aí está você, com sua sopa e suas banalidades. Eu não quero você aqui. — Grace se sentiu murchar por dentro, um arrepio até os ossos. — Eu nunca quis você aqui.

— Isso não é verdade — falou Grace. Ela ficou ereta, a voz e o olhar firmes. — Vanessa, você sabe que isso não é verdade.

Vanessa apagou o cigarro e acendeu outro em seguida.

— Não, você tem razão — disse ela suspirando, apertando a pele seca da palma das mãos. — É verdade. Eu quis você aqui. — Ela piscou lentamente. Os olhos, quando se encontraram com os de Grace, estavam frios como o mar de janeiro. — E agora, eu não quero.

Grace se lembra de ter sentado na cadeira laranja desbotada ao lado da cama de Vanessa. Era meio-dia, mas o quarto estava escuro, as cortinas puxadas para deixar a luz de fora. Vanessa estava xingando o som do mar.

— Eu não suporto, eu não suporto — dizia —, está me enlouquecendo, eu não consigo parar de ouvir.

Grace quase não tinha dormido em dois dias, ela estava esgotada, no limite.

— Eu não tenho como parar a maré, Vanessa. Use os tampões de ouvido que eu te dei, aqui, vem...

— Me deixa em paz! — sibilou Vanessa, batendo na mão dela. Ela foi cruel e feroz, estava meio enlouquecida pela dor, com veneno escorrendo pelos lábios. — Me deixa em paz, sua piranha velha e feia, por que você não me deixa em paz? *Boule de suif, boule de suif,* ele tinha razão! Ele tinha razão sobre você. Você está me puxando para baixo, me mantendo aqui contra minha vontade, me aprisionando. Você não me deixa ir! Por que você não me deixa ir?

Manter a sanidade é um truque.
    Ao pensar no assunto, Grace se pergunta se, no final, ela deu a dose extra de morfina para aliviar a dor de Vanessa ou só para fazê-la calar a boca.

33

Quando ela acorda, morrendo de frio, a janela ainda está aberta e a garrafa de uísque está pela metade sobre a mesa de cabeceira. O lacre do frasco de morfina não foi rompido.

Tem uma mensagem do sr. Becker no correio de voz. "Eu preciso falar com você. Prefiro fazer isso pessoalmente e não por telefone. Tudo bem se eu for até aí esta semana?"

Grace entra na internet, vê a previsão do tempo e verifica os horários da maré.

No fim de semana é melhor, escreve ela. *Tem uma tempestade vindo na semana que vem. Sábado, qualquer hora depois das 10h30. A maré baixa é às 13h30.*

Ela se levanta, fecha a janela e volta para a cama de Vanessa. Adormece rapidamente, visualizando Becker, Nick Riley, Vanessa e ela, todos ali, dentro daquela casa, enquanto lá fora o céu se esvazia no mar. A chama no fogão a lenha e a comida sobre a mesa e todos juntos, protegidos da tempestade.

Diário de Vanessa Chapman

As mulheres não foram feitas para olhar, não é? Elas foram feitas para serem olhadas.

E, se elas veem algo violento, feio ou assustador, elas devem fechar os olhos e desmaiar, elas devem se encolher. Elas devem afastar o rosto.

Elas não devem chegar mais perto, apertar os olhos e observar, examinar e perscrutar e avaliar.

Elas não devem tornar o horror uma coisa que pertence a elas.

34

O céu acima está cinza-ardósia, os pinheiros ao longo da estrada balançando ao vento. Tem uma tempestade se aproximando; vai chegar à costa oeste na noite de domingo, de acordo com Grace, o que dá a Becker 48 horas, embora ele esteja esperando chegar e sair até o fim do dia, no máximo na manhã seguinte.

No rádio, estão falando sobre *Inverno de sangue em Veneza*. Du Maurier de novo! Em breve o filme fará cinquenta anos, e estão falando em relançamento. O homem no rádio aborda o horror mesmerizante, os truques feitos por uma mente torturada, os padrões e os assuntos recorrentes que lembram ao espectador que algumas dores são inescapáveis, alguns destinos são inevitáveis.

Becker desliga o rádio.

Logo antes de chegar à estrada costeira, ele para e enche o tanque. Quando termina, vai até a lojinha para pagar, segurando o celular junto ao leitor de cartão para sentir a vibração tranquilizadora. Na volta para o carro, ele sente a vibração uma segunda vez: ao olhar a tela do aparelho, ele vê que tem uma mensagem de Helena.

Você pode vir aqui? Precisamos conversar. Bjs

Ele para no meio do posto, estudando a tela. *Vir aqui*?

O motorista do Volvo buzina ao sair da oficina, e Becker dá passagem. Ele olha para a tela do celular de novo.

Mensagem apagada.

Becker enfia a mão no bolso para pegar a chave, destranca o carro e senta-se no banco do motorista. "Cada vez que você sai da propriedade, meu filho vai correndo ver sua esposa." As mãos dele estão tremendo um pouco quando ele aperta o botão de ignição e engata a marcha. "Não se preocupe com a Hels, eu posso ficar de olho nela." Ele se afasta da bomba de gasolina. "Você pode ir conversar com Grace Haswell, pode ir, eu sei que você está doido pra ir lá."

Foi Helena que sugeriu primeiro que ele fosse a Eris. Eles estavam no escritório, os três, naquele primeiro dia em que descobriram sobre o osso. Foi Helena que falou para ele ir. Seu coração está batendo tão forte que parece que vai explodir, ele está meio tonto. Becker olha o retrovisor; não tem carro atrás. Ele pega o celular de novo. Poderia ligar para ela. E dizer o quê? Ele poderia fazer o retorno, dirigir até Fairburn, chegar em casa sem avisar. Ele se imagina abrindo a porta do chalé, subindo a escada em silêncio.

Becker desliga o telefone e vira para a direita, na direção de Eris.

Grace está esperando na beira do caminho, na frente da corrente, os braços cruzados sobre o peito.

— Devo levar o carro lá pra cima? — pergunta ele quando sai.

— Não, acho que não. — Ela olha para ele sem sorrir. — Você queria falar comigo sobre alguma coisa?

Ele respira fundo. *Jesus Cristo.*

— Sim, Grace, eu tenho coisas sobre as quais preciso falar com você. Eu estou de um lado para outro aqui para tentar finalizar o patrimônio artístico da Vanessa e nós precisamos resolver isso, nós...

— Ah, entendi — interrompe ela. — E eu pensando que talvez você tivesse vindo pedir desculpas. Ou, quem sabe, devolver a carta que roubou.

Pego de surpresa, ele começa a murmurar um pedido de desculpas, mas ela já está se afastando, não na direção da casa, mas da praia.

Becker a segue pela areia, as mãos enfiadas nos bolsos do casaco e os olhos apertados por causa da luz e a da areia voando. A dois passos atrás dela, ele precisa se esforçar para entender as palavras arrancadas da boca de Grace pelo vento.

— Foi uma traição de confiança! — grita ela. — Você me prometeu que nós trabalharíamos juntos e aí pegou a carta, foi embora sem avisar, você...

— Você tem razão — concorda Becker, irritado consigo mesmo por ceder à superioridade moral. — Eu não deveria ter feito isso. Eu vi a palavra "Divisão" e não consegui resistir. Eu estava num estado tal que não pensei direito...

— Em mim? Nos meus desejos? Em como eu me sentiria por você levar uma carta que eu tinha dito que era particular? Nisso, não mesmo. Eu vi aquele artigo no jornal. Qualquer um que o lesse não saberia que eu existo. Eu sou só um obstáculo pra você, não sou? Uma *inconveniência*.

— Isso não é verdade — diz Becker, começando a correr para alcançá-la, sentindo-se ridículo e péssimo ao mesmo tempo. — Por favor, não pense isso. Eu nunca quis que você se sentisse assim, eu nunca quis tornar a perda do trabalho de Vanessa mais difícil pra você.

— Não é uma *perda* — retorque Grace, virando-se para ele. O rosto dela está inchado, as bochechas molhadas de lágrimas. — Eu não *perdi* nada, ela deu tudo. Como você falou no jornal, ela não tinha ninguém pra quem deixar, tinha? Ela não tinha mais ninguém na vida.

Becker balança a cabeça com veemência.

— Eu não falei isso, foi o jornalista que falou, e ele estava errado. Se ele tivesse dito para mim dessa forma, eu o teria corrigido. — Mas, ao mesmo tempo que diz isso, ele se lembra do que Sebastian disse: por que Grace tinha ficado com tão pouco se ela e Vanessa eram tão próximas? "Por que foi assim, na sua opinião?"

Longe assim, Becker vê que o mar está agitado, que as ondas açoitadas pelo vento estão cobertas de uma espuma amarela com cara venenosa.

— Você foi embora de Eris, não foi? — diz para ela. — Naquela época da carta, você estava morando em outro lugar, em algum lugar da Inglaterra...

— Carlisle.

— Isso, e Vanessa escreveu pra você, ela disse... — Ele é interrompido por um rumor de grasnados, gaivotas no céu flanando ao vento, mergulhando e virando como caças em combate.

Grace cruza os braços e sai andando, mais devagar agora, na direção do mar.

— Vanessa não me queria mais por perto — assume ela. — Depois de Julian... ela mudou.

Becker deixa que ela vá na frente; ele anda logo atrás, tomando o cuidado de não se chocar com ela, mas desesperado para ouvir cada palavra.

— Ela ficou difícil. Cheia de segredos, alerta... parecia alguém com estresse pós-traumático. — Ela olha para Becker rapidamente. — Você sabe como é isso? Ela estava supervigilante, temerosa, perdia a cabeça facilmente. Quando eu sugeri que ela procurasse ajuda, ajuda *de verdade*, um psicólogo, ela ficou furiosa.

Becker fica impressionado com a similaridade com a situação de Emmeline: também com suspeita de ter TEPT, também furiosa com a ideia de que precisa de ajuda profissional. Incomodado com as semelhanças entre Vanessa e Emmeline, ele afasta o pensamento.

— Alguém a ajudou? — pergunta ele. — Alguém ajudou *você* com ela? Nos cadernos finais, ela não fala muito sobre pessoas, ela quase não cita Frances nem...

— Ela cortou relações com todo mundo — explica Grace. — Não queria ver ninguém. Eu pisei em ovos por meses. Então, após o Natal, uns seis meses depois que tudo aconteceu, ela me pediu pra ir embora. Ela foi — Grace expira intensamente com as bochechas estufadas — bem cruel.

Ela se vira para ele, o rosto esticado num sorriso tenso.

— Eu fiquei muito chateada, mas fiz o que ela pediu. Arrumei um trabalho temporário na Inglaterra e fui. Eu achei... Eu supus que ela precisava passar pelo luto, ficar sozinha, para lidar com... a culpa que estivesse sentindo, fosse qual fosse. — Os olhares deles se encontram e Becker se sobressalta com a insinuação. — Eu escrevia com frequência, mas, por meses, ela não respondeu. Acabei um dia recebendo aquela carta, a que você levou.

— Quando você diz que a deixou pra lidar com a própria culpa — diz Becker —, você quer dizer... O que você *quer* dizer?

Grace levanta a mão para proteger os olhos; observa o mar.

— Melhor a gente voltar — fala ela, ignorando a pergunta. — A maré está mudando. Nós não vamos querer estar aqui.

Para Becker, o mar parece a uma distância segura, e ele diz isso.

— Você ficaria surpreso — explica Grace — com a rapidez com que ele sobe, a rapidez com que a areia fica fofa, mesmo na água rasa.

Eles dão as costas para a água. Faixas de espuma surgem como pássaros na areia à frente deles, o céu ameaçando chuva. De qualquer forma, com o vento a favor, é mais fácil conversar.

— Você disse que Vanessa sentia culpa?

Grace assente, olhando para trás, na direção do mar.

— Por causa de Julian.

— Por causa de Julian?

Ela assente de novo, impaciente.

— *Sim*, por causa de Julian. Suponho que ela achava que poderia ter feito mais por ele.

— Mais? Como assim?

— Dado a ele mais tempo ou mais dinheiro, eu acho, que é o que ele sempre queria. — Ela balança a cabeça. — Nós nunca conversamos sobre isso. Depois que eu fui embora, nós não conversamos mais sobre ele.

— Mas você voltou? — Ela olha para ele. — Quer dizer, é *óbvio* que você voltou.

— Vanessa encontrou um caroço — diz Grace. — Ficou com medo e me pediu pra voltar. Suplicou pra que eu voltasse.

Eles andam na direção da ilha com rapidez, em silêncio, os olhos de Becker grudados na areia cinza úmida embaixo sob os pés.

No pé da escada, Grace tropeça e cai pesadamente sobre um dos joelhos. Becker tenta ajudá-la a se levantar, mas ela o empurra furiosamente e se levanta, o rosto corado, sem fôlego.

— O que mais você fez? — rosna ela.

— Como?

— Você está me rodeando como um cachorro que foi chutado desde que chegou. Já admitiu sobre a carta, nós conversamos sobre a entrevista. O que mais você tem pra me contar?

Para alguém com tão poucas habilidades sociais, pensa Becker, *Grace pode ser incrivelmente astuta*. Durante todo o tempo em que eles conversaram, ele estava com a mensagem apagada de Helena no fundo da mente, assim como todos os cenários, todos dolorosos, gerados por ela. Contudo, ele não vai confidenciar nada a Grace.

Becker conta, então, sobre a escultura.

— Abriram a caixa de *Divisão II* — confidencia ele de forma direta. Antes que ela tenha tempo de reagir, Becker continua: — Ainda não fizeram exames, mas não há dúvida de que o osso é humano.

Grace se vira de costas para ele. Depois de tirar a areia dos joelhos e das coxas, ela começa a subir, os nós dos dedos embranquecendo ao apertar o corrimão enferrujado.

— Eu já te contei sobre os lobos? — pergunta ela.

— Os lobos?

— Os mortos eram enterrados aqui. Por séculos, as pessoas que moravam na costa enterravam os mortos nas ilhas, assim os corpos não seriam cavados. Estariam protegidos dos lobos.

Diário de Vanessa Chapman

Pra quem eu estou escrevendo isso tudo? Não para mim, supostamente, não para lembrar, porque, se estivesse escrevendo para lembrar, eu não anotaria <u>tudo</u>, sem deixar nada de fora?

Eu ando pensando muito em Douglas. Desde que fiquei doente de novo, eu me vejo querendo escrever pra ele, explicar tudo, mas parece tarde demais. Por que eu não contei a verdade imediatamente? Eu não consegui lembrar, então procurei a resposta nos meus cadernos e não encontrei nada, eles não ajudaram em coisa alguma. Se eu sabia a resposta na época, se já soube em alguma hora, eu guardei pra mim.

(mas esses cadernos não são eu mesma?)

Minha memória não está tão boa. Acho que isso não é novidade. Acho que nunca foi boa, ou, pelo menos, não do jeito que preciso que seja agora. Eu não me lembro do jeito exato como as coisas aconteceram, da sequência de eventos, quem disse o que para quem e quando.

Eu me lembro de imagens, instantâneos. Vejo minhas mãos ensanguentadas, porcelana branca por todo o ateliê. Os quadros destruídos. Vejo os rostos dos policiais, como eles me olharam, as bocas curvadas pra baixo, duvidosos, duvidando. Como se eles soubessem que eu estava mentindo pra eles.

O que eu acho é o seguinte: era tarde demais para falar a verdade, mesmo antes de eu começar a mentir.

Já era tarde demais: o sangue tinha sido lavado, as provas, destruídas. Como eu poderia ter dito a eles (para a polícia, para qualquer pessoa?): olha o que ele fez! Ele tentou me matar! (Porque eu tenho que acreditar que foi isso que Julian tentou fazer, que ele devia saber que, quando eu visse a destruição, eu ia querer me deitar no meio e morrer.)

Quando eu vi o quadro completo, era tarde demais. Eu estava em guerra: com Douglas, comigo mesma, com Grace também, apesar de ela não parecer saber.

Eu não consigo lembrar quando comecei a juntar as peças, quando foi que eu recuei e permiti que a imagem completa entrasse em foco, quando as árvores viraram o bosque e a pele de cordeiro caiu e revelou o lobo. Talvez eu tenha vislumbrado de cara, talvez eu estivesse com medo demais pra admitir. Com medo demais ou apaixonada demais. Acho que eu não sabia, na época, como o amor pode ser assassino.

Eu só sei que já era tarde demais.

E, agora, é tarde demais para contar.

Como posso escrever para Douglas agora? Eu nem consigo entender tudo direito.

Eu peguei o horror e o transformei em uma coisa: eu pintei e criei e agora eu tenho algo pra dar. Eu posso ser gentil, posso ser generosa. Eu posso fazer as pazes com Douglas. Não posso dar a ele os trabalhos que prometi, mas posso dar tudo que fiz desde então. E, pra Grace, posso oferecer misericórdia.

35

Eles ouvem o som assim que Grace abre a porta.

Algo batendo ou caindo e um grito de dor.

Tem alguém na casa.

— A porta estava trancada! — grita Grace.

Ela se vira e encosta o corpo no de Becker ao tentar escapar. Com repulsa pela sensação da barriga e dos seios moles encostados nele, Becker se encolhe contra a parede.

Grace está em pânico. Ela passa por ele, sai da casa correndo e vai até o gramado, parece apavorada. Becker pega o rifle e, segurando-o como um bastão, entra na cozinha. Vazia. Ele fica imóvel, prestando atenção. Uma risada brota dentro dele; Becker é ridículo. Ele abaixa a arma e a encosta na cadeira, tira a jaqueta e a coloca sobre a mesa e... *ali!* Espera. *Tem* alguém na casa. Ele ouve um som abafado, suave demais para serem passos, uma espécie de movimento, como se algo estivesse sendo arrastado pelo chão.

— Olá? — grita, pegando a arma de novo. — Tem alguém aí?

Becker volta até a sala pelo corredor e entra rápido no quarto dos fundos. Sai de lá, para no corredor e prende o ar para prestar atenção mais uma vez. O silêncio se expande, sufoca. Becker ouve alguma coisa atrás de si e pula: é Grace, fechando a porta ao entrar. Ele tem vontade de rir de novo; parece uma criança vendo um filme de terror, esperando o próximo susto, presa naquele estranho limbo entre o pavor e o prazer.

Grace espia a sala pelo vão da porta, os olhos arregalados e o rosto pálido. Becker dá de ombros e balança a cabeça e, então, de repente, há um grito horrível no quarto de Vanessa. Os dois levam um susto. Grace dá um berro e Becker corre na direção do som, o coração disparado, o rifle erguido.

No quarto, uma gaivota-prateada vai de um lado para o outro na parede embaixo da janela. É jovem, as penas ainda pintadinhas, o grasnado desamparado.

— É um pássaro, Grace! — grita Becker, colocando a arma no chão. — É só um pássaro preso.

Ela entra no quarto. Ao ver a ave, os ombros relaxam de alívio e sua tranquilidade é imediatamente recuperada. Na mesma hora, ela fica prática e racional, pega um lençol velho no armário, que desdobra e arremessa como uma rede sobre a gaivota. Becker se aproxima e tenta pegar a criatura, mas a força das asas batendo freneticamente o pega de surpresa e ele a larga.

Grace não hesita. Ela segura o volume e o aperta junto ao peito. A ave luta furiosamente, os gritos de gelar o sangue, mas Grace é implacável; ela vai até a janela e, inclinando-se o máximo que consegue, abre bem os braços e segura com firmeza as pontas do lençol enquanto solta a ave, que segue agitada.

Por alguns segundos a gaivota cambaleia, debatendo-se até que os instintos assumem o controle e ela levanta voo, por cima da casa, e some de vista.

Becker ajuda a puxar o lençol pela janela. Seus olhos se encontram com os de Grace e eles começam a rir de alívio, apreciando, enfim, a quebra de tensão entre eles.

Grace estende a mão, segura a de Becker e a aperta. Ele fica surpreso e precisa fazer um esforço para deixar que ela a agarre, mas aguenta até se virar na direção da porta do quarto e notar um quadro encostado na parede.

Becker afasta a mão e respira fundo: com surpresa e prazer, o deleite de ver algo pela primeira vez, algo familiar em estilo, mas, para seus olhos, completamente novo. Ele fica tão impressionado com a pintura, um retrato de uma mulher segurando um pássaro entalhado em madeira, que leva alguns segundos para absorver o que está vendo.

Grace com um pássaro.

— *Totem* — diz ele, enfim.

— Isso mesmo — responde ela.

Grace dobra o lençol e sai do quarto. Becker a vê sair e percebe, nesse momento, um retrato menor, também de Grace, encostado na parede ao lado do maior. Atrás dele, camuflada pela porta do quarto, uma terceira tela, algo maior e mais sombrio. Becker anda lentamente na direção do objeto, o coração batendo acelerado, e empurra a porta.

É um quadro majoritariamente em preto, um que ele nunca tinha visto. Tinta escura sobreposta a cinzas e violetas, com vermelhos fortes e sangrentos e raios dourados aplicados com pinceladas amplas com uma espátula. Uma área de luz ocupa o centro da pintura, como se um holofote de busca tivesse sido apontado para as figuras no coração da cena, pegando-as no flagra. A primeira pessoa está prostrada, a cabeça para trás; a segunda, ajoelhada, tocando na primeira no pescoço ou no rosto. Atrás delas tem uma terceira, um observador, e no rosto do voyeur há uma indicação de branco na boca, uma aparição de dentes, sugestão de uma careta ou de um sorriso.

Becker ouve os passos de Grace no corredor e se afasta da porta. Quando ela a abre, olha para a esquerda, para a tela, e depois para ele. Os lábios dela formam uma linha firme. Becker recua, os braços cruzados, admirando os três quadros como se estivesse numa galeria.

— Então — diz ele, indicando o primeiro —, esse é *Totem*. E o retrato menor?

— *Grace* — responde ela. — Se chama só *Grace*. Foi o primeiro que ela fez de mim, está com a data atrás, 1998.

— Tem outros assim? — pergunta Becker.

— Não — responde ela, parando ao lado dele para admirá-los também. — Isso é tudo.

Becker assente e morde o lábio inferior.

— Você me disse que Julian destruiu *Totem*.

— Bom — começa Grace, virando-se para ele, o queixo inclinado para cima, a expressão desafiadora. — Eu menti. Vanessa me deu esses retratos. Anos atrás, ela os deu pra mim. Eu não tenho provas, não tenho nada por escrito. Eu sabia que o pessoal de Fairburn contestaria meu direito e, por isso, não falei sobre eles.

Becker assente.

— Retratos? — repete ele, indicando o quadro maior. — Isso aí não é um retrato.

Grace dá de ombros.

— Sou eu — explica ela. — Eu com Stuart no chão.

— Stuart?

— O marido de Marguerite — diz Grace. — O homem que atacou Vanessa. Sou eu com ele no chão e Vanessa atrás de nós. Não é um retrato formal, é verdade, mas ainda é uma representação minha.

36

Eris, 2009

— Você está pintando de novo?

Quando Grace chegou em casa naquela noite, Vanessa estava na cozinha, junto ao Aga, de calça jeans e uma camisa masculina suja de tinta. A peça de roupa, uma das cinco ou seis do mesmo tipo que Vanessa usava para trabalhar, sempre foi grande, mas, naquele momento, parecia dançar em seu corpo. Grace sentiu um aperto no peito: Vanessa assemelhava-se a uma criança brincando de vestir roupas de adulto.

— Estou! — disse Vanessa, virando-se para ela com um sorriso. — Estou, sim. — Ela estava abatida, os olhos fundos, os lábios repuxados sobre os dentes, a pele pálida com um tom esverdeado. Vanessa tinha voltado para Eris havia poucos dias, depois de seis semanas em Glasgow para um ciclo de quimioterapia.

— Espero que você não esteja se cansando — disse Grace.

Vanessa deu de ombros.

— Eu estou bem, Grace — falou ela, abrindo os braços.

Grace aceitou a mentira e o abraço, mas fez uma careta quando sentiu a dureza das escápulas de Vanessa destacando-se debaixo da camisa. Vanessa apoiou a cabeça delicadamente no ombro de Grace.

— Eu senti saudade — murmurou ela. E se afastou. — Não tenho forças pra trabalhar com argila, mas consigo desenhar e pintar. Eu quero pintar.

— Desde que você descanse também.

Vanessa assentiu vigorosamente.

— É bom pra mim. Você sabe como eu fico grosseira se não trabalhar. — Ela deu uma piscadela. — Eu comecei uma coisa grande, uma coisa bem ambiciosa. — Ela deu um sorrisinho malicioso, e Grace ergueu as sobrancelhas. — Não, você não pode ver. — Ela deu um passo à frente e roçou de leve os lábios rachados na bochecha de Grace. — Vai demorar um tempo, ao menos algumas semanas.

Dezoito meses depois, ela levou Grace ao ateliê para vê-lo. A pintura atrasara por causa da gripe que virou pneumonia, por um tornozelo torcido que a impediu de subir até o ateliê e, principalmente, pelo humor dela, que mudava entre otimismo imprudente e desespero abjeto em questão de segundos.

Era manhã. Elas subiram a colina juntas, sem se apressar, Grace apreciando o humor de Vanessa, a empolgação que emanava dela em momentos assim, quando algo estava completo e pronto para ser apresentado.

Quando elas chegaram ao topo, Vanessa pegou a mão de Grace. Ela estava respirando pesadamente, um leve chiado no peito.

— Você está bem, Vee? — perguntou Grace.

Vanessa assentiu e sorriu, e, juntas, elas entraram no ateliê.

Quando Grace bateu o olho na tela sobre o cavalete, respirou fundo e soltou a mão de Vanessa como se estivesse em chamas; ela viu na mesma hora o que era. No centro, ela própria, ajoelhada no chão, o cortador entre as mãos, concentrada na tarefa a ser executada. E Grace o viu, resistindo, o braço subindo tentando afastá-la. Por fim, notou a figura atrás dela, parada na porta, olhando.

— É você — disse Vanessa. Grace olhou para ela, perplexa, a vergonha ardendo dentro de si, mas a amiga sorria. — Somos *nós*. Você e eu e ele. Não gostou? — A voz dela estava leve e fina, como o miado de um gatinho. Vanessa estava nervosa.

Grace deu um passo para mais perto da tela, com lágrimas ardendo nos olhos, a imagem ficando borrada à sua frente. Ela percebeu, naquele momento, que Vanessa a *tinha* visto naquele dia, tinha visto o que ela era e, mais do que isso, tinha entendido. E ainda a amava. Grace teve tanto medo de que Vanessa pudesse ver as escamas debaixo de sua pele e rejeitá-la como uma monstra, mas o que aconteceu foi que a amiga viu as escamas e a amou ainda mais.

— A gente podia ter matado o sujeito — disse Vanessa languidamente —, não podia? Eu penso nisso agora, penso com frequência.

A gente podia ter matado aquele homem, podia ter cortado o corpo em pedacinhos e colocado no forno, podia ter botado fogo nele e ninguém saberia.

Ela pegou de novo a mão de Grace, que entendeu que não só Vanessa a amava, mas que, por mais diferentes que fossem, tão essencialmente opostas de tantas formas, naquilo eram irmãs.

— Às vezes — disse Vanessa —, eu sonho em remexer nas cinzas, remexer nas cinzas e encontrar ossos.

Finalmente, Grace falou:

— Se você estiver tendo pesadelos — falou Grace, a voz rouca devido ao choro —, nós podemos arrumar alguma coisa pra isso. Pra te ajudar a dormir.

Vanessa riu baixinho.

— Sempre tão prática. A minha Grace. A minha Grace — disse, erguendo a mão da amiga e beijando as pontas dos dedos, uma a uma. — Quer saber que nome eu dei?

Puxou, então, Grace para perto. Juntas, foram até a parte de trás da tela, para que Grace pudesse ver, escrito na parte de trás da moldura: *Amor.*

37

Quando olha para a pintura negra, para *Amor*, uma segunda vez, Becker vê *Judite decapitando Holofernes*. Os vermelhos são do manto de Holofernes, do sangue arterial dele. O dourado é o vestido de Judite. Uma mulher trabalhando, a outra olhando, o brutamontes morrendo. Só que *aquele* brutamontes não morreu. Não é?

— Eu não vou entregá-lo — diz Grace. O rosto dela, normalmente suave, naquela luz crepuscular, assumiu um tom obstinado. — Eu não vou entregar nenhum dos três. São tudo o que me resta da nossa vida juntas.

Becker se vira de costas para ela, as mãos na cintura, e bufa de frustração. Ele olha para o quadro, para as figuras no chão, presas num combate mortal e banhadas de escuridão, e sente-se exausto, exausto e triste. As duas semanas anteriores foram cansativas: Helena no hospital, aquela cena horrível com Emmeline, o longo trajeto dirigindo, a mensagem errada da esposa, a caminhada na praia contra o vento, a gaivota escandalosa e aquilo, as mentiras de Grace e sua ofuscação, seu desespero, tudo isso deixou os nervos dele frágeis.

— Não era perfeita — fala Grace, baixinho, olhando para o quadro —, mas *era* uma vida. O que Vanessa e eu tínhamos era rico e texturizado como qualquer caso de amor, e você pode tentar diminuí-lo quanto quiser.

— Eu estou tentando te ajudar! — grita Becker.

Grace leva um susto, mas de leve. Ela se mantém firme.

— Se você tivesse me falado sobre esses *presentes* quando eu cheguei aqui, nós poderíamos ter evitado um conflito sério, eu poderia ter convencido Sebastian a não envolver os advogados, mas *agora*? — Ele balança a cabeça. — Você vai colher o que plantou, Grace. O cara vai vir atrás de você pra pegar isso, e também todos os papéis de Vanessa, até os particulares, e eu não vou poder fazer nada pra impedir.

Grace contrai a mandíbula.

— Tudo bem — diz ela. — Mas avisa pra ele que vou fazer o que puder pra que seja bem desagradável pra mãe dele também. Eu posso tornar a vida daquela família bem difícil.

Becker faz que não com a cabeça; ele sai andando para longe, pelo corredor, na direção da sala.

— Tem mais alguma coisa que eu precise saber — pergunta Becker, cansado —, antes de voltar pra Fairburn? Algum outro *presente*?

— Você está me acusando de mentir? — rosna Grace, e Becker ri.

Ele começa a se afastar de novo, mas mal deu um passo quando sente uma mão no antebraço, apertando-o com força.

— Não ouse! — exclama ela, apertando ainda mais, tremendo de raiva. — Não ouse debochar de mim!

— *Grace.* — Às vezes, falar com ela é como lidar com uma criança. — Eu não estou debochando de você. Mas você admitiu ter mentido para mim um momento atrás, então não pode ficar com raiva de eu não acreditar na sua palavra.

Com relutância, ela solta o braço dele.

— Eu *era* o totem dela — afirma Grace, a voz falhando enquanto surgem as lágrimas. — Sem mim, tudo dava errado. Aquele homem, Stuart Cummins, ele a teria matado. Julian teria destruído a vida dela, ele a teria arrastado para o caos de dívidas e devassidão. Ele fez o melhor que podia! E, quando desapareceu, quem estava ao lado dela? Frances? Douglas? De jeito nenhum! Era *eu*. Eu a salvei, eu a protegi, eu cuidei dela, arrisquei tudo por ela, minha licença médica, minha *liberdade*! Você pode tentar me cortar da história dela, mas não vai conseguir. Eu sempre vou ser parte dela. Tem coisas que sei sobre Vanessa que você nunca vai entender. Você não tem direito sobre ela! Ela era minha.

38

A tempestade chegou cedo. Grace disse que só chegaria na noite de domingo ou na madrugada de segunda, mas ali está ele na noite de sábado, e a chuva açoita as vidraças como pedrinhas sendo jogadas contra o vidro. O vento está selvagem, ele grita nas árvores. Do outro lado da baía, Becker escuta as ondas quebrando no muro do porto; parece um bombardeio.

Grace se trancou no quarto de Vanessa com os quadros. Becker tenta argumentar com ela, mas a mulher se recusa a responder. Depois de alguns minutos, ele a ouve falando ao telefone. Um advogado, talvez?

Becker volta para a cozinha, enche um copo d'água e verifica os horários na parede. Ele deve conseguir atravessar por volta das 22h30, se bem que, se o tempo piorar, ele pode ficar preso lá a noite toda. A ideia o enche de medo.

Ele toma um gole de água, o gosto é de água salobra. Talvez seja só o sal nos lábios dele, mas, de repente, Becker deseja algo doce. Ele faz chá e coloca uma quantidade generosa de açúcar mascavo na xícara. Encontra biscoitos em um pote na bancada, pega um e vai até a janela. A escuridão é total; ele não consegue ver nenhuma luz do outro lado da baía, mas o som do mar está feroz. Mesmo de longe, ele ouve o estrondo absurdo das ondas batendo no muro do porto.

Nem sempre dá pra ver o que está bem à sua frente.

Ou quem está bem à sua frente. Ele pensa em Sebastian, no sorriso desconcertante. *Como está nossa garota?* Nossa garota. Poderia Emmeline estar certa? Ele ficou tão cego de amor ou culpa pela forma como Helena e ele ficaram juntos que não percebeu o que estava acontecendo na cara dele? Talvez estivesse interpretando Sebastian de maneira errada o tempo todo. Quando olhava para ele, Becker via estoicismo, aquela expressão arrogante, mas estaria vendo realmente uma pessoa eficiente agindo com um objetivo de longo prazo?

E Helena? Ele não poderia ter interpretado *ela* errado? Ele sente sua pulsação disparar de novo e olha o celular; não tem nenhuma ligação perdida nem mensagens. Por alguns minutos, ele discute consigo mesmo, depois liga para ela; escuta o telefone tocar, o nó no estômago se contraindo a cada toque. Becker se tortura por um minuto inteiro antes de encerrar a ligação.

Ele está doido por um cigarro. Enrola um e depois outro, só por garantia, e atravessa a cozinha, reparando, no caminho, que a chave do cadeado do ateliê está no gancho ao lado da porta da cozinha. Ele a enfia no bolso junto com o isqueiro. Lá fora, se encolhe no canto do pátio para acender o cigarro, mas, mesmo no que deve ser o ponto mais protegido da ilha, o vento está forte demais e ele desiste. Becker atravessa o pátio, a cabeça abaixada e os ombros erguidos contra o vento, e sobe a colina até o ateliê.

Quase tudo foi removido, mas tem duas caixas pequenas sobre o tampo em cima dos cavaletes e, no fundo do recinto, uma faquinha de esculpir sobre uma prateleira. Becker também coloca a faca no bolso e pega as caixas para levar para a casa. Está torcendo para que Grace o veja, que saia para reclamar com ele; agora, ele gostaria de um confronto. E ela não pode impedi-lo de levar nada, não pode usar força física para fazer com que ele pare, pode? Seu braço ainda está sensível no ponto onde ela o apertou mais cedo; para uma mulher que não está no auge da condição física, ela tem um aperto surpreendentemente forte.

Na casa, ele coloca as caixas na mesa da cozinha e fica quieto por um momento, tentando captar sons de atividade. Não ouve nada além do som do vento e das gaivotas e do estrondo ameaçador das ondas batendo nas pedras abaixo da casa. Ele pega o telefone e tenta falar com Helena de novo, mas o wi-fi parece não estar mais funcionando. Será que a tempestade derrubou o sinal? Não importa, diz para si mesmo, ele vai pegar a estrada em algumas horas. Uma previsão otimista, considerando o estado do tempo, mas o que ele pode fazer agora além de agir? Ele precisa ser decisivo; vai botar as coisas no carro para estar pronto para sair assim que for seguro atravessar o caminho. O carro ainda está estacionado no mesmo local, ele vai precisar levá-lo para cima; não quer descer os degraus carregando caixas pesadas com aquele tempo. Ele enfia as mãos no fundo dos bolsos do casaco.

Onde deixou a chave do carro?

39

A tempestade caiu na hora marcada.

Grace mexeu um pouco nos horários porque sabia que ele não gostaria de ficar preso ali com tempo ruim, mas ela queria que ele ficasse lá na tempestade, queria que ele visse a ilha Eris no momento mais intenso da natureza, no momento mais emocionante: o temporal jogando chuva e respingos do mar nas janelas, o vento arrancando as árvores, a casa gemendo agarrada à pedra.

Tinha imaginado os dois passando por isso juntos; laços são criados quando se passa a noite com alguém durante uma tempestade. Infelizmente, não era para ser.

Foi um erro deixar que ele visse os quadros. Ela queria mostrá-los para ele havia um tempo, porque demonstram a profundidade de sua ligação com Vanessa. São prova, uma prova irrefutável, de que ela não é um personagem menor, não é uma parte pequena da história de Vanessa, que é só por ela que se torna verdadeiramente possível entender quem Vanessa era.

Contudo, deveria ter planejado melhor, deveria tê-lo preparado para o fato de que tinha ficado com algumas peças. No final, foi surpreendida pelos eventos; não dava para ter previsto a gaivota, ela não poderia imaginar que Becker entraria no quarto de Vanessa daquele jeito.

Agora, ela vai para a porta do quarto e encosta a lateral do rosto nela. A casa está se movendo, rangendo e gemendo enquanto resiste ao vento, mas Grace também o ouve, andando pelo aposento ao lado. Ela olha para a mesa de cabeceira, para a gaveta onde colocou a chave do carro: Grace a retirou do bolso do casaco de Becker quando levou o lençol sujo da gaivota para a máquina de lavar. Ela percebeu na mesma hora que havia chance de discussão depois que ele visse os quadros, e não queria dar a ele a opção de ir embora sem resolver as coisas. Depois de fazer a ligação que precisava, ela desconecta o roteador.

Grace apaga a luz e se deita na cama de Vanessa, entra embaixo da coberta e a puxa até o queixo. Entrega-se ao som emocionante da tempestade chegando, no consolo de saber que está segura, aquecida e seca, e que *não está sozinha*.

No escuro, Grace identifica as linhas pálidas do próprio corpo em *Totem*, vê a forma dos seus ombros, a mão aninhando a peça. O que aconteceu com aquele passarinho de madeira? Ela não o vê há muito tempo. Será que está no depósito?

Quando Vanessa pintou *Totem*, ela estava passando por uma fase de entalhar madeira, mas fazendo, também, experimentações com pedra. Dava para ouvir de casa o barulho do martelo cantando quando ela batia no cinzel com a regularidade de um sino.

É possível que o passarinho esteja em algum lugar da sala, em um dos armários. Eles estão cheios de todos os tipos de coisa, maquetes, conchas e pedras da praia, colheres talhadas e badulaques que Vanessa reunia de todos os lugares.

Um pássaro na mão é uma coisa boa, um pássaro em casa, nem tanto. Prevê uma morte, não é? Não é o que dizem? Quem diz isso deve ter mente fraca, ser assombrado por superstições.

Contudo, é perturbador, isso é certo, uma coisa selvagem presa num espaço doméstico. Impressionante também a ferocidade com que um animal luta, a violência da vontade de fugir, de *viver*. Quando estão desesperadas, as pessoas também são assim.

40

Eris, verão de 2002

Estava chovendo havia semanas, mas, naquela manhã, o sol brilhava.

Grace estava sentada na cozinha, lendo o jornal durante o café da manhã, quando Vanessa apareceu, sorrindo timidamente. O rosto dela estava corado e os dedos tremiam um pouco quando ela segurou a mão de Grace.

— Eu tenho uma coisa pra te mostrar — disse ela.

No ateliê, encostado na parede, havia um quadro, o retrato de Grace segurando o pássaro de madeira. Vanessa estava trabalhando nele desde que a chuva começara.

— Eu chamo de *Totem* — disse ela. Ela parou por um momento e inspirou rapidamente. — Bom, o que você acha? Gostou?

Grace engoliu em seco. Ela ficou constrangida de se ver emocionada ao ponto de lágrimas.

— Gostei — respondeu ela. Ela tossiu para soltar o caroço que tinha surgido em sua garganta. — Gostei muito.

Grace não está bonita no retrato, nunca poderia estar bonita, mas está majestosa. Sentada à mesa da cozinha, ela empurra a cadeira um pouco para trás para que dê para ver o que está segurando sobre o colo, uma escultura. A parede atrás tem o tom de amarelo de papel velho, a luz da tarde suave e quente. Com a blusa azul desbotada, Grace parece uma figura mais nobre e mais relaxada do que poderia imaginar. Vanessa passou o braço pela cintura de Grace e a apertou.

— Estou muito satisfeita. Estou muito feliz com o resultado, mas eu sei como é posar para um retrato, esperar uma coisa e acabar dando de cara com o resultado... nunca é uma sensação descomplicada. — Ela apertou de novo. — Grace... você está chorando? Está! Ah, *Grace*.

Nos últimos tempos, havia um constrangimento tácito entre elas; as duas sabiam de onde vinha, mas o ignoravam.

— Você não se importa, né? — perguntou Vanessa. — De não ir à noite de estreia? Eu *gostaria* de ter você lá, mas é que... nós somos de mundos diferentes, você e eu... E essas coisas são sempre tão estressantes, eu nunca me sinto eu mesma, fico tão nervosa e vou ter que falar com as pessoas e... *vender*, e você não vai conhecer ninguém, e eu não vou poder cuidar de você. Eu tenho medo de você não se divertir...

— Eu não me importo — disse Grace, embora se importasse.

Ela não disse a Vanessa que, embora desconfiasse que talvez não fosse convidada, já tinha escolhido a roupa que usaria; Grace estava vendo preço de hotéis três estrelas e pensando em onde elas poderiam comer antes da exposição.

— Eu entendo perfeitamente. Vou na semana seguinte, aí podemos relaxar, aproveitar mais, jantar em algum lugar legal. — Grace ficou em silêncio por um momento para engolir a decepção, sufocar o sentimento, determinada a não estragar aquele momento entre elas. — É tão *estranho* — disse ela, por fim — pensar que isso vai estar pendurado numa galeria chique, que as pessoas vão olhar para ele, que alguém vai comprar e levar pra casa. Eu! Na parede!

— E você está muito bem nele — comenta Vanessa, sorrindo.

Ela soltou Grace e deu um passo para trás, para admirar a pintura um pouco mais longe.

— Eu *adoraria* ficar com ele, adoraria pendurar em casa. Adoraria dar pra você, pena que precisamos do dinheiro. — Ela riu. — Quer saber? Apesar de eu não poder te dar o retrato, eu posso te dar... isto. — Ela esticou a mão para trás e, da mesa de cavaletes, pegou o passarinho de madeira e estendeu a mão à frente do corpo como uma oferenda.

— Ah, *bem* — disse Grace, o sorriso provocador, pegando o pássaro e segurando-o junto ao peito. — Estou honrada. Tudo isso me faz me sentir *muito* importante. O rosto dela ficou vermelho. — Nos conecta, não é? Você e eu? Nós estamos ligadas por ele.

— Estamos — responde Vanessa, segurando a mão de Grace de novo. — Aconteça o que acontecer, sempre vai haver isso, o momento em que eu botei o pincel na tela e pintei você. Sempre.

No dia seguinte, Julian chegou.

Na semana seguinte, na quinta-feira, depois da discussão com Julian, de ela dirigir bêbada pelo vilarejo e brigar com Grace, Vanessa saiu cedo da casa de Grace no vilarejo para voltar a Eris, para pegar os quadros menores e dirigir até Glasgow. No mesmo dia, Grace chegou à clínica com a sala de espera lotada. Havia alguma virose se espalhando e metade das crianças da região parecia ter faltado à aula por isso. Assim, foi só por volta das 14h30 que ela conseguiu fazer a pausa do almoço. Ela fugiu, como sempre, para o banco com vista para o porto, e foi de lá que ela viu o esportivo vermelho de Julian atravessando o caminho, levantando água. O carro subiu a colina em alta velocidade e acelerou pelo vilarejo. *Ah, graças a Deus ele foi embora*, pensou Grace.

Assim que terminou o trabalho naquela noite, ela dirigiu para a ilha.

Grace pegou um par de luvas de borracha e produtos de limpeza embaixo da pia da cozinha e começou a limpar a casa para tirar todos os vestígios dele. Trabalhou metodicamente por toda a residência, da cozinha, que estava podre, com pratos e copos sujos por toda parte, cinzeiros transbordando na bancada, panelas com crostas de comida ressecada, até a sala e o banheiro; por fim, o quarto de Vanessa. Tirou a roupa de cama, tremendo de nojo ao encontrar uma camisinha usada no meio dos lençóis. Ela encheu a máquina de lavar e estava arrumando a cama com lençóis limpos quando viu o bilhete de Vanessa, caído no chão, perto da mesa de cabeceira.

J, não podemos continuar dando voltas e mais voltas e mais voltas!

Eu vou voltar no fim de semana e você <u>tem</u> que ter ido embora.

Não tem mais dinheiro no pote.

Nós nos amamos e nos odiamos e agora podemos ficar livres um do outro.

Não é maravilhoso?
Você precisa encontrar seu caminho.
Com amor,
Nessa

Grace se percebeu sorrindo ao ler o bilhete. *Agora podemos ficar livres um do outro.* Aleluia! Ele tinha sido banido. Expulso! Da vida de Vanessa, da dela. Da vida delas, de um modo geral.

No banquinho na frente da penteadeira de Vanessa, Grace viu uma carteira preta. Ela a pegou e olhou dentro: quatro cartões de crédito (não admirava que o homem estivesse cheio de dívidas), cinquenta libras em dinheiro e uma fotografia de Julian com uma mulher que não era Vanessa. Celia Gray, talvez? Ele parecia bem feliz no retrato. Grace colocou a carteira na gaveta e pensou que tinha que dizer para Vanessa enviar de volta para ele quando retornasse, mas, então, mudou de ideia. *Que se dane*, pensou. Ela pegou a carteira, tirou o dinheiro, foi até o outro lado do quarto e a jogou pela janela, no mar.

Deviam ser umas oito da noite quando Grace terminou de limpar a casa. Ela pegou a chave do cadeado no gancho da cozinha e subiu até o ateliê. A noite estava gloriosa, com nuvens pêssego deslizando por um céu pálido, o aroma de junco, similar ao de coco, forte no ar. Quando chegou à porta, ela viu que havia um bilhete lá também, enfiado no arco do cadeado. Grace o pegou e o enfiou no bolso junto com o dinheiro, enquanto destrancava tudo e empurrava a porta para deixar a luz suave do fim do dia entrar.

Tudo estava em ordem lá dentro. Junto à parede sul havia várias telas grandes, as peças de cerâmica destinadas à exposição estavam enfileiradas sobre a mesa no centro do aposento, junto com um rolo gigantesco de plástico-bolha e dois de fita adesiva, tudo pronto para embalar as peças.

Grace pegou o bilhete no bolso.

Tudo bem, Nessa, você venceu. Vou te deixar em paz.
   Mas eu me preocupo com você isolada do mundo aqui. O trabalho que você está fazendo é lindo, mas <u>você</u> também é.

Eris é um retiro maravilhoso, mas não faça dele seu mundo. Volte para a terra dos vivos! Você não pode se esconder aqui para sempre, matando tempo com a bolota de sebo medonha. Você vai enlouquecer.

Eu falei sério sobre o Marrocos. Izzy vai alugar um riad em Marrakech em outubro ou novembro — vai haver um montão de espaço e eu não vou te incomodar (só se você pedir com carinho).

Ninguém vai te perturbar! Você pode trabalhar, jogar, sair para o deserto, olhar as estrelas.

Pintar as estrelas.

Pensa nisso.

Te vejo na estreia!

Com todo meu amor, sempre,

J

Antes mesmo de saber o que estava fazendo, Grace tinha fechado as mãos em torno no vaso sinuoso de boca larga mais perto da sua cintura, e, um segundo depois, ele saiu voando pelo ar e bateu na parede com um estrondo satisfatório. O som da porcelana fina caindo no chão foi como música.

Noite de estreia? *Julian* ia à *noite de estreia*? Enquanto ela ouvia que tinha que ficar em casa, porque não se divertiria, porque Vanessa não poderia *cuidar* dela?

E *Marrocos*? Com *Izzy*? Isso só aconteceria por cima do cadáver de Grace. Uma tigela rasa, com peso perfeito e laqueada em azul-gelo, também saiu voando.

— Que porra você está fazendo?

Grace deu um gritinho de medo e se virou, batendo com a cintura na mesa. Nessa hora, ela jogou outra peça no chão.

Julian estava parado na porta, os braços cruzados sobre o peito, o lábio repuxado.

— Bola de sebo, o que você *está* fazendo?

* * *

Grace sentiu o chão sumir sob seus pés.

— O que você está fazendo aqui? — Ela deu dois passos na direção dele. — Vanessa mandou você ir embora.

— Eu sei, e eu fui. Cheguei a Fort Augustus, entrei no posto de gasolina e percebi que tinha esquecido a carteira. Eu tinha dinheiro para encher o tanque, mas meu celular estava sem bateria e concluí que, se eu voltasse naquela hora, a maré estaria alta. Esta porra de lugar! — Ele sorriu para ela. — Não sei como você aguenta. Tirei uma soneca no carro e depois dirigi até aqui. Você viu minha carteira?

Ele andou na direção dela e se agachou para pegar um disco de porcelana do tamanho de um pires no chão.

— Não — respondeu Grace —, e eu já limpei a casa, então você deve ter deixado em outro lugar.

Julian colocou um caco de porcelana sobre a mesa.

— Acho que não — disse ele suavemente.

Julian deu outro passo para mais perto e estendeu a mão, agarrando o braço de Grace e fechando os dedos ao redor do pulso direito dela. Grace tentou se soltar, mas ele apertou ainda mais.

— O que está acontecendo, bola de sebo? Por que você está aqui quebrando as coisas da Nessa?

O coração dela batia com uma força dolorosa. Grace lutou para se soltar, mas ele continuou segurando.

— Eu não estava quebrando nada, foi acidente, você *viu*, levei um susto e esbarrei na mesa...

— Esse pode ter sido acidente — disse Julian, fechando a mão toda no pulso dela agora, apertando com força —, mas o primeiro não foi. Ou... ou aquele foi o *segundo*? — Ele olhou em volta, para os cacos no chão. — Meu Deus, quantas peças você quebrou?

Grace estava entrando em pânico; ela sentia a escuridão se fechando nas bordas da visão, como se estivesse entrando num túnel.

— Eu não pretendia... — Ela achou que ia chorar, e o pensamento a deixou perplexa. Grace não suportaria a humilhação de desmoronar na frente dele.

— O que está acontecendo? — A voz de Julian era doce. — O que causou esse ataque de birra?

Ele estudou o recinto sem entender até que seu olhar pousou no bilhete na mão de Grace.

— Ah, *isso*. Pobre Grace. Você está se sentindo de fora? — Ele fingiu fazer biquinho. — Está chateada por causa dos nossos planos de férias? Vanessa contou que vai a Veneza comigo no aniversário dela? Nós pensamos em ficar no Cipriani, como na nossa lua de mel. Quem sabe dessa vez a gente consiga ver um pouco da cidade. Ou pode ser que a gente só fique no quarto fodendo.

— Ela não vai viajar com você — bradou Grace —, ela nunca faria isso, ela... Me solta!

Contudo, Julian continuou segurando, a mão apertando ainda mais.

— Ah, mas você sabe que as coisas com Nessa são assim mesmo. Por mais que tente, ela não consegue resistir. — Ele lambeu os lábios e olhou para Grace por baixo de pálpebras quase fechadas. — Ela sempre se abre pra mim. — Ele deu uma risadinha suave. — Eu peguei um quarto pra nós na noite de estreia também. Pra gente comemorar. É uma pena que você não vai estar lá. Acho que ela se sente mal de verdade por isso, mas não suportou pensar em você lá com um terninho horrendo, baixando o nível.

As lágrimas escorreram pelas bochechas de Grace contra sua vontade. Ela não conseguiu aguentar: o aroma forte da loção pós-barba dele, que sentira nos lençóis de Vanessa, o fedor de tabaco no bafo dele, a torção debochada do lábio. Nem por um segundo mais. Grace soltou o braço e tentou fugir, mas seus joelhos trêmulos vacilaram e ela tropeçou em uma das telas apoiadas na parede.

— Cuidado — disse Julian, sorrindo —, você não vai querer estragar mais alguma coisa. Sabia que, uma vez, eu vendi um quadro da Vanessa sem a permissão dela? Ela te contou sobre isso? Eu estava com pouca grana e numa situação difícil, e anunciei uma peça. Consegui um bom dinheiro, mas a Nessa ficou *meses* sem falar comigo. — Ele se virou e foi andando lentamente na direção da porta do ateliê. — Eu não consigo nem começar a pensar no que ela vai fazer quando descobrir o que você fez. Desconfio que você pode acabar sendo banida do paraíso.

Então, tudo parou. As gaivotas fizeram silêncio e o vento diminuiu. Julian estava no vão da porta, olhando para o mar cintilante. O sol entrou atrás de uma nuvem e o mundo ficou preto e branco. Grace devia ter emitido algum som, um ofego trêmulo, talvez, ou, quem sabe, pisado num caco de cerâmica quebrada ao se aproximar, porque Julian virou a cabeça um pouco, apenas o suficiente para ela ver o choque surgir em seu rosto quando o golpeou na têmpora com o martelo e quebrou o crânio dele.

41

Becker se levanta antes de o sol nascer. Prepara uma xícara de café e sai pela porta de entrada em um mundo limpo. A tempestade tinha passado, o ar está frio, fresco e carregado de sal. Ele segue até o banco de madeira com vista para o canal na lateral da colina e, durante trinta minutos tranquilos, vê o céu acima das colinas a leste passar de laranja a um amarelo intenso cor de gema. Quando olha por cima do ombro, vê que o sol iluminou a casa, o brilho refletido nas janelas da cozinha. À frente, a maré está alta, o canal, um dourado derretido. Lenta e gradualmente, a cor começa a diminuir, as nuvens se suavizam e o laranja torna-se pálido, depois rosado, o céu finalmente se acomodando num azul límpido e esperançoso.

Sua xícara não está vazia há muito tempo quando ele ouve a porta da frente se abrir. Alguns momentos depois, Grace aparece, segurando uma jarra de café fumegante. Ela vai até Becker, enche a xícara e senta ao lado dele.

— Foi uma baita tempestade — diz ela, olhando rapidamente para ele antes de mirar o mar novamente. — Conseguiu dormir?

— Dormi bem, obrigado — diz ele, distante, sem olhar para ela: — Por acaso você viu a chave do meu carro? Não consegui encontrá-la ontem.

Ela franze as sobrancelhas.

— Não, eu não me lembro de ter visto... Será que você deixou cair no quarto da Vanessa durante agitação com a gaivota? Vou dar uma olhada. Será que foi parar embaixo da cama? Eu estava pensando se você gostaria de subir a rocha hoje.

Ela o olha de lado enquanto fala.

— Não vai dar tempo — diz Becker. — Eu preciso botar as coisas no carro, preciso...

— Ah — diz ela, interrompendo-o. — Que pena. Nós finalmente temos um dia bonito. — Becker permanece em silêncio e olha para o relógio. — Vai demorar algumas horas até você poder atravessar, e, infelizmente, continuamos sem internet. Se você quer ligar pra alguém, talvez consiga sinal depois do bosque, normalmente dá...

Becker trinca os dentes. Ele detesta admitir, mas ela está certa: ele não vai embora agora, e essa pode ser a última vez dele em Eris por um tempo. Becker gostaria muito de tirar fotos de alguns dos lugares que Vanessa amava pintar. E também gostaria de falar com Helena.

Ele olha para Grace, que está sorrindo para ele, ansiosa e esperançosa. Por um momento, Becker a vê como quando chegou lá: uma mulher idosa, solitária e assustada. Ele amolece, pensa no trabalho que teve para encontrar aquela pequena paisagem que sua mãe amava tanto; o que Grace realmente fez no final além de se agarrar a todos os restos de uma pessoa que ela idolatrava?

— Tudo bem — diz ele —, eu adoraria ver a vista da rocha.

— Maravilha! — comemora Grace, o alívio toma sua expressão. — Nós podemos fazer um pequeno passeio se você quiser, podemos visitar o ponto de vista de *Sul* e *Escuridão* no caminho. Ficam subindo aquela ribanceira ali. — Ela indica um ponto na costa sudeste da ilha, um pouco a oeste da casa. — A vista é extraordinária.

Depois de mais café e duas fatias de torrada, eles saem. O ritmo é tranquilo, pois Grace tem muita coisa para mostrar: aqui ficava o ponto favorito de Vanessa para tomar sol, ali Douglas Lennox bêbado brigou com um dos antigos namorados de Vanessa, ali dá para ver, no chão, a marca de uma antiga moradia.

É uma subida regular para a ribanceira. Após um agrupamento pesado de junco, tem uma clareira que parece quase ter sido criada como plataforma de pintura: com topo plano e protegida do vento pelos arbustos, dando uma vista de quase 180 graus do mar e das ilhas ao sul de Eris.

Becker chega à clareira primeiro. Grace ainda está subindo pelo caminho, e, por cerca de dois minutos, ele tem o lugar só para si. Está sozinho com o grasnado das gaivotas e as ondas quebrando nas pedras a vários metros abaixo, e tem a mesma sensação de quando viu *Totem* no quarto de Vanessa na noite anterior: deleite, euforia. Becker está encontrando algo pela primeira vez, mas, ao mesmo tempo, está muito familiarizado com ele, como se estivesse voltando a um lugar da infância. Ele nunca foi ali, mas já viu a vista umas cem vezes, no nascer e no pôr do sol, no verão e no inverno, na luz do sol como hoje e quando o céu desce sobre o mar como uma ameaça.

— Não chegue muito perto da beirada — pede Grace de forma enérgica quando se junta a ele.

Ela está respirando com dificuldade, o rosto rosado pelo esforço, com suor acima do lábio superior. Grace o vê tirar fotos e fica em silêncio, mas Becker sente a tensão irradiando dela, os olhos seguindo cada movimento dele.

Quando ele termina de tirar fotos de todos os ângulos possíveis, os dois seguem em frente, descem a ribanceira e vão para a esquerda, indo por um caminho que leva por uma galeria rasa ladeada por uma encosta íngreme e pelo bosque.

— Alguns dos pinheiros têm mais de duzentos anos — conta Grace. — Um ou dois podem ter uns trezentos, se bem que os mais antigos caíram nas tempestades dos anos 1990.

Eles estão em outro caminho ascendente há dez ou quinze minutos quando começam a chegar várias notificações no celular de Becker. Ele para e se vira, olhando colina abaixo; Grace ficou a centenas de metros para trás. Becker respira fundo e liga para o número de Helena, xingando baixo de frustração quando cai direto na caixa postal. Ele encerra a ligação e acessa o correio de voz.

A primeira mensagem foi deixada na noite anterior.

— Beck, meu bem. — Helena parece ansiosa, a voz meio trêmula. — Eu preciso muito falar com você. Você pode me ligar assim que ouvir isto?

Com o sangue latejando nos ouvidos, ele tenta ligar para ela de novo, mas cai na caixa postal; ou ela está em outra ligação ou o telefone está desligado.

Becker escuta a mensagem seguinte, que foi deixada nas primeiras horas da manhã.

— Oi. — A voz dela está baixa, gentil; ele já a ouviu falar assim com a irmã, quando está tentando aliviar um golpe ou dar más notícias.

— Estou tentando falar com você pelo WhatsApp, mas a ligação não completa, e não parece que a mensagem que eu mandei foi entregue, então... Olha, aconteceu uma coisa.

O coração de Becker quase para.

— Não comigo, nem com o bebê, nós estamos bem. É Emmeline.

O coração de Becker volta a bater normalmente. *Emmeline?*

— Ela caiu, não sabem bem o que aconteceu, pode ter sido AVC ou o coração... — Becker quase sente vontade de comemorar, mas rapidamente o sentimento se esvai. — Sebastian não estava lá quando aconteceu, ele estava... ele veio falar comigo... Nós estamos no hospital em Berwick. A coisa toda parece ter sido causada por uma visita da polícia. Ao que parece, apareceram hoje, ou acho que já é ontem, querendo falar com ela sobre Douglas. Disseram que andaram fazendo alegações, dizendo que não tinha sido Graham Bryant que disparou o tiro que o matou... Seb acha que não estão levando a sério, mas mesmo assim. Olha, me liga assim que puder, tá?

Um pequeno grupo de pessoas em Fairburn sabe a verdade sobre o dia em que Douglas morreu, mas, na cabeça de Becker, só uma pessoa poderia ter feito a ligação para a polícia, e ela está subindo pelo caminho bem na frente dele.

Eu posso tornar a vida daquela família bem difícil.

— Você falou com a polícia! — grita ele quando ela se aproxima.

Grace para de repente; curva-se para a frente, apoia as mãos nas coxas e tenta recuperar o fôlego.

— Ontem, você ligou pra polícia, não foi? Você falou alguma coisa sobre Emmeline Lennox?

Grace ajeita a postura. O rosto dela está corado, mas só de cansaço. Sua expressão é de pura insolência.

— Eu te falei que não acredito que a morte dele tenha sido acidental.

— Deus do céu! — grita Becker, fechando as mãos em punhos. — Você tem alguma ideia do que fez?

Grace empertiga os ombros, ergue o queixo.

— Eu fiz o que você deveria ter tido coragem de fazer — provoca ela. — E daí que Douglas era uma cobra? Isso significa que ele não merece justiça?

Becker se vira de costas para ela e começa a subir a colina, com raiva demais para responder.

— Eu te fiz um favor — diz Grace, indo atrás dele. — Você me disse que Emmeline estava dificultando sua vida e da sua esposa. *Beck* — suplica ela —, nós estamos do mesmo lado, você e eu. Nós queremos as mesmas coisas.

Ele se vira, todo arrepiado e, com o autocontrole que consegue reunir, diz:

— Eu acho que não. Se não houver problema pra você, eu gostaria muito de seguir sozinho a partir daqui.

Becker sobe a colina batendo os pés, furioso consigo mesmo mais do que com qualquer outra pessoa. Foi *ele* que deixou escapar que Emmeline deu o tiro fatal, foi *ele* que levou tanto tempo para perceber que a carência de Grace é patológica, que a solidão distorceu o jeito como ela o vê, o jeito como ela os vê. Como se houvesse *eles*, pensa com desgosto, como se eles tivessem algum tipo de relacionamento.

A subida é suave no começo, depois fica mais íngreme e, finalmente, torna-se quase parede a ser escalada. Quando ele alcança a rocha Eris, arrasta-se com as mãos e os joelhos, já suado e sem fôlego. À sua frente tem uma área plana de granito que se estende alguns metros antes de cair subitamente no mar da Irlanda. Ele para, inspira ar salgado e dá alguns passos cautelosos em direção à beira do penhasco. O vento está frio e o céu perfeitamente limpo; a distância, ele identifica as formas de ilhas pequenas, familiares como velhas amigas, e, ao longe, o horizonte está bem definido, como se pintado.

Becker sente o rosto se abrir num sorriso e o coração flutuar de pura alegria, tudo esquecido, exceto aquilo, aquela vista deslumbrante, aquele lugar glorioso, o lugar que consagrou as pinturas de Vanessa, o lugar em que ela confrontou seu mar impossível, onde ela abraçou seu lado expressionista! Estar ali era entender por que tantas das pinturas do mar são tão pequenas; uma mulher delicada não conseguiria carregar uma tela grande com um cavalete lá para cima, e, mesmo que o fizesse, o vento teria levado tudo, e ela junto. Vanessa pintava vislumbres, momentos, densos, vibrantes e cheios de amor, desejo e terror.

Becker chega mais perto do precipício. Com muito cuidado, ele se abaixa e senta com os pés pendurados da rocha. Tira o celular do bolso e liga para o número de Helena de novo. Ela atende no segundo toque.

— Desculpa — murmura ela, a voz sonolenta. — Desculpa, você estava ligando?

— Tudo bem — diz ele gentilmente. Becker está calmo agora, tranquilizado pelo som da voz dela. — Você está bem?

— Estou ótima — diz ela. — É que foi um choque. Eu só voltei às quatro, estava dormindo. Onde você está? Voltando?

— Ainda não — diz ele com um sorriso. — Estou sentado na beira de um precipício na rocha Eris. Olhando para o mar.

— Ah, que maravilha. — Ele ouve o sorriso na voz dela também. — Não vai cair, tá?

Ele ri. Há uma pequena pausa.

— Então... o que aconteceu com Emmeline? Você disse que ela estava sozinha em casa quando passou mal?

Outra pausa. Becker a ouve respirar fundo.

— Eu pedi a Seb pra vir aqui. — Mais uma. — Acho que você sabe disso, né? Eu pedi pra ele vir aqui porque achei que era hora de eu falar com ele sobre nossa situação.

— O que você quer dizer?

— Não está dando certo, Beck.

— *Helena*. — Ele tem vontade de se jogar no mar. — Não... por favor, não diz isso...

— A gente morar em Fairburn, Beck, é *isso* que não está funcionando. Não você e eu. E, está vendo, é exatamente isso que eu quero dizer — diz ela —, você não tem certeza sobre mim! Eu quero que tenha certeza. Preciso disso. E você deveria ter. Mas você não tem, e não é tão surpreendente, porque ele está por perto o tempo todo; e Emmeline se esforça ao máximo para nos deixar infelizes. Foi uma boa ideia nós três sermos civilizados e adultos e *suíços* em relação a tudo, mas é tão difícil...

Becker se deita na rocha e aperta os olhos para o céu. O sol está quente no rosto dele, ele sente gosto de sal nos lábios.

— Tudo bem — diz ele. — A gente vai embora.

— A gente não precisa cortar todos os laços, você pode continuar trabalhando em Fairburn. Seb e eu concordamos que...

— Seb e você?

— Eu queria que a gente apresentasse pra você uma frente unida — diz ela.

Becker ri de novo.

— Você é cheia de tramoias — debocha ele.

Ele escuta a respiração dela e o mar, e por um tempo nenhum dos dois fala.

— Por favor, volte pra casa — diz ela, por fim. — Eu preciso de você aqui. Nós precisamos de você.

Ele se sente leve ao se afastar da beirada do penhasco. Parece que, se pulasse no ar, o vento subindo pelo penhasco o pegaria e o levaria para longe. Uma gaivota passa voando, ele se abaixa e ri, deseja que Helena estivesse ali para ver aquilo, para vê-lo, na ilha de Vanessa, na rocha sagrada dela. Becker começa a tirar fotos de novo, sabendo que não chegam nem perto da grandiosidade do local, mas insiste mesmo assim, tirando dezenas de fotos antes de lhe ocorrer que ele não terminou de ouvir todas as mensagens.

Ele acessa o correio de voz de novo.

— Becker? Está aí? — É Sebastian agora, ligando logo cedo. Ele parece distraído e meio sem fôlego. — Olha, escuta... imagino que a Hels tenha contado tudo, mas eu tive um fim de semana e tanto aqui. Lady Em está no hospital, melhorando, eu acho, mas... passamos um baita susto. Só estou esperando o médico agora... Pensei em ligar porque o laboratório mandou um e-mail na sexta. Com todo o drama de ontem eu nem vi. Vou encaminhar pra você, mas, em suma, o osso, a costela, é de um homem, com idade estimada em vinte e tantos anos, apesar de, aparentemente, haver uma janela de erro nisso, de sete ou oito anos, então... é...

Há uma pausa. Becker ouve Sebastian conversando com alguém ao fundo e ouve outra coisa, algo próximo, então se vira e vê Grace de cara amarrada, subindo na rocha. Ele dá um passo para trás.

No telefone, Sebastian ainda está falando.

— Hum... Sim, desculpa... Eles também viram que não é um osso antigo. Não fizeram todos os testes ainda, mas dá pra saber pela *mineralização*, eu acho. Eles sabem que o osso não ficou na terra por séculos, é muito menos do que isso, talvez menos de uma década... Vão fazer a datação por carbono, que vai nos dar uma imagem mais precisa de quando a pessoa morreu, e vão extrair DNA para realizarem uma comparação com a amostra que eles têm da irmã de Chapman. É nesse pé que estamos. Olha, de um modo geral, acho que tem uma chance forte de termos encontrado Julian Chapman. As coisas podem seguir muito rápido de agora em diante, e, se eu estiver certo, vai ser uma história e tanto. Nós precisamos nos preparar e tem que ser logo. Me liga quando puder, tá?

Becker guarda o telefone no bolso. Ele está parado no meio da rocha, a uns noventa centímetros do penhasco e a 1,5 metro da beirada oposta, onde Grace está agora, de rosto vermelho, ofegante como um cachorro.

— Eu não poderia deixar você subir aqui sozinho — diz ela, limpando o suor do rosto com a palma das mãos. — Eu nunca me perdoaria se acontecesse alguma coisa.

O que, pergunta-se Becker, poderia acontecer? Ele poderia escorregar e cair, mas o que Grace faria em relação a isso?

Longe de ajudar, ela está na frente dele, bloqueando a única passagem segura para descer da rocha. Grace olha para ele com atenção.

— Está tudo bem? — pergunta ela. — Você não está mais zangado por causa de Emmeline, está? Eu só estava pensando em você, em você e Helena.

Becker permanece em silêncio, mas Grace lê alguma coisa nos olhos dele, ou talvez a cor tenha sumido de seu rosto, porque ele vê que a outra percebe. Ela *sabe*.

— Ah — diz Grace. — É o osso, então?

Ele assente.

— É.

— Não é Julian — fala Grace na mesma hora.

Becker expira devagar por entre lábios repuxados.

— É, *sim*, Grace. Não fizeram o teste de DNA ainda, mas estabeleceram que a costela vem de um homem, um homem que morreu jovem, com vinte e tantos anos.

Nessa hora ele vê uma coisa, ou acha que vê, um vislumbre de medo que atravessa o rosto dela.

— Ele não morreu séculos atrás, morreu nas décadas passadas. — Grace cobre a boca com a mão. — Parece bem provável que seja Julian Chapman.

Becker chega para o lado e gesticula com um braço, um gesto de *com licença*.

— Eu preciso ir — avisa ele. — Preciso voltar, vai haver muita coisa pra resolver. Assim que obtiverem uma compatibilidade de DNA, o laboratório vai informar à polícia, e a polícia vai informar à irmã de Chapman. Quando isso acontecer...

Ele abre as mãos. Quem sabe?

— Não é Julian — avisa Grace de novo. Ela não parece mais com medo, parece triste, quase *resignada*. Derrotada. — Não vai ser compatível — diz ela, baixinho.

Ela dá um passo na direção dele e depois outro.

Becker chega para trás.

— Você não tem como ter certeza — diz ele, olhando rapidamente por cima do ombro e dando outro passo para trás.

Ela está muito perto, perto demais e continua se aproximando.

— Mas eu tenho — afirma Grace, levantando as mãos, as palmas viradas para ele.

Becker chega mais para trás (*o que ela está fazendo?*), acha, por um segundo, que ela vai empurrá-lo. Contudo, Grace leva as mãos aos lábios e une as duas na frente da boca como se estivesse rezando.

— Eu posso afirmar isso. Eu posso afirmar isso porque sei onde Julian está, e ele não está no bosque.

42

Eris, 2002

De quatro na grama em frente ao ateliê, Grace se inclinou na direção do corpo de Julian, tentando não olhar para ele enquanto pressionava o indicador e o dedo do meio no pescoço dele para procurar pulsação. A cabeça estava completamente afundada do outro lado, então não era *provável* que houvesse pulsação, mas nunca dava para saber. Todo cuidado era pouco.

Não havia pulsação, mas, ao se agachar na grama, ela achou ter sentido os batimentos dele na terra, o sangue latejando para fora dele, encharcando o solo. Ela fechou os olhos e inspirou o aroma férrico intenso, inspirou e expirou, inspirou e expirou, inspirou e expirou, Grace foi respirando com mais calma, esperando que sua pulsação desacelerasse.

Quando abriu os olhos, quando se sentiu forte para ficar de pé, ela viu que a maré estava subindo. Era quase tarde demais para atravessar. Ela, então, se permitiu um momento de alívio. Ninguém viria. Ninguém a pegaria com sangue nas mãos. Ela tinha tempo agora, seis horas inteiras, e aí já seria o meio da noite.

Grace tocou nele. Deslizou a mão pela lateral do corpo dele até dentro do bolso da calça. Em seguida, curvou-se sobre ele e revistou o outro bolso, fechando a mão na chave do carro. Julian tinha deixado o esportivo no pé do caminho. Ela precisava tirá-lo de lá o mais rápido possível.

Enquanto descia, sentiu um momento de euforia: as colinas em frente estavam aveludadas de um verde-escuro exuberante, o junco tinha sido queimado pelo som até ficar de um dourado apagado, o mar estava cintilante e glorioso e Julian estava morto. Ela queria cantar, proclamar sua vitória para alguém, dizer *Olha! Olha o que eu fiz!*

Só um momento e a sensação eufórica passou, e ela voltou à Terra para encarar a parte prática da sua situação. Abriu o carro dele, recuou por causa do calor e do fedor de cigarro e o dirigiu pelo caminho para parar no lado da casa que ninguém conseguia ver.

Ela entrou em casa e lavou as mãos, jogou água fria no rosto, serviu-se de um copo para beber. Pensou nas alternativas. A coisa sensata seria esperar em casa até o anoitecer para não correr o risco de ser vista, mas ela se viu tomada, de repente, por um medo irracional de que, na próxima vez que olhasse colina acima, ele teria sumido, ou na próxima vez que olhasse pela janela ele estaria lá, a cabeça enfiada pelo vão com aquele sorriso horrível no rosto.

Assim, ela subiu a colina de novo e sentou-se ao lado dele, onde poderia vigiá-lo. Onde poderia ver as nuvens ficarem rosadas, alaranjadas e avermelhadas até que a cor do crepúsculo se esvaísse, como o sangue de Julian no chão embaixo dela, até o céu estar frio como a pele dele. Naquela hora azul, com a noite chegando, o céu começando a se encher lentamente de estrelas, Grace chorou um pouco, com medo do que tinha feito e do que ainda tinha que fazer.

Contudo, ao escurecer, ela se libertou da autopiedade e começou a trabalhar. Pretendia arrastá-lo pela colina, para o lado sul da ilha, para o penhasco. De lá, era uma queda direto para o mar. Quando o encontrassem, *se* o encontrassem, seria impossível saber, argumentou ela, que a lesão na cabeça tinha vindo de um golpe e não de uma queda, ou de ser jogado nas pedras pelas ondas.

Porém, quase na mesma hora em que ela segurou os punhos dele e começou a puxar o corpo pelo chão, ela soube que, se tivesse a noite toda e todo o dia seguinte e, talvez, o dia depois dele, ela nunca chegaria com ele no penhasco. Ele era um homem alto, com cerca de 1,80 metro, e não era magro. Depois de vinte ou trinta minutos, ela estava pingando de suor e só o tinha levado por alguns poucos metros, e isso era *colina abaixo*. Ela soltou os pulsos dele e desabou pesadamente no chão, chorando de dor ao cair numa coisa dura.

A fossa.

Ela levou um tempo para conseguir abri-la. Por vários minutos desesperados, achou que não conseguiria mover a tampa, um pedaço de concreto grande e muito pesado. Contudo, depois de alguns minutos lutando e xingando, de ânsia de vômito ao inalar o fedor do conteúdo do tanque, de enfiar cinzéis embaixo da tampa para ter apoio, ela conseguiu deixá-la de pé e apoiá-la numa pedra. Debaixo do céu sem luar, subiu a colina, pegou outra pedra grande na lateral do caminho e a levou para enfiar na cintura da calça de Julian, para deixá-lo mais pesado. E aí, com uma onda inegável de prazer, ela começou a manobrá-lo de cabeça para o lamaçal fétido e imundo.

Quando colocou a tampa de concreto no lugar, Grace prendeu o indicador. Gritando de dor ao soltá-lo, ela ficou de pé cambaleando, os olhos se enchendo de lágrimas, tomada pelo tipo de fúria contumaz que vem com o estresse e a dor, tomada pela sensação de que não deveria ser *ela* a sofrer. Era culpa da Vanessa, tudo aquilo. Se ela não o tivesse recebido na ilha delas, na casa delas, na cama dela, se não tivesse conspirado com ele, não tivesse prometido viajar com ele, nada daquilo teria acontecido.

Enfurecida, ela correu até o ateliê, onde segurou a beirada da mesa e a empurrou para cima, enviando o que restava das cerâmicas para o chão. Grace pegou um caco de porcelana e rasgou a tela mais próxima, *Norte*, depois *Rocha Eris*, depois *Inverno*; num frenesi de violência, ela cortou e rasgou e só parou quando foi confrontada por seu olhar solene, por *Totem*.

43

Becker sente o vento nas costas, ouve as ondas batendo nas pedras abaixo do penhasco com uma clareza enervante.

— Como assim — pergunta ele —, Julian não está no bosque? Você está dizendo que sabe onde o corpo de Julian está?

Ele sente como se a rocha Eris estivesse se inclinando, como se fosse jogar os dois no mar. Becker chega para o lado, mas Grace vai junto, espelhando os gestos dele; ela estica a mão em sua direção, suplicante. Ele muda o peso de volta, a adrenalina percorrendo o corpo; sente-se perigosamente próximo da beirada, as pernas começando a tremer. Um sopro de vento o acerta e o desequilibra. Grace pula, segura os braços dele e o puxa na direção do dela num abraço desajeitado. Apesar de tudo, ele se inclina para ela, para longe do perigo.

— Legítima defesa — diz ela, a respiração quente na base da garganta dele. — Foi legítima defesa.

Ainda segurando os braços dele, Grace começa a contar o que aconteceu: que Vanessa voltou de Glasgow e encontrou Julian ainda na ilha. Ele tinha ido embora, como Grace contou para a polícia, mas depois voltou, tinha alguma coisa a ver com a carteira dele. Vanessa e Julian brigaram, eles estavam no ateliê quando aconteceu, e o homem perdeu a cabeça. A briga ficou violenta, e Julian começou a quebrar as coisas.

— Ela só estava tentando fazer ele parar — diz Grace. — Não foi culpa dela...

Isso não é verdade, pensa Becker, *não parece verdade*. Ele mal processa o que ela está dizendo, porque só pensa que quer sair dali, da rocha, para longe *dela*. Becker solta os braços e segura os ombros dela, empurrando-a *com força*. Grace cambaleia para trás, a boca aberta, em choque.

— O que você está fazendo? — pergunta ela, ofegante.

Um alívio o percorre, porque, finalmente, ele contorna o corpo dela e vai para um terreno seguro.

— Você precisa ouvir isso — implora Grace —, antes que volte correndo para Fairburn, antes que nos julgue. Precisa entender... ela estava quase catatônica quando eu a encontrei. Coberta de sangue, uma quantidade absurda. Não quis que eu chamasse a polícia. Eu tive que limpar tudo. Tive que limpar a sujeira dela.

Parte do que ela diz tem um toque de verdade, parte parece mentira; Becker está tendo dificuldade para saber qual é qual. Ele hesita no alto do caminho, sentindo-se exausto, mais desolado. A cada nova revelação Vanessa escapa dele, torna-se uma coisa diferente, uma pessoa violenta, destrutiva.

— Como — pergunta ele, virando-se para Grace —, como ela...

— Eu tive que esperar — interrompe Grace — até a madrugada pra poder dirigir o carro dele para o outro lado do caminho. Não havia lua e eu não queria acender os faróis... Eu estava morrendo de medo de sair da passagem e cair na areia e atolar.

Ela olha para ele, animada, como uma criança contando uma história de fantasma.

— Eu botei minha bicicleta no porta-malas do carro dele e dirigi para o norte; tem uma pedreira a uns quinze quilômetros daqui. A lagoa é muito funda, muito perigosa, a gente ouve todo tipo de história, de crianças que caem, de suicídios. Havia um cadeado no portão, mas eu esperava isso e levei cortadores do depósito. Saí da estrada, subi uma margem no lado norte da lagoa... Não foi difícil, eu só precisei dar um empurrão no carro, fazer com que começasse a andar... — Ela pisca devagar. — Eu morri de medo de voltar pedalando, não usei iluminação, entende, não quis atrair atenção para mim mesma... Essas estradas são muito vazias, principalmente à noite, mesmo assim... Bastaria uma van, um carro indo rápido demais... mas eu consegui voltar, apesar de estar amanhecendo quando eu atravessei o caminho.

Ela se inclina para mais perto dele.

— Quando a polícia veio com perguntas — conta ela, a voz quase um sussurro —, eu tinha um álibi. Marguerite. Sopa de cebola francesa com Marguerite! Eu sabia que, se contasse para ela o que ele era, que ele era um homem mau, como o marido dela, como Stuart, ela entenderia. Eu sabia que não me trairia.

Becker abraça o próprio corpo; entre a história que ela está contando e o vento crescente, sente o frio se instalar dentro dele.

— Ele está na pedreira? — pergunta Becker. — É isso que você está me dizendo? O corpo de Julian está na pedreira?

— Ah, não. — Grace balança a cabeça em negativa, franzindo a testa para ele como se fosse um idiota, como se ele não estivesse ouvindo uma palavra que ela disse. — Eu não consegui levá-lo até o carro, não sozinha, ele era pesado demais.

Becker respira fundo.

— Então...

— Eu o joguei na fossa.

Cada vez mais triste. O idílio de Vanessa, o santuário dela, aquele lugar sagrado... não é nada assim: é um lugar de infelicidade, de horror.

— Você... — Becker está começando a bater os dentes. — Você...

Ele para de falar, não consegue repetir o que ela disse. *Meu Deus do céu.*

— E Vanessa? Onde Vanessa estava enquanto isso acontecia?

Grace ignora as perguntas dele de novo.

— Você não pode contar pra ninguém — insiste ela, segurando o braço dele. — Por favor, prometa que você não vai contar pra quem quer que seja.

Becker olha para ela, a boca aberta em descrença.

— Tudo bem — diz ele, enfim, porque o que mais há a ser dito? — Eu prometo.

Os olhos de Grace examinam o rosto dele; ele nem por um segundo acha que ela está convencida, mas a mulher assente.

— Obrigada — diz ela, passando por ele. — Está frio, né? —

Grace desce a parte mais íngreme do caminho com cuidado, usando as mãos para se apoiar.

— Eu acho que é melhor a gente ir agora.

* * *

Becker senta no alto do caminho por um tempo, para esperar Grace descer. Ele a vê andando na direção do bosque, as costas eretas, a cabeça erguida, como se nada de terrível, nada de sísmico tivesse acabado de acontecer. Com as mãos nos bolsos da jaqueta, ele passa o polegar pela lâmina da faca de entalhar de Vanessa.

O que fazer? Se ele contar para a polícia o que Grace lhe contou, vão mandar detetives e gente da perícia e vão esvaziar a fossa. A mulher será acusada, supostamente por ser cúmplice, possivelmente por outros crimes também. E Vanessa vai se tornar assassina, vai ser *conhecida* como assassina.

E se ele não contar? E aí?

Becker liga para Helena de novo, mas o telefone toca sem parar. Ela deve ter tirado o som, provavelmente voltado a dormir. Ele deixa uma mensagem.

— Vou embora daqui a pouco — diz ele, olhando o relógio. — Devo voltar... no fim da tarde, eu acho. Te vejo em algumas horas. Eu te amo.

Ele desce rapidamente e segue pelo caminho que Grace tomou, a rota mais curta até a casa, pelo bosque. O bosque onde Vanessa encontrou aquele osso limpo.

Se não era o corpo de Julian no bosque, de quem era?

Quem é o homem no bosque?

44

O passo de Grace é pesado enquanto ela desce da rocha. Assim que chega em terreno mais seguro, esforça-se para se empertigar, joga os ombros para trás, ergue a cabeça, mas acelera o ritmo e anda mais rápido pelo caminho até que fica grata de sair do sol para a sombra.

Ela jogou e perdeu.

Grace anda pelas árvores, a pulsação batendo na base da garganta, o sangue perigosamente próximo da superfície da pele. *Tão frágil*, ela pensa, *é absurdo como somos frágeis, como somos inadequados a um mundo tão perigoso quanto este. Nós deveríamos ser como lobos, deveríamos poder nos esconder nas sombras, correr por quilômetros, rasgar a presa com os dentes.*

Nós deveríamos conseguir enxergar no escuro.

Quando olha para trás, ela percebe que Becker não a está seguindo. Talvez tenha seguido pelo caminho mais longo em volta do bosque, talvez ainda esteja na rocha. Fazendo uma ligação? Ela esperava que a devoção dele a Vanessa fosse suficiente para mantê-lo calado, mas teme que o senso de dever cívico dele prevaleça. Ele é um bom homem, afinal.

Grace está com os passos meio irregulares, as pernas tremendo depois de tanto subir. Ela precisa descansar. Depois de sair do caminho, agacha-se e se apoia no tronco de uma das árvores, permitindo que sua mente se esvazie. Inspira o odor verde de mofo de folha, escuta os estalos lentos de pinheiros velhos resistindo ao vento, o canto dos pássaros e a movimentação rápida e frenética de pequenos animais na vegetação baixa.

Tem vida ali, mais vida do que em qualquer outra parte do bosque: é onde as árvores foram arrancadas, onde os troncos ficaram apodrecendo, alimentando a terra. É onde a luz entra. Grace conhece aquela parte melhor do que qualquer outra no bosque, é o lugar para onde vai quando tenta entender as coisas que a confundem, quando tenta se entender.

    Naquele momento ela gostaria que a terra preta e fria se abrisse, que a engolisse. Com que facilidade ela botou toda a culpa nas costas de Vanessa! Ela nunca se imaginaria tão desleal, mas alguma coisa no jeito como Becker a olhava tornou impossível contar a verdade. Grace não conseguiu encontrar as palavras. Nunca tinha feito isso, nunca tinha precisado: Vanessa e ela se entendiam.

    Vanessa sabia que Grace era responsável pela morte de Julian, tinha deixado isso claro na carta: *Você sabe de coisas que não deveria saber*, escreveu ela, e apesar de ter levado um tempo, Grace entendeu o que ela queria dizer. Ela estava falando do *Marrocos*, ela estava falando de *Veneza*. Como Grace poderia saber sobre esses planos? Eles foram feitos depois que Grace saiu da ilha, quando Vanessa e Julian estavam sozinhos. O que tinha acontecido: ela devia ter falado com Julian em algum momento depois que Vanessa foi para Glasgow. Por si só, nada de mais, mas o suficiente para fazer Vanessa se perguntar, ou talvez para confirmar uma desconfiança que já tinha se formado.

    Essa compreensão permaneceu presente, uma coisa não dita entres as duas, pelo resto do tempo delas juntas, feia no começo, e dolorosa. Contudo, quando Vanessa pintou *Amor*, Grace entendeu que ela não estava com raiva, ou, pelo menos, que não estava mais com raiva. Quando Grace olhou para *Amor*, soube que a amiga a tinha perdoado, porque o quadro mostrava a ela que Vanessa entendia que um ato de violência pode também ser um ato de devoção.

    Becker entenderia isso se ela lhe contasse o que realmente aconteceu? Ela duvida. A confissão seria catártica, mas Grace sabe que o sentimento de alívio não duraria. Dizer as palavras em voz alta é uma coisa, mas depois é preciso viver com elas. Você sai de casa como uma pessoa e volta como outra; precisa percorrer o bosque e passar pelo ateliê onde Julian morreu e pelo tanque onde o corpo dele apodreceu e não pode ser a mesma pessoa que era antes.

* * *

Grace ouve o estalo alto de um galho quebrando e, quando olha, ali está ele, andando lenta e regularmente na direção dela.

— Como aconteceu? — pergunta ele. — Como Julian morreu?

Grace hesita. Parte dela gostaria muito de contar a ele, mas agora não é hora, e, por mais que ela tente imaginar como Vanessa o teria matado, não consegue visualizar.

— Você não deve pensar sobre isso — diz ela. — É horrível, claro que foi horrível, mas você não precisa sentir pena de Julian, ele não era um homem bom, não era nem um pouco como você.

Ela estende a mão para apoiá-la no braço dele, mas ele recua de forma exagerada. Um *déjà vu* bate como um punho no plexo solar dela, tirando o ar.

Becker passa por ela. Anda bruscamente pelo bosque na direção da luz, o desejo de botar espaço físico entre eles quase palpável. Uma onda de decepção tão poderosa quanto o luto a acomete. A mente dela não está mais vazia, ela vê o que vem pela frente.

Grace jogou e Becker perdeu.

45

Onde está a porra da chave do carro? A maré mudou, a água está se afastando rápido, e em meia hora ele vai poder atravessar, ou *poderia* atravessar se conseguisse encontrar a chave. Ele procurou na cozinha e na sala, agora está olhando atrás dos quadros no quarto de Vanessa pela terceira vez.

A porta da frente bate. Grace está de volta.

Ele não a jogou sobre a mesa da cozinha quando entrou na casa, ao ouvirem o barulho? Teria ela tirado de lá? Ele estuda o quarto de Vanessa, o olho pousa na mesa de cabeceira. Está prestes a abrir a gaveta quando Grace aparece na porta.

— Não está aí — diz ela rispidamente. — Será que você deixou cair na praia?

Becker abre a gaveta, de olho em Grace o tempo todo. A gaveta está vazia. Grace sustenta o olhar dele e se vira; ele ouve os passos seguindo para a cozinha. *Meu Deus do céu.* Ele senta pesadamente na cama de Vanessa, a cabeça nas mãos. Será que não deixou mesmo cair na praia? Se sim, já era, deve estar a caminho da Irlanda do Norte. Ele vai ter que atravessar o caminho andando e ligar para alguém quando chegar do outro lado. Será que Sebastian pode mandar alguém da equipe com a outra chave?

Ele se levanta, cansado, agacha e olha *de novo* embaixo da cama. Nada. Definitivamente, nem sinal da chave, mas, embaixo da mesa de cabeceira, empurrado para perto do rodapé, está o roteador wi-fi, com a luz apagada. Desligado.

Alguém o desligou.

Becker sente uma pontada no estômago. De quatro, ele chega mais perto e enfia o plugue na tomada, vê a luz piscar em laranja, laranja, laranja...

— Encontrou?

Ele se levanta rapidamente e sai do quarto, quase colidindo com Grace no corredor.

— E aí?

— Nada — responde Becker. — Você deve ter razão. Eu devo ter deixado cair na praia.

Ela assente.

— Vou fazer uma xícara de chá pra nós — avisa ela, virando-se para a cozinha —, e aí a gente pode ir procurar.

Com o coração disparado no peito, ele espera um momento e vai atrás.

— Duvido que adiante — diz ele — depois daquela tempestade.

Grace está de costas para ele, enchendo a chaleira.

— Eu não quero chá — diz ele secamente, e ela se vira para estudá-lo, a expressão ferida. — Vou atravessar a passagem e ligar pra Fairburn, aí podem mandar alguém com a chave extra.

Grace assente de novo. Então, pega dois copos no armário e os enche com água salobra da torneira. Toma um gole de um deles e oferece o outro para Becker. A água está salobra de novo, salobra e amarga.

O telefone de Becker, enfiado no bolso interno da jaqueta, vibra suavemente, e ele se permite um sorrisinho de vitória enquanto vai na direção da porta. Uma ruga aparece entre as sobrancelhas de Grace.

— Você vai agora? — diz ela. — Ainda tem água no meio do caminho, você vai ficar encharcado.

Ele vira de costas para ela.

— Tudo bem — diz ele. — Eu vou lá fora fumar um cigarro.

Becker pega um dos cigarros que enrolou mais cedo e o acende enquanto segue na direção da praia, onde sentou naquela manhã. Ao olhar a tela do telefone para ver se ainda tem sinal de wi-fi, ele vê que Sebastian mandou uma mensagem: *ME LIGA*.

O telefone toca só uma vez antes de Sebastian atendê-lo.

— Não é Julian Chapman.

— Ce-certo — diz Becker. O coração dele está batendo estranhamente rápido; sente uma vertigem e fica tonto como na rocha. Becker larga o cigarro quase sem ter sido consumido e pisa em cima.

— Você não parece muito surpreso — diz Sebastian.

Becker hesita, perplexo. Ela estava falando a verdade.

— Eu... eu *estou* surpreso. — Grace estava falando a verdade. — Acho que é uma boa notícia.

— É — diz Sebastian, decepcionado por perder a chance de um artigo sobre o museu aparecer nas primeiras páginas dos jornais. — Encontraram uma correspondência familiar na base de dados de DNA, de um cara que desapareceu nos anos 1990, que tinha problemas de saúde mental e com drogas. Ele foi visto pela última vez em Lake District. Vanessa já esteve em Lake District?

— Eu... Não que eu saiba — responde Becker.

Ele, de repente, ouve um barulho, vira-se e vê Grace saindo de casa, carregando alguma coisa na mão. Ela o encontra e para, levantando a outra mão para proteger os olhos do sol. Becker não consegue ver sua expressão, mas um medo gelado o percorre.

— Emmeline está bem, Seb? Ela vai ficar bem?

— Eu acho que sim. Mamãe está estável, pelo menos. Obrigado por perguntar. Posso dar todos os detalhes quando você voltar, mas o resultado imediato dessa questão do osso é que não podemos mais exibir *Divisão II*. Não desse jeito, não até termos falado com os Riley. De qualquer maneira, não imagino que eles deem permissão.

Becker dá dois passos na direção da praia; ele quer sentar, não está se sentindo bem.

— Desculpa, quem? Com *quem* nós precisamos falar?

— Com a família — repete Sebastian —, os Riley. O homem que desapareceu, o sujeito cuja costela foi parar na escultura, o nome dele era Nicholas Riley.

Becker vomita nos sapatos.

46

Carrachan, 1993

Grace estava na clínica de Carrachan; o dia havia sido movimentado, tinha esfriado, era o começo da temporada de gripe. No final de um turno pesado, quando ela estava desligando o computador, preparando-se para ir embora, a enfermeira passou a cabeça pelo vão da porta.

— Dra. Haswell, tem um jovem na sala de espera, ele disse que conhece você. Não está doente, mas, se você me perguntar, ele não parece muito bem. Nick, de Londres.

Ela disse *Londres* como se fosse uma IST especialmente horrível.

Enquanto andava pelo corredor do consultório até a sala de espera, Grace tentou pensar se poderia haver outro Nick de Londres, porque não podia ser *seu* Nick, podia? Como ele estaria ali?

Contudo, sentado em uma das cadeiras de plástico amarelas encostadas na parede, lá estava ele. Nick ergueu o rosto, mas ela não conseguiu encará-lo; apenas olhou para os próprios pés. O rosto estava queimando, ela sentia como se pudesse cair se desse outro passo.

Quando ergueu o olhar, ele estava de pé, de braços estendidos.

— Oi, Grace.

Ele *parecia* doente, muito magro e pálido, o rosto bonito cheio de espinhas. Porém, ainda havia muito do Nick que ela havia conhecido uma década antes: a luz nos suaves olhos cor de mel, a covinha funda no lado esquerdo do rosto. Grace não o abraçou, mas sorriu, e o sorriso dele se alargou em resposta. Ela sentiu... não *euforia*, porque isso seria menos complicado, seria mais puro. O que ela sentiu foi orgulho, a ausência de vergonha.

É essa a sensação do fim da solidão, pensou ela. Parecia o fim das hostilidades: com o mundo, com ela mesma. Parecia o começo da possibilidade. As bordas duras de seu mundo começaram a se suavizar, o limite que a separava de todos começou a se romper.

Nick ficou. Ele dormiu no sofá da casa de Grace. Estava lá quando ela saía para o trabalho e quando voltava, com o edredom puxado até o queixo. Raramente se aventurava a sair. Nick estava com frio, sempre com frio, não conseguia se aquecer, apesar de ficar com o aquecedor ligado na temperatura mais alta o dia todo. Ela fez sopa, convenceu-o a comer; com o tempo, a falar.

Nick sentia muito, disse ele, de aparecer assim, ele não merecia a gentileza dela. Tinha passado por uma fase difícil. Audrey e ele tinham se metido em confusão, com drogas e com dinheiro. Ele não tinha outro lugar para ir.

— Onde está Audrey? — perguntou Grace. — Você sabe?

Ele balançou a cabeça em negação. Eles tinham morado por um tempo com a irmã de Audrey em Manchester, mas eles brigavam muito e a irmã os expulsou. Nick ficava com amigos, dormindo em sofás até se cansarem dele. Quando Audrey conseguiu um emprego em um pub em Kendal, nos Lagos, ele foi atrás, mas havia outra pessoa em cena, outro cara, e isso também não deu certo.

— Eu acho que ela deve estar em Manchester de novo. Mas... — Ele suspirou pesadamente. — Eu acho que ela se perdeu. Eu só experimentei as coisas, mas Audrey mergulhou de *cabeça*. Eu a amo — disse ele com tristeza —, mas sabia que, no fim, teria que fazer uma escolha: ficar com ela ou ficar limpo. Escolhi ficar limpo.

— Você sempre foi sagaz — disse Grace.

Ele balançou a cabeça, olhou para ela do ninho que tinha feito no sofá. Nick disse que sentia muito por ter ido embora daquele jeito. Foi injusto. Foi cruel. Ele não pretendia ser cruel, não pretendia nada mesmo. Audrey quisera ir e ele só fora atrás dela.

— Foi há muito tempo — falou Grace, apesar de a dor continuar intensa, como se tivesse acontecido ontem. — Já foi, águas passadas.

Grace disse que ele poderia ficar pelo tempo que quisesse. Seria como nos velhos tempos.

Nick riu. Ah, sim. Seria igual.

Estar perto de Nick despertou em Grace um desejo antigo, embora ela não soubesse bem de quê. Amizade, certamente, porém, mais do que isso, ela queria atenção, queria *acolhimento*. Grace pensava na viagem a Saint-Malo, quando viu Nick desembaraçar os nós no cabelo comprido e escuro de Audrey depois de eles nadarem. Ela queria algo assim, mas não sabia pedir; a mera ideia de pensar nisso já fazia seu corpo todo se contrair.

Então ela cuidou dele. Trabalhava, cozinhava e o paparicava; Nick quase não saía do sofá. Grace logo reparou que, se deixasse dinheiro à vista, ele desaparecia; reparou que o estojo de joias de couro com um colar de pérolas antigo que sua avó deixara para ela também tinha sumido. Contudo, ele não estava *usando*, ela tinha certeza. Daria para perceber, não?

Porém, ele estava deprimido, qualquer um via isso. Precisava sair mais. Na ocasião, Grace ainda estava morando em Carrachan, numa casinha feia com vista para a destilaria, o ar carregado com o cheiro de fermentação e vinagre. Nick precisava de luz. Precisava de ar fresco e exercício.

— No fim de semana — disse Grace um dia —, se o tempo estiver bom, nós podemos ir até Eris. É uma ilha controlada pela maré, mais ao sul. É linda. Nós podemos pegar o ônibus até lá, dar uma caminhada, que tal? Você amava trilhas. Vai ser como quando fomos pra França, lembra? Como antigamente.

O vento não ajudou. Na quarta-feira, a meteorologia estava prevendo tempestades, alerta âmbar, ventos previstos de até 145 quilômetros por hora. Quando a tempestade caiu na madrugada de sexta-feira, foi ainda pior do que o esperado, e Grace achou que o vendaval arrancaria seu telhado. O serviço de trens foi interrompido, as estradas foram fechadas. Centenas de árvores caíram ao longo da costa.

Contudo, no domingo, o sol brilhou. O conselho ainda era de não viajar a menos que fosse necessário, mas Grace estava desesperada para tirar Nick do sofá e de casa, então eles vestiram os casacos e pegaram o ônibus para Eris.

Enquanto andavam pelo estacionamento do porto, eles viram uma pessoa sentada em um dos bancos, chorando como se seu coração estivesse partido. Ela era tão pequena que primeiro pareceu uma criança perdida, mas, quando se aproximaram, ela ergueu o rosto e eles viram que era uma mulher, bonita e machucada. Ela cuspiu uma palavra que pareceu uma maldição.

— Aqui tem a vibe do filme *O homem de palha*, não é? — murmurou Nick.

Ele estava usando gorro e cachecol vermelhos que tinha pegado emprestado de Grace. O conjunto o deixava com uma aparência meio infantil.

Estava frio, o vento forte, o mar agitado, as ondas mais altas do que estariam meia hora depois da maré baixa. A ilha Eris estava deserta, ninguém era idiota de atravessar até lá, e milagrosamente linda. O mundo lavado e limpo, o mar agitado, as samambaias douradas ainda cintilando com a chuva.

Os dois seguiram pelo caminho, passando por uma fazenda abandonada, subiram a colina e evitaram o bosque.

— Pode ser perigoso — disse Grace. — Algumas das árvores podem estar a ponto de cair.

Nick estava calado, mas dócil, tremendo dentro do casaco fino, puxando as mangas sobre as mãos e enfiando a cabeça para dentro da gola como uma tartaruga.

— Quem é o dono da casa? — perguntou ele quando pararam por um momento na colina e olharam pela encosta para o continente, a respiração soltando fumaça.

— É um ponto de disputa — disse Grace. — Pelo menos, foi o que a enfermeira da clínica falou. O dono morreu alguns anos atrás sem deixar testamento e os filhos estão brigando pra decidir o que fazer com o local, e, enquanto isso, a casa vai ruindo.

— Quanto será que pediriam por ela? — disse Nick, enfiando as mãos fundo nos bolsos do casaco. — Seria um bom lugar pra ficar quieto, né?

— Não é isso que você está fazendo? — perguntou Grace.

Nick deu de ombros.

— É o que eu gostaria de fazer. Só... ficar quieto, botar a vida nos eixos. Em um lugar assim. — Ele sorriu para ela e o coração de Grace flutuou.

No topo da subida, eles comeram um sanduíche com as pernas balançando na beirada da rocha, vendo as gaivotas lutarem contra o vento e o mar se jogar na face do penhasco. Quando tinham terminado de comer, Nick ficou de pé com cuidado, segurou a mão de Grace e a puxou.

— Hoje está sendo um dia bom — disse ele, a mão ainda na dela.

— Obrigado.

Tinha sido um dia bom, mas eles tinham demorado demais. Quando começaram a descer, o céu já estava assumindo o azul-escuro da noite e eles fizeram o caminho mais direto, pelo bosque, apressados, Grace olhando com ansiedade para o relógio, xingando-se baixinho. *Que idiota.*

— Você pode me dar carona até a estação amanhã? — perguntou Nick quando eles passaram pelo buraco de uma árvore que tinha sido arrancada com raízes e tudo.

Grace parou abruptamente.

— Até a estação?

— É — disse ele. — Se os trens estiverem funcionando, claro. Eu preciso ir até Manchester. Eu vi...

Ele fez uma pausa. Estava quase escuro no bosque, mas, mesmo com a luz fraca, Grace viu o olhar afastar-se do rosto dela, focando um ponto cego.

— Eu estava pensando em procurar Audrey... Eu gostaria de tentar de novo, uma última vez, pra resolver as coisas. E eu preciso de dinheiro, preciso começar a procurar trabalho.

— Mas... — Grace sentiu a respiração acelerando rapidamente. Ela enfiou as unhas na palma das mãos. — E... e o que você disse, sobre fazer a escolha entre estar com ela e ficar limpo? E...

— Eu estou limpo agora — explicou Nick. — Não preciso mais escolher.

— E tudo que você disse sobre ficar quieto, sobre os velhos tempos...

— *Você* falou dos velhos tempos, Grace. — Nick pareceu exasperado. — E, falando sério, *ficar quieto*? Eu estava falando por falar, fantasiando, eu não vou comprar a porra de uma casa numa ilha, vou? Eu não tenho dinheiro nem pra comprar leite e pão. — Ele esticou o pescoço para olhar por cima do ombro dela. — Temos que ir, não queremos ficar presos aqui...

— Você pode procurar trabalho aqui — disse Grace, mantendo-se firme.

Nick deu uma risada sombria.

— Aqui? Que porra eu faria *aqui*?

— Você pode trabalhar no hotel — sugeriu Grace, com voz fraca —, ou talvez no pub.

— Eu sei que não me formei, Grace — murmurou Nick, revirando os olhos —, mas eu estava estudando medicina. Acho que sou capaz de *um pouco* mais do que trabalhar num bar.

— Claro que é, eu só quis dizer... — Ela parou de falar. — Você não precisa trabalhar, não agora. Eu cuido de nós por um tempo. Vamos passar um período juntos, fazer companhia um para o outro. Vai ser como antigamente.

— Ah, caralho, Grace! — disse Nick, com rispidez. — Nós não somos mais estudantes. Não vai ser como *antigamente*.

Ele deu um passo para a esquerda para ir embora, mas Grace bloqueou a passagem; ele, então, virou para a direita, empurrando-a para o lado. Quando deu um passo, Nick pisou na beirada do buraco que as raízes da árvore tinham deixado, o tornozelo virou e ele caiu, gritando de dor.

Se Grace não estivesse tão chateada, ela talvez tivesse rido dele se debatendo na lama, na semiescuridão, xingando a plenos pulmões.

— Você está bem? — perguntou ela quando ele ficou em silêncio. Ela entendeu que ele tinha torcido o tornozelo. — Está muito ruim?

— Sim, está ruim pra caralho — rosnou ele. — Me ajuda, porra, não fica aí parada, me dá a mão.

Ele esticou a mão para ela. Grace olhou-a e deu um passinho para trás.

— Ah, *agora* você não vai me ajudar?

Nick começou a tentar subir pelo barranco, mas os tênis velhos não eram próprios para o terreno; ele escorregava e deslizava de volta para a lama.

— Depois de semanas me rondando, me tratando como criança... não, como um *bichinho*, uma coisa que você pode *ter*... Aí, só porque eu não quero ficar brincando... *de família feliz* ou o que quer que você queira... Na verdade, eu nunca consegui entender o que você quer. Um amigo? Um irmão? Você quer que eu te foda?

Grace botou as mãos nos ouvidos, não conseguiu suportar ouvi-lo falar com ela daquele jeito, mas ele não parava; quando se arrastou até o alto do buraco, Nick insultou Grace, a casinha *miserável* dela, aquele lugar *onde o vento faz a curva*, a vida patética e solitária dela.

Ela não conseguiu suportar, só quis que parasse, ela faria qualquer coisa para fazê-lo parar e, por isso, enquanto o outro estava ajoelhado cuspindo veneno, ela ergueu o pé e pisou com força na mão dele com a bota de caminhada. O grito de dor dele foi como uma melodia para os ouvidos dela.

Tremendo de raiva, ele se levantou com dificuldade.

— O que você acabou de fazer foi agressão — sibilou ele. — Os médicos podem sair por aí batendo em pessoas? Ou você acha que seria um problema? — Ele aninhou a mão, o rosto contorcido de dor, as lágrimas misturando-se à lama em seu rosto. — Você vai pagar por isso, sua puta feia, você vai...

— Não, por favor, por favor, não diz isso... Me *desculpa*...

Ela estava horrorizada com o que tinha feito, com o que ele tinha dito. Mesmo com vergonha, ela estendeu os braços para ele, a boca aberta e os olhos molhados.

Nick se encolheu de repulsa.

Sem Grace entender direito o que estava acontecendo, sem *intenção*, o gesto de súplica dela virou outra coisa. Sua mão esquerda subiu para se juntar à direita e as duas se fecharam no pescoço dele, os polegares apertando a garganta.

Grace era menor do que Nick, mas ele estava magro, estava ferido, e ela tinha mãos de açougueiro.

47

Grace ajuda Becker a sentar no sofá. Ele está confuso e constrangido; ele vomitou em si mesmo. Delicadamente, ela o faz levantar os braços para poder tirar o suéter e a camiseta e os coloca na máquina.

— Pronto — diz ela, enquanto o deita no sofá e apoia sua cabeça no travesseiro. Grace coloca algumas almofadas atrás dele e o vira de lado, para o caso de acontecer de novo. Por fim, cobre-o com um cobertor.

— O qu-qu-quê... — Ele está tremendo, os olhos arregalados, o branco luminoso no aposento sem janela.

— Vou pegar água — informa ela.

Parada em frente à pia, deixando a água correr para que fique fria, ela vê seu reflexo na janela, incomodamente duplicado, e faz uma careta.

Grace pensa em si mesma de muitos jeitos diferentes. Como qualquer pessoa, ela poderia se descrever com uma variedade de adjetivos: consciente, trabalhadora, leal, estranha, solitária, infeliz, boa. Ela é médica, amiga, cuidadora. Ela é assassina. Ela diz a palavra baixinho para si mesma. Parece absurda, melodramática. *Protetora*, ela pensa. Assassina por misericórdia. Contudo, quem mata três, ela ouviu falar, passa a ser assassino em série. Grace quase tem vontade de rir. É ridículo, é como dizer que você é um unicórnio. Três strikes e você ganha.

Ela pega uma tigela grande e a leva, junto com o copo de água, para a sala, e chega quando Becker tem ânsia de vômito de novo. Ela se ajoelha e coloca a tigela no chão na frente dele.

— Não se preocupe — diz ela. — É bem normal. A náusea é um efeito colateral comum da morfina.

Tem lágrimas descendo pelas bochechas dele.

— Desculpe — pede, tocando na lateral do rosto dele. — Eu realmente não achei que seria o Nick. Eu sabia que ele estava no bosque, mas tinha certeza de que estava seguro.

Ele foi enterrado fundo, no buraco que a árvore caída tinha formado. Grace o cobriu com terra e galhos, com o máximo de detritos que conseguiu encontrar. Ela não tinha um plano, tinha certeza de que ele seria encontrado por alguém passeando com um cachorro em poucos dias, mas ela teve sorte. Foi um inverno brutal, e, na semana seguinte, houve outra tempestade, pior ainda do que a primeira. Levou parte do caminho e, por um tempo, Eris virou uma ilha de verdade, não só uma ilha controlada pela maré. Quando Grace conseguiu voltar na primavera, ela viu que mais árvores tinham caído, e elas cobriram completamente o lugar onde o corpo de Nick estava. Grace teve certeza de que nada chegaria a ele.

Becker tenta sentar. A cabeça dele está pesada, o queixo quase no peito. A respiração está rápida e rasa. Ele seca as lágrimas do rosto e limpa uma bolha de vômito do lábio inferior. Levanta a cabeça e olha para Grace, perplexo. Ele parece uma criança com febre, impotente.

Ela coloca a mão na perna dele.

— Quando você veio aqui pela primeira vez, quando me contou do osso, eu estava *convencida* de que seria um osso velho e tive certeza de que não tinha nada a temer. A bobagem é que você é a única pessoa que faria a ligação entre mim e Nick. Só por causa de uma fotografia! Eu não sabia se você se lembraria do nome, mas você lembra, né? — Ela o encara e vê que tem razão. Ela fez a coisa certa. — Foi azar. Os pais dele não me conheceram, e nós estamos a quarenta anos e a centenas de quilômetros distantes dos nossos dias de estudante.

Ela suspira, estende o braço e encosta as costas da mão na testa de Becker. Ele está suado e frio, a respiração lenta.

— Marguerite sabe. Marguerite sempre soube. Ela estava na janela, como sempre, esperando o brutamontes, e me viu lá no caminho. Marguerite me perguntou naquela primeira vez em que a vi na clínica. "Onde está a pessoa que estava com você?" Eu levei um susto enorme. "Você foi à ilha e voltou sozinha", disse ela. "Sozinha, antes do nascer do sol." — Grace balança a cabeça. — Eu era jovem e estava com medo, mas, na verdade, não foi difícil persuadi-la de que estava enganada. Marguerite estava completamente isolada, longe de casa e com muito medo também... eu só precisei falar sobre chamar a polícia, sobre envolvê-los numa situação doméstica, e ela faria ou diria o que eu quisesse.

Becker balança a cabeça, abre a boca, mas nenhum som sai. Ele fecha a boca e os olhos e inclina-se para a frente. Com grande esforço e concentração, tenta se levantar. Na metade da subida, ele cai para trás no sofá.

— Pare com isso. — Grace coloca a mão nos ombros dele e o empurra para baixo. — Só está fazendo com que se sinta pior. Aqui.

Ela ajusta o ângulo do corpo de Becker e coloca as pernas dele sobre o sofá, para que fique deitado de novo. Ele resiste, mas sem muita força, e só por alguns segundos.

— Não pense mal de mim — pede Grace. — Você não deveria pensar mal de mim. Eu não pretendia fazer isso.

— Foi acidente? — pergunta ele. Sua voz está tocantemente esperançosa.

— Bom — responde Grace —, não. Acho que não posso dizer *isso*.

É difícil para ela explicar, porque, por tanto tempo, o momento da morte existiu fora das palavras, a lembrança tão fluida quanto fumaça, praticamente irrecuperável. Se ela tentasse imaginar, uma coisa que ela raramente se permitiu fazer, parecia um sonho de tão absurdo. Não fazia sentido: eles estavam caminhando, o dia estava lindo, pararam numa colina, olharam para uma casa, comeram sanduíches, deram as mãos, falaram sobre uma vida tranquila, sobre recomeçar. Então escureceu, o vento açoitando as árvores, o mar agitado, e ela estava congelando, imunda, com medo. Sozinha. Entre aqueles dois estados de presença, parecia não existir nada, nem ponte, nem caminho.

A maré estava baixa e eles estavam juntos, a maré chegou e Nick estava morto.

Ligações entre essas duas situações surgiam para ela raramente e em breves vislumbres: o som da voz dele, debochada e implacável, a sensação de dedos macios e finos esmagados debaixo da bota dela. Uma coisa tão pequena, aquela pisada: petulante, absurda, *merecida*. Pequena e gigantesca ao mesmo tempo; depois de realizada, não dava para voltar atrás; depois de realizada, a história foi escrita, o fim ficou claro. Não havia possibilidade de Nick sair da ilha.

Grace só entendeu isso bem mais tarde, quando percebeu que o que tinha feito fora legítima defesa. Nick a estava ameaçando, não estava? Ele não disse que a faria pagar? E havia uma ameaça física também, não havia? O amigo estava no buraco e ela, na beirada, mas claro que existia ameaça quando ele perguntou "você quer que eu te foda?".

Que alternativa ela tinha?

E, quando acabou, o que mais ela poderia fazer além de cobri-lo e deixá-lo lá e nunca mais falar daquilo? Que bem faria ter se entregado? Ninguém teria entendido. Não daria consolo aos pais dele saber dos momentos finais do filho, embora fosse dar encerramento. Por negar isso a eles, Grace sempre se lamentou.

Mas de que adianta *lamentar*? A quem *lamentar* ajuda?

— Você precisa pensar em todo o bem que eu fiz — diz ela, baixinho. — Tem tão mais *desse* lado da balança.

Becker tosse e sacode a cabeça.

— Não é assim que funciona, você não pode pesar uma vida contra outra.

— Posso, sim — insiste Grace. — Eu ajudei um monte de pessoas, salvei vidas. Salvei a da Vanessa, a da Marguerite. — Ela tira o cinto da calça e o envolve no braço dele; passa a ponta pela fivela e o puxa. — Eu matei Julian por Vanessa — explica Grace —, para que ela ficasse segura.

Ela gostaria de contar a ele sobre a arte, não por orgulho, mas porque quer confessar para *alguém*. Afinal, o perdão de Vanessa foi dado sem saber a enormidade do que Grace fizera e, se ela quiser ser honesta consigo mesma, não foi um perdão de verdade.

Becker começa a lutar de novo e ela pressiona seu pescoço com o antebraço para controlá-lo.

— Sinto muito — lamenta ela. — Por favor, não lute. Por favor, não torne isso mais difícil do que já é.

Grace percebe que ele não a perdoa, que ele a odeia. E aperta mais.

— Está tudo bem. Está tudo bem.

Ele parece assustado, mas ela não quer que Becker sinta medo. Ela tira o braço, beija a testa dele e enfia a agulha sob sua pele.

— Descanse agora. Você pode ficar aqui comigo.

48

A velha botou arsênico no chá dele. Ela vai empalhá-lo?

Becker parou de chorar. Ele se sente bem melhor. Tudo vai ficar bem. Ele só vai dormir um pouco ali no sofá.

Não, não no sofá. Ele não está no sofá, está? Ele está sentado. No carro. Ele está no carro. No carro dele. Ele andou até o carro? Não consegue se lembrar de andar até o carro. Ele não sabe se está bem para dirigir. Ah, tudo bem, ele não vai dirigir. Ela vai. Grace está dirigindo. Os dois estão descendo a colina, descendo, para baixo, baixo, baixo.

Nós perdemos a maré.

A maré está muito alta. Grace, a maré está muito alta.

Está escuro. Ou ele que está de olhos fechados? Não, está escuro.

Onde está Grace?

Ele não consegue dirigir, não está em condições de dirigir. Onde está Grace?

Grace sumiu.

Grace. *Amazing grace*, a graça de Deus. Boas graças, graças ruins. Grace matou Julian. Grace destruiu o trabalho de Vanessa. Por que ele demorou tanto tempo para ver a luz?

Ele vê uma luz.

A luz no fim do túnel?

Isso também sumiu agora.

Ah, ali está.

O farol. É o farol.

Está frio, seus pés estão muito frios.

Seus pés estão molhados.

Tem água entrando no carro.

Tem água entrando no carro!

Está tudo bem, está tudo tranquilo. É só um pesadelo, ele lembra agora. É só um pesadelo.

Não é um pesadelo.

Ele vomitou de novo.

Ele precisa sair do carro. Tem que sair do carro, ele precisa sair, ainda não está fundo demais. Ele vai atravessar andando, não é tão longe. Não está tão fundo. Não é muito longe.

A água está gelada, já está nas coxas dele. Bate de um lado e *corta* do outro. Ele perde o equilíbrio quase na mesma hora, ofega de pavor, tenta se levantar, grita. Socorro. Socorro. Não tem como ele conseguir chegar do outro lado, ele tem que voltar, ele precisa voltar.

Ah, ele está tão cansado.

O frio é uma tortura, parece gelo, ele não suporta, não aguenta nem mais um segundo, é agonia.

E, então, não está tão ruim. Não está tão ruim. Não está tão frio agora.

Ele pensa nas pinturas negras.

Não, não aquelas, não as pinturas negras de Vanessa, nos originais, as pinturas negras de Goya, penduradas no Prado em Madri. Ele as visitou quando era mais novo, estava com uma garota, não consegue lembrar do nome dela. Não Helena.

Ele é o cachorro, *O cão* de Goya, tentando manter a cabeça acima da água.

Helena. Ah, Helena.

O bebê.

Ele vê a luz de novo, a água jorra em seu rosto. Se ele conseguisse voltar para o carro, se ao menos conseguisse voltar para o carro... talvez ele fique bem. Seu celular! Onde está seu celular? Se ele pudesse ouvir a voz dela de novo, só uma vez.

Ele ouve a voz dela.

Ela está chamando, uma voz está chamando o nome dele.

São as gaivotas. As gaivotas estão dizendo o nome dele.

Ele vê a luz de novo, do farol, está piscando, ficando mais rápida, mais rápida, não está mais branca, agora está azul.

Agora está azul.

Agora está azul.

Diário de Vanessa Chapman

Eu não pensei em ficar por tanto tempo.

Achei que seriam alguns anos, uma década no máximo. Naquela época, eu achava que tinha todo o tempo do mundo, achava que tinha uma vida. Eu tinha, acho, só que acabou sendo uma vida curta.

O médico de Glasgow não teve nada de bom a dizer.

Na volta, pensei na primeira vez que atravessei, na primeira vez que vi a casa, a casa que eu tinha comprado sem ver. Tive tanta coragem! Era tão jovem. Pela primeira vez, eu pensei naquele recorte que chegou, que eu tinha certeza de que tinha sido enviado por um amigo, mas ninguém admitiu ter feito. Me ocorreu de repente — Julian! Claro que foi Julian, tentando se livrar de mim, me dando um empurrão suave. Ele sabia que eu não resistiria.

Pobre Julian, ele selou o próprio destino.

Grace estava em algum lugar quando eu voltei para a ilha, então fui ao ateliê e chorei e me enfureci sozinha. Eu me senti tão traída — tive vontade de botar fogo no local.

Eu não conseguiria, claro.

Então, uma vida curta. Nem sempre feliz. Mas livre! Eu fui livre aqui na minha ilha. Escapei da labuta da domesticidade, da violência dos homens. Trabalhei com as mãos, amei intensamente com o corpo.

Graças a deus! Graças a deus eu percebi na hora certa que eu não queria viver a vida que esperavam de mim, graças a deus eu fugi, graças a deus eu corri.

Agradeço a deus pela minha ilha, por Eris.

Agora que minha esperança, antes violenta, é uma coisa pequena e lastimável, eu preciso ser prática. Preciso considerar o que acontece depois que eu partir. Parte de mim me freia — que importância tem? Uma vida não é uma coleção de coisas, afinal. Que importância tem o que deixamos para trás, já que as ondas quebram, implacáveis, alheias? Que importância tem quando um dia — provavelmente não muito longe de agora — a ilha vai estar debaixo do mar, e a casa também e a rocha e todos os ossos debaixo dela?

De alguma forma, tem importância. Tem importância o que se deixa para trás.

A arte que se fez, ou as pessoas. Os amigos foram amados. O bem que se fez, o mal.

Tem importância.

AGRADECIMENTOS

Agradeço ao dr. Tim Clayton, à professora Dame Sue Black, à professora Derek Hamilton e ao professor Turi King por seus conselhos sobre questões forenses, incluindo a identificação e a datação de ossos. Quaisquer erros cometidos são de minha inteira responsabilidade.

Gostaria também de agradecer a Heather Wilson e Nick Stenhouse, da Cerâmica Redbraes, e Annabel Wightman, da Marchmont Espaços Criativos, por me permitirem observá-los trabalhando.

Obrigada a Stuart Cummins, vencedor do leilão no Young Lives *vs* Cancer Good Books, pelo uso de seu nome.

Sarah Adams e Kate Nintzel, minhas editoras, obrigada por me ajudarem a enxergar o bosque e suas árvores e a separar os ossos da madeira flutuante; Lizzy Kremer e Simon Lipskar, meus agentes, obrigada por serem a combinação perfeita de solidários e intrigantes.

Ben Jefferies, obrigada. (Não vou dizer por quê, mas você sabe o motivo.)

E obrigada a Simon, por sua paciência, seu senso de humor, sua ótima comida e sua disposição em usar fones de ouvido quando estou escrevendo.

Este livro foi impresso pela LIS Gráfica, em 2024, para a HarperCollins Brasil.
O papel do miolo é Pólen Natural 80g/m² e o da capa é cartão 250g/m².